KB021056

나에게 안부를 묻다

나에게 안부를 묻다

김민정 지음

마음세상

들어가는 글

나는 쌍둥이를 키우고 있는 가정주부다. 아이들은 사랑스럽지만 때로는 너무 힘들어 단 하루만이라도 혼자 떠나고 싶다는 생각도 한다.

두 아이가 모두 첫째나 마찬가지니, 항상 모든 것이 처음인 나는 잘하고 있다는 생각보다 뭔가 부족하다는 생각이 들었다. 나름의 육아 철학을 갖기도 전에 냅다 실전부터 뛰어들어야 하니 내가 뭘 잘하는지 혹은 못하는지 알 틈도 없었다. 당연히 나를 돌아볼 수 있는 시간은 꿈도 못 꾸었다. 아이를 낳기 전에는 '낳으면 잘 키우면 되지 그게 뭐 힘들어?'하고 철없이 생각했다.

결론부터 말하자면 임신과 출산 과정도 남달랐으며, 육아는 더 힘들었다. 나만 이렇게 힘들게 사는 것 같았다. 세상의 모든 엄마는 나와는 반대로 우아한 육아를 하는 것만 같았다.

하지만 어느 순간 주변을 돌아보니 사람 사는 건 다 똑같다는 생각이 들었다. 단지 그 속에서 어떻게 행복을 찾고 나와 가족을 아끼며 살아가는 것이냐의 차이가 날 뿐이었다.

평범하지만 그동안의 나의 일상을 통해 사람들로 하여금 새로 시작할 수 있는 용기를 주고 싶었다. 아이를 갖기 힘든 부부, 육아를 하는 이 세상 모든 엄마들에게.

아이를 어린이집에 맡기고 적은 돈이라도 벌어야겠다는 엄마도 있을 것이다. 아니면 무조건 아이만 봐야 한다는 엄마들도 있을 것이다.

그런데 이 두 부류는 서로 다른 상황에서 생활하는데도 불구하고, 서로를 부러워하며 자신의 상황이 불리하다고 생각하는 게 일반적이다. 나 또한 일하는 엄마가 부러웠다.

육아와 살림으로 지친 하루를 보내는 엄마들이, 직장에 다니는 것처럼 퇴근이 있는 것도 아니고 월급을 받는 것도 아니니 그 힘듦을 나는 잘 안다. 직장맘 또한 퇴근하면 살림과 육아를 담당하며 힘든 하루의 연장선을 집에서 보내니 참 고되다. 전업주부든 직장인 엄마든 집에서 하는 살림과 육아에 대한 노동의 가치는 금전적으로 보상 받지 못한다.

노동에 대한 대가가 전혀 없으니 밑 빠진 독에 물 붓는 기분이 밀려올 때도 있다. 전업주부를 향해 '능력 없다'고 생각하는 이들도 있어 힘들게 한다.

육아로 인해 내가 알지 못한 내 모습을 경험하게 된다. 자존감이 바닥을 치기도 한다. 때론 우울증을 앓기도 한다. 내 상황을 알아주지 않는 가족들로 인해 더욱 상처받기도 한다. 그런 이 세상의 엄마들에게 희망의 메시지를 주고 싶었다.

살림만 하는 주부들은 매일 똑같이 발전 없는 일상으로 인해 스스로 부족하다고만 생각하기도 한다. 그 뒤에는 내가 뭔가를 하지 못하는 상황과 무엇도 이루지 못했다는 부족함이 도사리고 있다. 그래서 나는 이 책을 통해 우리 엄마들의 자존감과 자존심을 살려주고 싶었고, 우린 위대한 엄마라는 사실도 일깨워 주고 싶었다. 어떻게 하면 그런 메시지를 줄 수 있을까? 나는 나의 이야기가 곧 메시지라 생각했다.

전업주부지만 아이도 키우며 공부를 멈추지 않고 있다. 당장 돈이 들어오거나 경제적 뒷받침을 해줄 수 있는 건 아니지만 매일 조금의 글쓰기를 통해 한 권의 책이 나올 수 있다는 것을 말해주고 싶다.

이 세상 엄마들은 육아와 살림을 하면서 아무것도 안 하고 있는 게 아니다. 가족의 히스토리를 만들어 가고 있는 아이들의 세상이며, 전부이다. 그 세상을 이끌어 가는 엄마들에게 용기와 힘을 주고, 글쓰기를 통해 새로운 삶도 살 수 있다는 메시지를 전하고 싶다. 엄마가 변하면 남편이 변하고 아이의 미래까지 바꿀 수 있다.

차를 마시며 잠시 쓰는 몇 줄의 이야기와 생각들, 그리고 목표만으로도 충분히 그 가치가 있다는 것도 알리고 싶다.

이 세상 모든 엄마에게 이야기해주고 싶다.

지금껏 너무 잘해왔고 앞으로도 더 잘할 거라고.

언제 어디서나 응원한다고 말이다.

2017년 9월

김민정

제1장
그리운 시간들

출생의 비밀

“아이고! 빨리 애 받아라!”

다급한 산파의 목소리에 남자는 재빨리 다가와 돕는다.

아이를 보니 세상에! 탯줄을 목에 칭칭 감고 태어난 아기였다. 출산만 세 번을 도운 남자였지만, 이번만큼은 달랐다. 며칠 전부터 날카롭게 갈아 놓은 가위를 손에 들었다. 떨리는 손을 탯줄을 향해 싹뚝 잘랐다. 힘차게 우는 아이의 목소리가 들린다. 곁에 힘이 빠져 누워 있는 아내의 얼굴도 이제야 보인다.

‘다행이다. 건강하게 잘 태어났구나!’

나는 집에서 태어났다. 할머니와 아버지가 어머니의 출산을 도우셨다. 탯줄을 목에 칭칭 감고 태어난 나는 시작부터 남달랐다. 아들일 줄 알았지만 딸이라서 부모님은 실망하셨다. 사실 어머니는 출산만 네 번째였다.

첫째 오빠를 낳아 아들을 낳아야 한다는 걱정은 없으셨다. 둘째를 임신했지만 임신중독으로 어머니는 생사의 기로에 섰다. 아버지는 어머니를 살려야겠다고 생각했다. 결국 뱃속의 아기는 병원에서 사산아로 태어났다. 그때의 마음고생은 매우 심하셨다. 병원에서 앞으로 더 임신을 하면 산모까지 위험해 질 수 있다는 경고를 받았다. 그래서 어머니는 자식 한 명으로 만족하셔야 했다. 하지만 그로부터 2년 후 어머니는 예쁜 딸을 낳으신다. 언니였다.

할머니께선 아들을 더 원하셨다. 2년 후 내가 태어났다. 아들을 바라는 마음에 어쩔 수 없이 가진 아이였는데, 딸이라니! 첫째는 듬직한 아들, 둘째는 예쁜 딸, 셋째는 아들처럼 생긴 딸이었다. 사진을 보면 선머슴아이가 하나 서 있다. 남자아이인지 여자아이인지 구분이 안 되는 아이. 그게 나였다. 예쁨은 오빠와 언니의 몫이었다.

선머슴아이 같은 나의 모습을 자신도 알았나 보다. 막내다 보니 항상 물려받는 옷만 입었고, 예쁜 옷은 언니가 먼저 차지하고 그 다음이 나였다. 어릴 땐 2살 터울이 있던 터라 내가 먼저 입고 싶어도 사이즈가 안 맞으니 떼를 쓴다고 될 일도 아니었다. 항상 물려만 받는 게 너무 속상했다. 한번은 몰래 엄마가 쇼핑백을 들고 방으로 들어가시는 걸 본 적이 있었다. 재빨리 가서 "엄마 이거 내 거야?"하고 봤는데 언니의 옷이었다. 어린 마음에 속상한 나머지 그 자리에서 울음을 터트렸다.

어린 나는 눈치가 참 빨랐다. 어른들의 말씀과 표정으로도 대략 상황을 눈치챌 수 있었고, 무엇보다 내가 갖고 싶은 것에 대한 궁리를 참 잘도 했다. 예쁜 옷을 먼저 입는 건 불가능했다. 그래서 난 요리조리 생각했다. 하지만 아무리 찾아도 내가 먼저 가질 수 있는 건 없었다.

어느 날 엄마, 언니와 함께 신발 가게에 갔다. 어릴 땐 발도 금세 크니 그나마 신발은 자주 샀는데, 항상 언니와 똑같이 생긴 신발을 사주셨다. 아주 어릴 때야 얻어 신기도 했지만 이제 그마저도 안 되니 저렴하면서도 튼튼한 신발을 사주신 거다.

밖에 자주 돌아다니고 노는 걸 좋아한 나는 이리저리 동네 친구들과 다녔고 이상하게도 언니보다 신발이 빨리 닳았다. 신발을 예쁘게 아끼며 신지 못했던 나와는 반대로, 언니는 조심스럽게 신발을 신었다. 나와 언니의 성향은 달랐다. 금세 닳아 찢어진 신발을 보시고 엄마는 말씀하셨다

"민정이 신발 사러 가야겠네. 산 지 얼마 안 됐는데."

나는 신나는 마음에 엄마를 따라나섰다.

'어? 신발이 닳으니까 금방 살 수 있네?'

나는 새 신발을 신고 열심히 이리저리 다녔다.

그래서였을까? 자주 신발을 바꿔 항상 큰 치수로 샀던 나의 발은 쑥쑥 잘도 컸고, 언니의 발은 작고 아담했다. 할머니께선 여자아이가 발이 이렇게 크면 안 된다고 말씀하셨지만 그걸 귀담아 들을 내가 아니었다. 매번 언니보다 새 신을 신을 수 있는데 이거라도 내가 누려야겠다는 생각 때문이었는지도 모른다.

특별한 일이 없어도 동네에 이리저리 놀러 다녔다. 물론 새 신을 산 날이면 온종일 동네 구석구석 다니며 자랑도 하고 신발을 보며 즐거워했다.

어린 시절 나는 정말 많이 넘어졌다. 어찌나 잘 넘어지는지 무릎이 성한 날이 없었다. 상처가 심하게 나서 피가 줄줄 나는 날에도, 울지 않고 집으로 돌아와 물로 씻은 후 혼자 빨간약을 발랐을 정도니 말 다했다. 어떤 날은 스스로 생각했다.

'난 왜 이렇게 자꾸 넘어지지?'

내가 생각해도 신기했다. 돌부리에 걸려 넘어지는 것도 아니고 왜 이렇게 넘어지는지 몰랐다. 지금 생각해보면 호기심 많았던 내가 다른 걸 구경하다, 딴 생각을 하다 발을 헛디뎌 넘어진 것이 대부분이었다. 다른 집의 담벼락에 쓰여 있는 낙서들, 지나가는 도둑고양이, 어른들의 얼굴을 바라보며 말이다.

성인이 된 지금도 내가 신발을 좋아하는 이유는 어린 시절 그나마 누릴 수 있었던 새 신발의 추억 때문이 아닐까 싶다. 지금 나의 발 치수는 가장 예쁜 신발을 살 수 있는 235~240mm이다.

그런데 언니의 발 치수는 225mm이다. 언니는 지금도 신발을 사러 돌아다닐 때 사이즈 때문에 고르기가 참 힘들다. 어릴 땐 발이 크다고 혼났던 내가 딱 좋은 사이즈의 신발을 살 수 있을 거라는 걸 그땐 알 수 없었다. 어른들은 항상 이야기한다.

"옛말 틀린 거 하나도 없다! 어른 말을 들어야지!"

물론 나도 이제 두 아이가 있는 어른이다. 인정하고 싶지 않지만, 생물학적 나이가 있으니 말이다. 하지만 매번 이 말이 옳다고는 이야기하지 못하겠다.

그 어린 시절 내가 새 신을 신기 위해 고군분투하지 않았다면 신발에 대한 추억도 예쁜 사이즈의 발도 갖지 못했을 것이다. 물론 없는 살림에 항상 아끼며 사셨던 엄마에겐 미안하지만 말이다. 새 신을 신고 밖으로 나갈 수 있어서 호기심 또한 왕성해졌고 걷는 즐거움을 나도 모르게 알게 되었다.

부모가 된 지금의 나를 보면 "안돼, 위험해, 그만!" 이 세 단어의 시도 때도 없이 사용한다. 아이들의 자유로움을 나도 모르게 막고 있는 건 아닐까 생각해본다. 밖에 나가면 신기한 것들, 만지고 보고 싶은 것들이 지천으로 널렸다. 어린 시절의 나도 그랬는데 지금 나의 아이들은 얼마나 호기심이 왕성할까?

나는 쌍둥이 남매의 엄마다. 두 명의 성격은 정반대이고 밖에서 노는 것에도 서로 다른 호기심이 발동한다. 어린 시절 엄마의 흙장난하던 세상과 지금이 얼마나 달라졌는지 아이들은 알 턱이 없다. 어릴 적 내가 했던 흙장난은 괜찮지만, 지금의 흙장난은 왠지 불순물이나 안 좋은 것들이 있을까 만지지 못하게 한다. 혹여나 더러워 보이는 웅덩이의 물에 발이 젖기라도 한다면 화들짝 놀라 재빨리 벗기고 물티슈를 꺼내는, 나는 이 시대 엄마다.

자유로움에 구속받지 않고 살았던 내가 우리 아이들에게는 안된다는 말을 하며 활동반경을 줄이고 있다. 알면서도 풍족한 자유를 주지 못한다. 어른들이 가진 시각과 편견 그리고 거정들 때문에 말이다.

아마 나의 아이들도 어렸을 적 나와 같은 생각이지 않을까? '엄마가 그렇게 얘기하든 말든 우린 놀 거야!'하고 말이다. 어차피 그럴 바엔 엄마들도 마음을 내려놓고 아이들을 바라봐 주자. 나 또한 누가 뭐라고 얘기하면 듣기 싫은 것처럼 때론 모른 척, 알면서도 그냥 지나가듯 말이다. 그럴 땐 아이들이 어찌나 좋아하는지 아마 모든 엄마의 경험이 아닐까 싶다. 어린 시절 우리 또한 알면서도 그냥 지나쳐주신 부모님이 있기에 짜릿한 경험을 했던 것처럼 말이다. 때론 이런 경험으로 내가 얻었던 호기심, 관찰력, 걷는 즐거움을 우리 아이들이 자연스레 갖게 될지도 모르겠다.

어린 시절 새 신발에 대한 추억을 돌이키며 생각해 본다. 내가 뭔가 좋아하는 것이 있었고, 그걸로 인해 이렇게 성인이 되어서도 다시 추억으로 꺼내 볼 수 있다는 것에 말이다. 새삼 나의 어린 시절을 생각해 보니 미소가 번진다. 그 어린 시절의 내가, 딸 얼굴에 고스란히 묻어 있는 걸 확인하는 순간 말이다.

글쓰기 Tip

글쓰기는 추억을 꺼내볼 수 있다.
그 추억으로 내가 무엇을 좋아했는지 어떤 장점이 있었는지까지도 말이다.
어린 시절의 추억을 글로 적어보자.
지금의 내가 어떤 장점이 있는지 뭘 원하는지 알 수 있을 것이다.

중2병은 누구도 피해갈 수 없어!

"아무래도 이 사람이 죽인 것 같아."

"아냐! 이 여자가 죽인 게 틀림없어!"

여자 세 명은 서로 진지하게 대화를 이어나간다. 서로의 생각을 추리하며 사건을 파헤치며 말이다. 아무래도 큰 사건인 듯싶다. 점점 미궁 속으로 빠져든다. 안 되겠다 싶었는지 한 여자가 말한다.

"배고픈데 떡볶이나 먹으러 가자!"

세상에서 가장 무섭다는 중2의 대화다.

나와 내 친구들은 탐정 소설과 만화에 흠뻑 취해 있었다. 수업이 끝나기 무섭게 가방에서 꺼낸 만화책을, 영어책으로 가린 뒤 정독하기 시작한다. 혹시나 쉬는 시간 지나가던 선생님께 걸리면 빼앗길지도 모르니 말이다. 10분의 짧은 쉬는 시간은 나를 탐정 소녀로 만들어 주었다.

중2의 나는, 손에 닿는 책은 닥치는 대로 읽었다. 친구들이 읽고 추천해 주는 책이나, 책표지가 마음에 들어서, 교실에 있는 책들, 모두 내가 읽을 수 있는 책이었다. 같은 책을 읽은 친한 친구들과 토론 아닌 토론을 하게 되고 책 이외의 새로운 스토리를 짜서 이야기하는 건 정말 재미있었다. 특히나 탐정 추리 소설은 나의 호기심을 더욱 자극하고, 뉴스의 내용마저 소설처럼 느껴졌으니 꽤나 푹 빠져 있었다.

내가 빠져 있었던 것은 책뿐이 아니었다. 음악은 지친 학교생활과 심신에 많은 활력소를 주었다. 사실 힘들 것도 없는데 중2는 그냥 힘들었다. 나의 이런 마음을 위로해주는 것은 다름 아닌 재즈 음악이었다. 그동안 내가 듣던 음악과는 정말 달랐다. 재즈 음악을 들으며 복잡한 내 머릿속을 정리하며 생각이라는 걸 했다. 뮤지션이 누구인지도 모른 체 내 귀에 듣기 좋은 음악이 나오면 계속 반복해서 들었다.

배철수의 음악캠프는 지금도 FM을 통해 흘러나오는데 이 당시 배철수 아저씨의 음성은 상당히 거칠고 통통 튀었다. 어떻게 들으면 불친절하게도 느낄 수 있는 말투와 음성이었다. 지금이야 부드럽고 여유 있는 진행이지만 말이다. 라디오를 듣고 마음에 드는 음악이 나오면 한글로 받아 적어 레코드 가게에 가서 구입했다.

내가 좋아하는 떡볶이집을 그냥 지나치면서까지 적은 용돈을 모으고 또 모았다. 테이프 1장의 가격이 그리 저렴하진 않았기에 굶는 날을 참아 가며 테이프를 샀다. 비닐을 뜯어 집에서 음악을 듣는 순간! 내 몸은 녹아내리는 것 같았다. 행복 그 자체였다. 그 기분을 더는 설명할 수 없었다. 내가 갖고 싶은 걸 갖고, 그 음악을 듣는 순간을 말이다.

나의 음악사랑은 오빠의 영향이 상당히 크다. 오빠와는 6살 터울의 적지 않은 나이 차이를 갖고 있다.

오빠는 중고등학교 시절, 언제나 방에 틀어박혀 뭔가를 듣고 또 들었다. 그리고 나선 나에게 심부름을 시켰다. 이 가수의 테이프를 사 오라고. 그런데 죄다 영어로 된 이름과 제목이었으니 초등학교 저학년인 내가 알아듣기 참 힘들었다.

마돈나, 마이클 볼튼, 케니 G, 머라이어 캐리, 뉴키즈 온 더 블럭, 휘트니 휴스턴 등 다 나열할 수 없을 만큼의 팝가수 테이프를 사오는 심부름은 내 몫이었다. 특히 엘자와 글렌 메데이 로스의 듀엣곡 friend you give me a reason은 영어와 프랑스어가 한 곡 안에 나오는 정말 특이한 노래였다. 물론 그 당시 이 긴 제목을 외우고 읽을 리가 없었다. 오빠를 따라 나도 자연스레 팝송을 듣기 시작했다. 내 나이 10살이 되기도 전부터 말이다. 팝송을 들으면서 내가 좋아하는 팝가수가 생기고 나도 오빠를 따라 노래를 더욱 좋아하게 되었다. 오빠가 학교에서 늦게 돌아오는 날엔 나도 테이프를 골라 음악을 틀고 책상에 앉아 흥얼흥얼 따라 불렀다. 말도 안 되는 영어로 말이다. 셀린 디온의 'All by myself'를 오빠 만세로 부르는 것처럼 말이다.

오빠는 자전거 타기를 좋아했다. 자전거를 갖고 밖에 나갈 때면 나를 데리고 나갔다. 뒤에 앉은 나는 짝꿍처럼 오빠의 허리를 잡고 동네 여기저기를 다녔다. 내가 살던 동네는 무심천이라는 하천이 있었는데 자전거를 타고 그 길을 따라 풍경도 보며 오빠는 흥얼흥얼 노래를 불렀다. 노래가 끝나고 나면 오빠는 항상 나에게 "몇 점?" 하고 물었고 나는 기분 내키는 대로 말했다. 물론 후한 점수일 때도 있었지만 점수가 낮으면 오빠는 신청곡을 받았다. 내가 좋아하는 노래의 제목을 얘기하면, 정성껏 부르고 나서 다시 점수를 물었다. 당연히 100점이었다. 그렇게 자전거를 타면 1시간은 기본으로 타고 다녔다.

방학 땐 거의 매일 집 밖을 나와 오빠와 시간을 보냈다. 지금에야 성인이 되어서 생각해 보면, 사실 오빠는 나와 시간을 보내기 위해 자전거를 탄 건 아니었다. 답답했을 중고등학교 시절의 스트레스를 풀기 위한 돌파구가 자전거 타기가 아니었나 싶다. 그리고 좋아하는 노래를 부르며 말이다.

부모님은 혈기 왕성한 오빠가 혼자 밖에 나가는 건 걱정하셨기에 감시자 역할로 나를 붙여 자전거를 타게 한 것이다. 부모님은 오빠가 나와 함께 나가서 자전거를 탄다고 하면 전혀 걱정하지 않으셨고 다녀오라고 말씀하셨다. 그런 부모님을 아는지 오빠도 나의 동행을 썩 나쁘게 생각하지 않았다.

동생이라는 혹이 붙어 혼자만의 시간을 보내지는 못했지만, 어쨌든 1인 관객이 되어 오빠의 노래를 들어줬으니 말이다. 매일 보는 풍경이지만 추운 날이건 더운 날이건 매번 그 느낌은 달랐다. 나도 오빠도 감수성이 풍부했던 것 같다.

나의 사춘기 시절을 생각해보면, 항상 뭔가에 화가 나 있었다. 누가 날 화나게 만든 것도 아닌데 왜 이렇게 싸움닭처럼 날을 세우고 있었는지 말이다. 하지만 뭔가에 몰두하고 있으면 그 감정이 어디로 사라졌는지 그 순간 나는 사춘기 소녀가 아니었다. 감수성 풍부하고 부드러운 소녀의 모습으로 변해 있었다. 책과 음악 그리고 바깥의 풍경을 보는 것은 나의 감성을 더욱 자극했다.

물론 오빠가 고3이 되면서 자전거 타기는 시들해졌고, 20살이 넘으니 그 시간은 더욱 줄어들면서 그렇게 나의 추억도 조금씩 줄어들었다.

추억은 즐겁고 행복하기도 하지만 때론 아프고 씁쓸한 기억만을 남길 때도 있다. 행복했던 순간만 있으면 얼마나 좋겠느냐마는, 사실 우리 삶은 그렇지 못한 경우가 참 허다하다. 과거의 생각하고 싶지 않은 추억으로 중2의 시절처럼 내 감정을 싸움닭으로 만들고 있지 않은지 생각해 본다.

그때의 안 좋았던 기억들을 붙잡고 늘어지며 '그때 왜 그랬을까? 나에게 왜 그런 일이 생겼던 걸까?' 하고 말이다. 생각하면 생각할수록 꼬리에 꼬리를 물고 미운 감정은 더욱 커진다. 지나간 일로 다시 화가 나는 나를 발견하기도 한다. 사실 생각해 보면 즐거웠던 일이 더 많았을 텐데 왜 안 좋은 기억은 내 머릿속에 강하게 남아 있는지 말이다. 성인이 된 나는 어린 시절을 항상 힘들다고만 생각했다. 좋았던 추억보다 그렇지 않은 기억만 생각하니, 부정적인 것들이 나를 감싸 안으며 과거의 추억을 떠올리면 씁쓸한 기억밖에 생각나지 않았다.

힘들었던 사춘기 시절, 돌이켜보면 너무 즐겁고 행복했던 일들이 가득했다. 학교에서 친구들과 뒤로 넘어갈 정도로 깔깔깔 웃으며 시간을 보냈고 뭔가에 몰두해 있었다. 게다가 나는 명탐정 소녀이기도 했다. 소설과 만화책을 읽으면서 함께 추리해 나가는 탐정 말이다.

세상의 모든 엄마가 무서워하는 중2의 시절을 나도 보냈다. 두 아이의 엄마로서 나중에 겪을 내 아이들의 중2병이 두렵기도 하지만, 뭔가에 몰두할 수 있고 혼자만의 시간에 생각할 기회를 준다면 아마도 건강하게 성장하지 않을까 싶다. 그리고 좋은 추억을 차곡차곡 담아낼 수 있지 않을까? 과거 나의 불행했던 기억 대신, 지금 나의 아이들에게는 좋은 추억을 쌓을 기회를 주고 싶다. 그리고 그 추억으로 힘든 시기를 잘 버텨낼 수 있는 자양분을 만들어 가길 바란다.

지금껏 잊고 있었던 나의 중2 시절에 대한 추억을, 훗날 내 아이들이 성인이 된 후에도 다시 꺼내볼 수 있도록 말이다.

글쓰기 Tip

사춘기 시절의 나를 글쓰기 해보자.
내가 어떤 추억의 자양분을 가졌는지 말이다. 힘든 시간도 있었을 테고 내가 푹 빠져 있었던 것들 혹은 나를 위로해 준 것들에 대해 말이다.
추억은 때론 내가 잊고 지냈던 열정이었을지도 모르니 말이다. 그때의 내 감정을 잘 간직해 보자.

신성일과 이미자의 만남

나는 29살 노총각이다. 친구들은 다들 장가를 가서 아이도 낳고 알콩달콩 살아간다. 인물이 좋다는 얘기는 많이 들었다. 그래서 눈이 높냐고 사람들이 묻기도 한다.

나는 3남 3녀의 셋째다. 힘든 집안 살림과 돌아가신 아버님의 자리를 대신해 돈을 벌어야 했다. 홀로 계신 어머니를, 항상 걱정한다. 돈을 벌기 위해서 안 해본 일이 없었다. 월남전에도 참전했고 죽을 고비도 넘겼다. 포성 소리를 들으며 눈앞에 죽어가는 사람들을 보니 가족들이 생각났다. 죽을 각오로 참전한 월남전이었지만, 이곳에서 죽을 수는 없었다. 전투수당이 나오면 집으로 그 돈을 부쳤다. 내 목숨과 바꾼 돈이다.

월남전에서 살아 돌아온 나는 한 달이 지난 후 곧바로 원양어선을 탔다. 아프리카의 모리셔스, 케냐, 말레이시아 일본……. 긴 시간 배를 타는 건 참을 수 있었다. 힘든 어업을 하는 것도 견뎌낼 수 있었다. 하지만 가장 힘들었던 것은 고기를 잡지 못해 성과가 없을 때였다. 무조건 많이 잡아야 돈이 되었다. 한국으로 돌아오니 내 나이도 점점 결혼 적령기와 멀어졌다. 오랜만에 월남전 동기를 만났다. 그 친구가 참한 아가씨를 소개해 준다고 말한다.

◇

3살 때 아버지가 돌아가셨다. 아버지의 얼굴은 기억에 없다. 나는 2남 4녀의 다섯째 딸이다.

장녀는 아니었지만 어릴 때부터 어머니를 도와 손바느질부터 온갖 집안 살림을 도맡아 했다. 손이 야무지고 꼼꼼하다는 칭찬을 많이 받았다. 어머니 혼자 6남매를 키우셨다. 나는 언니를 따라 서울 용산에 있는 옷가게에서 먹고 자며 일을 했다. 눈썰미가 좋았던 나는 진열부터 포장까지 꼼꼼하고 깔끔하게 정리했다. 사장님은 진열과 포장은 내가 아니면 다른 사람은 시키지도 않았다.

적은 돈이지만 조금씩 모이니 뿌듯했다. 예쁘고 아름다운 청춘을 이곳에서 보내고 있지만, 하루하루 열심히 살면 분명 좋은 길이 나올 거라 생각했다.

어느 날 남자라고는 모르는 나에게 선이 들어왔다. 내 나이 23살이었다.

◇

아버지와 어머니는 힘든 어린 시절을 보내셨다고 한다. 물론 고생도 많이 하셨고 그걸 다 말하자면 하루도 부족하다. 아버지의 젊은 시절 사진을 보면 정말 미남이셨다. 신성일과 동급이라 말해도 될 정도로 말이다. 왜 그런 멋진 얼굴을 나에게 물려주지 않으셨는지 그 부분은 조금 아쉽다. 뚜렷한 이목구비는 언니가 다 가져갔으니 나까지는 오지 않았나 보다. 대신 나는 어머니의 얼굴을 빼다 박았다. 얼굴에 수건을 둘러쓰고 나란히 서 있으면 누가 누군지 분간이 되지 않았다. 신혼 초 남편은 이런 모녀의 모습을 보고 깜짝 놀라기도 했다. 아무래도 나는 어머니를 많이 닮았나 보다.

친정에 가면 한쪽 벽에 큰 세계지도가 붙어 있다. 아버지가 몇 년 전 부탁하신 지도다. 아버지는 여행을 참 좋아하신다. 올해 일흔 하나이신데도 불구하고 여행에 대한 욕심이 대단하다. 가끔 차를 갖고 어머니와 국내 여행도 다니신다. 젊은 시절 고생하며 재외근로자로 힘들게 사셨지만, 그곳에서 찍은 사진을 보며 추억에 잠겨 말씀해주시곤 한다. 45년 전 아프리카에서 찍은 사진은 지금 봐도 신기하기만 하다.

어머니는 가수 이미자를 참 좋아하신다. 오래 전 티켓을 구매해 두 분께 콘서트를 보내드렸는데 정말 좋아하셨다. 어머니의 이미지도 가수 이미자와 참 많이 닮으셨다. 어머니는 일하시면서도 음악을 틀어놓고 듣는 걸 좋아하신다. 손이 야무지고 꼼꼼하셔서 웬만한 건 거의 손으로 만들고 집안일을 하신다.

나의 어린 시절, 누구에게도 배운 적 없는 엄마의 미용기술로 언니와 내 머리는 뽀글뽀글 파마머리였다. 하지만 약의 부작용이었는지 파마한 머리는 점점 노랗게 탈색되었다. 처음엔 별로 신경 쓰지 않았는데 점점 노랗게 변하니, 뒤에서 보면 외국인인 줄 알고 사람들이 우리 앞에서 얼굴을 확인하곤 했다. 그 시절 노란 염색은 흔한 게 아니었다.

친언니가 초등학교 5학년 때쯤이었다. 마당에서 놀고 있는데 갑자기 대문이 퍽 하고 열리더니, 언니가 손에 들고 있던 도시락을 내팽개쳤다. 나는 놀라 언니를 쳐다봤고 부엌에 계시던 엄마도 화들짝 놀라 언니를 바라봤다. 당연히 대청마루에 있던 할머니와 친구 분도 놀라시긴 마찬가지였다.

"내 머리가 노랗다고 맥주로 머리 감았냐고 그래!"

이렇게 외치며 펑펑 우는 게 아닌가.

나는 어려서 그랬는지 남들이 얘기해도 별로 신경 쓰지 않았는데, 이미 고학년이었던 언니는 그렇지 않았나 보다. 그날 언니는 엄마에게 엄청 혼이 났다. 손님도 계셨고, 버르장머리 없이 대문을 발로 펑 차고 도시락을 던졌다는 이유로 말이다.

그 이후 엄마는 우리 머리에 파마를 해주지 않으셨다. 엄마도 우리의 모습을 보며 상처받으셨는지도 모르겠다. 예쁘게 꾸며주고 싶었던 엄마의 마음을 헤아려 드리지 못 한 건 아닐까 하는 마음이 들기도 한다.

아직 어린 쌍둥이의 머리카락을 나는 집에서 잘라주고 있다. 아이들에겐 미용실 놀이를 하자며 나름대로 놀이라 생각하고 해주고 있다. 배운 적도 없는 미용기술은 다행히 엄마의 손재주를 닮아 썩 괜찮게 잘라주고 있다. 아들은 제법 늠름하게 앉아 머리를 깎는다. 간혹 간지럽거나 따가우면 눈을 찡그리는데 어찌나 귀여운지 모르겠다. 딸은 앞머리만 잘라주는데 짧게 잘라달라고 주문까지 한다. 미용실은 아빠가 머리를 깎을 때만 따라가 봤으니 아마도 본인들이 머리를 깎으러 가는 곳이라고는 생각하지 못하는 듯하다. 몇 살까지 이렇게 머리카락을 잘라줄 수 있을지 모르겠지만 나는 아이들과 하는 이 미용실 놀이가 참 좋다.

우리 삼남매는 모두 결혼을 해서 각각 아이를 키우고 있다. 오빠는 딸 연아, 언니는 아들 은찬이, 그리고 나는 아들, 딸 쌍둥이인 하람이 물결이를 말이다. 아이들을 키우며 그 아이들의 이야기를 만들어가고 있고, 또 그 아이들로 인해 우리의 이야기가 만들어지고 있다. 나의 아버지, 어머니의 이야기처럼 말이다.

결혼을 하고 나이가 드니 부모님과 자주 이야기할 시간이 적어졌다. 쌍둥이를 키우며 살아가기도 벅차니 말이다. 어린 시절 그나마 부모님이 해주신 당신의 이야기가 전부였고, 커가면서 공부를 한다는 이유로 그마저도 줄어들었으니 부모와 자식 간의 사이는 평행선으로 흘러갔다.

가까이 있는 듯하지만 서로 만나지는 않는 그런 선 말이다.

같은 날의 기억이지만 부모님과 나의 기억은 서로 다른 추억으로 남는다. 생각지도 못했던 일들에 대한 이야기로 코끝이 찡해지는 기분을 맛볼 수 있을지도 모르겠다. 혹여나 부모님에 대한 원망과 미움이 앞선다면 일단 글로 적어보자. 시작은 원망일지라도 결국 부모님의 사랑을 찾아 글을 마무리 지을 수 있을 것이다. 나 또한 부모님의 기억 속에 사라진 내 안의 미움과 작은 불씨들을 찾아 하나하나 글로 표현하며 상처를 씻어 내려갔다. 어색하고 힘든 작업임은 틀림없다. 울음을 쏟아내며 순간 더 큰 원망으로 다가올 수도 있다. 하지만 그 상처를 씻어내야 내면의 나를 발견하고 그 미움이 조금은 사그라질 수 있다.

못 믿겠다면 일단 속는 셈 치고 노트와 펜을 들어 생각나는 대로 적어보자. 부모님에 대해서 그리고 부모님과의 관계에 대해서 말이다. 거기에 추억까지 적어본다면 그 효과는 더욱 커질 것이다.

이참에 오늘 부모님을 찾아뵙는 건 어떨까? 그게 어렵다면 전화 한 통이라도 드려보자. 뜻밖의 연락에 오랜만에 웃음 가득한 날을 보내실지도 모른다.

글쓰기 Tip

부모님의 이야기를 듣고 글쓰기를 해보자.
그 이야기를 통해 나를 발견할 수 있고, 부모님의 생각도 읽을 수 있을 것이다.
좀 더 가까워진 관계를 형성하며, 다시 나와 내 아이의 이야기로 만들어 볼 수 있을 것이다.

이상형의 남자는 만날 수 없다고?

나를 진심으로 사랑해주는 사람, 마음이 넓고 가정적인 사람, 술 담배는 안 하는 사람이 아닌 못 하는 사람, 약속 시간 잘 지키는 사람, 어른 공경할 줄 아는 사람.

내가 원하는 이상형이다. 이 다섯 가지는 대학을 들어가서부터 결혼 전까지 나의 연애 철학이자 수칙들이었다. 만남에 있어서 하나라도 아니다 싶으면 소개를 받아도 만나지 않았다. 물론 처음부터 그랬던 것은 아니다. 대학을 들어가 소개팅이라는 것을 해보고 남자친구도 생기면서 터득한 것들이다.

대학에 들어가니 고등학교 때와는 다르게 자유의 시간이 좀 더 있었다. 가슴 설레는 미팅도 해보고, 마음에 드는 상대가 나를 찍어주길 바라기도 하면서 말이다. 하지만 언제나 설레는 것은 아니었다. 폭탄들 속에서 속으로 절규하며 자폭한 적도 있었으니 말이다. 물론 그들에게 나 또한 폭탄이었을지는 아무도 모른다.

대학 시절 여학생과 남학생의 비율이 7 : 3 정도 되었다. 게다가 같은 과 여학생들은 어찌나 예쁘던지 내가 봐도 시선이 갔다. 남학생들에게 인기를 얻기는 글렀다고 생각했다. 개강 초가 지나고 조금씩 친구들과 친해질 무렵, 학생들끼리 각자 그룹이 형성되기 시작했다. 마음에 드는 친구들끼리 뭉치기 시작한 거다. 과대가 된 나는 부과대 남학생과 함께 다녔다. 여기도 저기도 속하지 못한 것이다. 학기 초 정신없었던 것도 한몫했고, 툭하면 교무실에 불려가듯 조교님께 가서 전달사항과 필요한 기자재 설치 등 잡일을 해야 했으니 말이다.

나는 어쩌다 과대가 되었다. 입학식 후 큰 강의실의 단상에 올라와 각자 마이크로 인사하는 시간이 있었다. 떨리는 마음에 나도 모르게 목소리를 깔았나 보다. 남학생들의 이야기가 들렸다.

"야! 쟤 목소리 되게 좋다."

그렇다. 나는 얼굴이 아닌 목소리 때문에 과대가 되었다. 목소리 하나만으로도 과대가 될 수 있다는 걸 증명하는 순간이었다. 지금이야 아줌마가 되고 두 아이를 키우며 우악스럽게 소리를 지르는 이 시대 엄마가 되었지만, 나도 한때는 참 예쁜 목소리를 갖고 있었다.

학창시절을 돌이켜 보면 매번 등장하는 인물이 있다. 독하게 공부하는 안경 쓴 여학생. 나도 열심히 공부해서 장학금이라는 것을 받아보고 싶었다. 그런데 역시나 공부는 노력해도 어느 선에 도달하면 그 이상 올라가기 힘들다는 것을 다시 한 번 느꼈다. 천성적으로 공부에 탁월한 기질을 가진 학생은 어디를 가도 있는 모양이다. 깔끔하게 그 여학생에게 장학금을 양보했다. 그리고 생각했다.

'어차피 장학금도 못 받을 거 대충 공부하고 아르바이트를 하자!'

포기와 선택이 참 빨랐다. 그때부터 적당한 아르바이트를 찾아 일하기 시작했다. 수업이 끝나면 부리나케 달려 일하는 장소로 갔다.

큰 건물 안에서 악세서리부터 옷, 특별한 날엔 초콜릿이나 사탕도 파는 곳이었다. 나는 건물 앞 가판에서 머리핀을 판매했다.

스무 살이 되니 외모에 더욱 신경 쓰게 되고, 손님이 없을 땐 옆에 붙어 있는 거울을 보며 코가 높아지길 바라는 마음으로 꾹꾹 위로 올려 만졌다. 그렇게 하면 진짜 코가 높아질 거라고 생각했다. 거울을 볼 때마다 조금씩 올라가고 있는 듯한 느낌마저 있었다. 틈날 때마다 거울을 보며 코를 매만져 주는 내 뒤로 누가 피식 웃으며 지나간다. 같이 일하는 남자 직원인 듯싶다. 정신을 차리고 뒤를 돌아봤다. 가끔 마주치던 아르바이트생이었는데, 머리핀을 판매하고 내 코만 보느라 관심두지 않았나 보다. 그런데 조금씩 그 아르바이트생이 신경 쓰이기 시작했다. 함께 일하는 친구에게 살짝 물어봤다. 저 남학생이 누구인지 그리고 몇 살인지 말이다. 나보다 1살 많은 오빠고 지금 휴학 중이란다. 틈틈이 코를 만지면서 항상 거울을 주시했다. 그 오빠가 궁금해졌다.

며칠이 지났다. 내 존재를 그 아르바이트생 오빠에게 알려야겠다는 생각을 했다. 일할 때 나눠준 점퍼가 있는데 창고에 들어가 그 오빠 점퍼를 찾아 쪽지를 넣었다. 내일 저녁때 퇴근하면 같이 집에 가자고. 아니 뭐 이런 당돌한 여학생이 있을까 싶지만 내가 그랬다. 궁금한 건 못 참았다.

다음 날 퇴근 시간이 다가왔다. 그 쪽지를 읽었을까 궁금하기도 했지만, 생각해보니 약속 장소나 딱히 언제 가자는 얘기도 쓰지 않은 그냥 쪽지였다. 호기심이 많은 만큼 빈틈 또한 많은 나였다. 퇴근 시간이 되어 허탈한 마음에 터벅터벅 걸어가는데 누가 내 어깨를 툭 치며 말을 건다.

"같이 가자면서 왜 먼저가?"

그 오빠였다. 걸어가면서 우리 집에 바래다주겠단다. 함께 걸으며 우린 얘기했다.

다음 날부터 일하는 시간은 꽤 설레었다. 코를 만지는 일은 계속했다. 거울을 보며 그 오빠가 지나가는 걸 봐야 했기 때문이다. 퇴근 후엔 매번 걸어서 집까지 바래다주었다. 우리 둘은 요즘 말하는 썸을 타고 있었다.

나는 평일 근무만 했다. 주말은 쉬어줘야 학교공부와 아르바이트의 피로를 풀 수 있으니 말이다. 사실 공부는 그 여학생에게 이미 양보한 터였지만 말이다. 그리고 주말에는 오빠도 쉬었다.

하루는 과장님이 이번 주말이 많이 바쁠 것 같다며, 출근하면 시급을 좀 더 준다고 하신다. 특별한 약속이 없었던 터라 수당도 더 받을 겸 알겠다고 말씀드렸다.

주말에 출근하니 사람들은 정말 많았다. 거울을 볼 시간도 없었고 오로지 손님 상대만 할 수밖에 없었다. 조금 한산해질 무렵 내 앞에 아르바이트생 오빠가 서 있었다. 나를 보러 온 건가 하는 반가운 마음에 웃음을 지으려는데 옆에 웬 여자가 함께 있는 게 아닌가! 여자 친구였다. 아니 이건 무슨 상황인 거지? 손에는 영화를 보고 왔는지 팸플릿이 들려 있다. 내가 보고 싶다던 영화의 포스터였다. 그 오빠는 여자 친구가 있었다. 게다가 몇 달 후 군대에 입대해야 하는 상황이었다. 정말 최악의 시나리오를 가진 그 오빠를 처음엔 알 수 없었다. 이 사람도 나를 좋아하는 마음이 있구나 하는 정도만 알고 있었다. 나중에 알고 보니 본인도 흔들렸지만 여자 친구도 있었고, 입대해야 하는 상황을 어떻게 설명해야 하나 고민했나 보다. 그렇다고 뜬금없이 일하는 내 앞에 다정하게 와서는 여자 친구를 보여줄 줄이야!

남편과 학창 시절 이야기를 나누면 몰랐던 사실도 알고 함께 그 시절을 여행하는 기분이 들 때가 있다. 내가 일생의 처음 딱지를 맞은 이 이야기를 하면 남편은 얘기한다.

"걔도 참 보는 눈이 없네! 뭐 그런 애가 다 있데!"

남편은 모르는 것 같다. 그런 애가 있어서 나를 만나게 된 것을 말이다. 나는 피식 웃으며 남편을 바라본다. 보는 눈이 높아서 나를 만나게 된 이 남자를 말이다. 남편의 학창시절 앨범을 꺼내 함께 본 적이 있다. 정말 예쁘게 생긴 여학생이 옆에 있는데 분명 첫사랑인 게 틀림없다.

"얼마나 사귀었어? 얼굴이 예쁘네?"

날카로운 눈빛으로 추궁하는데 끝까지 아니라고 말한다. 예전 책장을 정리하다 오래된 논문집을 발견한 적이 있었다. 보스턴에서 온 편지도 말이다. 그 여학생의 이름이 적혀 있었다. 물론 열어보진 않았다. 각자 나름의 추억이 있는 것이고 내가 추궁한 이유는 남편을 놀리기 위해서 그런 것이니 말이다. 게다가 지금은 내 남편이니 가진 자의 여유라고 표현해야 할까?

그 첫사랑의 여학생도 우리 부부처럼 추억하지 않을까 싶다. 오래전 그날 행복하고 풋풋했던 시절을 말이다. 글을 쓰며 학창시절을 떠올리니 내가 잊고 있었던 기억들이 다시금 꽃피듯 피어난다.

오늘은 내가 가진 나의 앨범을 꺼내 다시 추억해 봐야겠다. 남편의 첫사랑 얼굴도 다시 볼 겸 말이다.

글쓰기 Tip

학창시절 추억을 글로 써보자.
첫사랑에 대한 이야기도 좋고 가장 행복했던 순간도 좋다. 그냥 생각만 해도 내 마음을 설레게 한 그 무엇을 적어보자. 글로 쓰고 생각하는 것만으로 그때의 나로 다시 돌아간 착각마저 들것이다.
추억은 시간이 지날수록 흐리게 옅어진다. 더 잊히기 전에, 그때의 순수했던 내 마음을 적어 보는 건 어떨까?

제2장
결혼, 그 화려한 서막

미녀와 야수?
미녀와 도둑님!

두 여자가 앉은 테이블 위에 소주 4병이 있다.

언제 이만큼 마셨는지 모르겠다. 5병째 소주를 시켜야 하나 고민 중이다. 한 여자가 벨을 누른다. 이젠 안주 따위는 중요한 게 아니다. 술이 물로 느껴졌을 때 이미 그만 마셔야 했다.

끝도 없는 이야기를 계속하고 있다. 서로의 힘듦을 위로하며 우린 그렇게 마시고 또 마셨다. 내 평생 이렇게 많은 술을 마셔본 건 처음이자 마지막이 아닐까 싶다.

대학을 졸업하고 회사에 취업했다. 나름 괜찮은 회사고, 나와 가족들도 만족했으니 말이다. 회사 생활은 무미건조했다. 매일매일 똑같고 신나는 일도 없었다. 회사에서 즐거운 일을 찾는 것 자체가 의미 없는 일이었다. 얼마 안 되는 여직원들은 서로 서열을 나눠 그룹으로 나눠 지냈다. 그런 걸 좋아하지 않았던 나는 함께 입사한 언니와 다녔지만, 얼마 안 가 그 언니마저 다른 부서로 옮기며 혼자 다니는 시간이 많아졌다. 함께 어울리지 못하는 내가 부족하다고 생각들겠지만, 이리저리 휘둘리며 다니고 싶지 않았다. 싫은 걸 좋다고 맞장구쳐주는 것도 나와 맞지 않았다.

어느 날 새로 여직원이 입사했다. 아담한 체구의 나보다 2살 많은 언니였다. 왠지 이 언니에게 마음이 끌렸다. 나처럼 어울리지 못할 것 같아 안쓰러웠다. 언니지만 동생 살피듯 아껴 주었다. 우린 서로 마음이 통했다. 내 인생을 바꿔 준 송지은 언니다.

회사 생활은 녹록지 않았다. 언니가 있던 부서의 남자 직원은 하루도 빠짐없이 언니를 갈궈서 언니는 여직원 휴게실에서 우는 날이 잦았다. 나 또한 일도 맞지 않았고, 같은 부서 언니와도 마음이 맞지 않아 겉돌던 상황이었다. 일보다 사람 때문에 힘들어서 우리를 지치게 했다. 퇴근하면 호프집에서 술을 마시며 서로를 위로했다. 그나마 이런 시간이 있기에 버틸 수 있었다. 하지만 더는 이렇게 회사생활을 할 수 없을 것 같다는 생각에 아무에게도 얘기하지 않고 이직을 준비했다. 물론 언니에겐 미안했다. 언니는 믿었지만, 나의 이직 준비 소식을 들으면 더 힘들어하지 않을까 싶어 말하지 않았다. 어차피 언니를 제외하고 나를 붙잡을 사람은 없었기에 아쉬운 마음은 들지 않았다.

나의 이직 소식을 들은 언니는 축하한다면서도 나 없이 어떻게 지내냐며 마음 아파했다. 나는 서둘러 이직을 준비하라고 언니에게 조언했다. 이곳에선 어떤 것도 얻고 나갈 수 없을 거라고 말이다. 몇 달 뒤 언니도 이직에 성공했다. 그것도 나의 회사 근처로 말이다.

어느 날 언니의 메시지를 받았다. 같이 근무하는 직원 중에 정말 괜찮은 사람이 있다고 말이다. 일단 나이가 궁금했다. 언니가 소개해주는 사람이라면 다른 건 이미 검증돼 있을 테니 말이다.

"응, 민정! 얼굴은 정말 동안이야. 액면가는 29살인데 나이는……. 32살."

내 나이 24살이었다. 말도 안 되는 나이였다. 액면가가 중요한 게 아니었다. 8살 차이? 이미 노총각의 길로 가고 있는 나이와 이제 막 꽃핀 나이를 두고 액면가를 따질 게 아니었다.

나는 단번에 거절했다. 언니에게 미안하지도 않았다. 단지 사람은 정말 좋은가 보다 하고 생각했다. 언니는 얘기했던 그 사람을 자꾸 만나보라며 몇 번을 되물었다. 당연히 거절했다.

퇴근 시간을 앞두고 지은 언니에게 연락이 왔다. 삼겹살에 소주 한 잔 어떠냐고. 그날 몸살기도 있고 피곤한 상태였지만 언니의 약속을 거절할 수 없어 근처 대학가에 약속 장소를 잡고 회사를 나섰다.

차가 막혀서 조금 늦을 것 같다는 메시지를 받고, 삼겹살집 앞에서 이어폰으로 음악을 들으며 딴생각을 하고 있었다.

"민정! 많이 늦었지?"

언니의 목소리가 들렸다. 귀에 꽂혀 있던 이어폰을 빼는데 옆에 내 또래 여자가 서 있었다. 함께 나온 여직원이라는데 자세히 보니 고등학교 동창이다. 친하진 않았지만 이렇게 만나니 반가워 인사했다. 그런데 옆에 또 누가 서 있다. 회사 점퍼를 입고 있는 남자였다. 당황하는 내 눈빛에 언니는 말했다.

"민정. 내가 저번에 말한 그 남자 직원이야. 고깃집 들어가서 얘기하자!"

지은언니는 나를 끌고 들어갔다. 그 남자도 당황한 기색이 역력했다. 나와 마찬가지로 예고 없이 약속장소에 나온 게 틀림없다. 무엇보다 준비하지 못한 내 옷차림과 초췌한 얼굴은 정말 창피했다.

'미리 좀 얘기해주지. 아 진짜.'

거울이 필요했다. 하지만 언니는 준비할 시간을 주지 않았다. 우린 어색하게 테이블에 둘러앉았다. 그 남자는 내 눈에 들어오지 않았다. 오로지 내 모습 때문에 온통 나에게 신경 쓰고 있었다. 고기를 시키고 술도 하나 시켰다. 피곤한 내 몸 상태 덕에 고기도 술도 잘 먹지 못했다. 남자는 말이 없었다. 언니는 어색한 분위기를 띄워 보려 노력했다.

'그래. 언니가 소개해준다고 거짓말까지 했는데 잘 얘기해서 돌려보내자.'

그때부터 나는 남자에게 말을 걸어 분위기를 띄우기 시작했다. 누구를 닮은 것 같다며, 뭘 좋아하는지 언니와는 어떻게 알게 되었는지 영혼 없는 질문을 퍼붓기 시작했다. 속도 안 좋고 몸 상태도 별로인데 남자의 대답도 시큰둥하다. 나한테 관심이 없어 보였다. 많은 소개를 받아본 건 아니지만, 이런 반응은 처음이었다. 언니는 안 되겠는지 2차로 보드게임을 하러 가자고 제안했다. 그 당시 가장 인기 있는 아이템이었다. 처음 내 마음 같아서는 거절하고 돌아갔을 텐데, 시큰둥한 남자의 반응에 오기가 생겨 좋다고 승낙했다.

보드게임 방에 도착해 원숭이 게임을 시켰다. 게임에 몰두하다 보니 남자가 눈에 들어오지 않았다. 오로지 승부만이 나를 불태우고 있었다. 앞뒤 안 가리며 게임에만 몰두하는 내 모습이 자연스럽게 그 남자 눈에 비췄나 보다. 게임이 끝나고 나서야 남자가 보였다. 이럴 땐 나도 참 단순하다.

통금시간이 있던 나는 집으로 가야 했다. 언니와 동창, 그리고 나를 태우고 남자는 동선이 가장 가까운 우리 집으로 먼저 향했다. 집근처에 도착해 차에서 내리려는데 남자는 고개만 살짝 뒤로 돌려 잘 가라고 인사한다. 마지막까지 성의 없는 남자의 태도에, 나는 꼭 연락처를 주고야 말겠다고 생각했다.

3일이 지나도 남자의 연락이 없다. 아니, 연락처를 묻지 않았다. 내 오기를 발끈하게 만드는 이 남자는 뭐지? 지은 언니에게 전화해 왜 내 연락처를 왜 안 물어보냐며 궁금해 했다. 언니는 연락을 하지 않았냐며 깜짝 놀랐고 바로 남자에게 물었나 보다. 그 남자의 대답은 내 예상을 깼다.

"연락처를 알려줄 때까지 기다리고 있었어요."

연애라고는 경험이 없는 사람이라고 생각하고 연락을 기다렸다. 그런데 이 남자, 연락이 없다. 혹시 연애 경험이 없는 게 아니고 밀당의 고수일까?

결혼한 친언니에게 전화해 하소연했다. 살다 살다 이런 적은 처음이라며 말이다. 속상한 마음에 언니와 시간을 보낼 겸 주말 서울로 갔다. 대학로에서 연극을 보고 오는 지하철 안에서 문자가 온다.

"잘 지내고 계세요?"

그 남자였다. 내 기필코 이 남자를 만나서 따져야겠다고 생각했다. 약속을 정하는데 자기도 서울이라며 다음 날 일요일 같이 집에 내려가잔다. 점점 미궁 속으로 빠져든다. 알 수 없는 남자의 마음이었다. 다음 날 최대한 예쁘게 꾸미고 대학로에 나갔다. 카페에서 만난 나는, 그 남자에게 다짜고짜 따지려는 순간 그가 먼저 말을 꺼낸다. 연락하고 싶었다고. 다시 그 남자의 얼굴을 바라봤다. 진심이 묻어나는 얼굴이다.

결혼 전까지 나는 많은 연애를 해보진 않았다. 하지만 이런 남자는 처음이었다. 나이도 많은데 표현까지 안 하는 남자. 보통 나이가 많으면 들이대는 게 정석이라 생각하고 있던 나였다. 결혼이 급하니까.

하지만 이 남자 본능적으로 알았나 보다. 결혼을 두려워하는 어린 여자에게 그건 금물이라는 것을 말이다. 불현듯 결혼해 애 낳고 서로 멀리 떨어져 사는 지은 언니가 궁금해졌다. 굳이 나이 많은 아저씨를 무리해서까지 소개해준 나의 지은 언니가 말이다. 힘들 때 항상 곁에 있었는데, 결혼이라는 걸 하고 각자의 생활에 바빠 연락 한번 하지 못한 게 마음에 걸린다. 오늘 전화 한 통 해야겠다. 어떻게 사는지 남편이 잘해 주는지 말이다.

이젠 각자 두 아이의 엄마가 된 우리가 다시 만나면 소주는 딱 1병만 먹는 거로 해야겠다. 그 시절로 돌아간 우리는 이미 추억 속에 취해 있을 테니 말이다.

글쓰기 Tip

힘들던 시절 분명 힘이 된 사람이 있을 것이다.
그 사람에게 쓰는 편지도 좋고, 혹은 내 인생의 전환점을 만들어준 사람도 좋다.
글로 표현함으로써 생각지 못한 나의 마음속 감정들을 꺼내보자. 그 시절의 추억으로 인해 지금의 내 모습에 감사하는 나를 발견할지도 모른다.

만리장성이 막아도 간다!

여자를 바라보는 남자의 눈이 그윽하다. 8살 많은 이 남자, 처음과 다르게 날이 갈수록 여자에게 빠져든다. 남자를 반하게 한 여자에게 비법이 있다고 생각할지 모르겠다. 하지만 사랑이라는 게 누가 어떤 비법으로 만드는 게 아닌, 자연스러운 것이라는 걸 해본 사람들은 알 것이다.

하지만 여자에게 매력이 있다는 것은 부인하지 않겠다. 나를 아는 사람들이 이 글을 읽으며 책을 집어 던지지 않길 바라며 말이다.

우리는 만난 지 5일 만에 연인 사이가 되었다. 사실 짧은 시간이지만, 이 남자의 한마디 때문에 한번 만나보자는 생각을 했다.

"민정 씨는 아직 어리고 나는 나이가 많으니, 아마도 만남이 부담스러울 거예요. 하지만 일단 날 만나보고, 아니다 싶으면 그만 만나도 되는 거니 기회를 주세요."

그땐 별로 다 싫으면 안 만나면 되겠다고 생각했는데, 지금 보니 32살 아저씨의 노련함을 24살이 따라가지 못한 듯싶다. 그렇게 약속 아닌 약속을 받으며 연애를 시작했다. 남자는 처음과 다르게 자상한 모습이 더욱 드러났다. 만날수록 자꾸 보고 싶은 마음이 생겼고, 이런 게 사랑인지 생각할 틈도 없이 서로에게 빠져들었다.

나의 친언니는 나보다 2살 많다. 내가 연애를 하고 있을 때 언니는 이미 달콤한 신혼 생활을 하던 중이었다. 남들은 믿기 힘들겠지만, 언니는 형부를 만나고 딱 3개월 만에 결혼했다. 그 3개월 동안 상견례, 예식장 대여, 살림살이 구입을 모두 끝냈다. 물론 그 뒤엔 형부가 있었지만 말이다. 만난 지 한 달도 안 돼 결혼하겠다는 언니의 말에 나는 불안했다.

"언니! 진짜 괜찮은 남자야? 어떻게 만난 지 한 달도 안 돼 결혼을 결정해?"

나는 속에 있는 말을 다 내뱉어도 부족했다. 진짜 눈에 뭐가 쓰인 게 아닌가 싶었다. 형부를 보니 사람은 참 좋구나 싶으면서도 불안했다. 30일도 안 돼 내 인생을 책임져줄 남자를 선택하는 게, 있을 수 있는 일인가. 지금 생각해보면 언니는 나보다 선택이 빨랐다. 보는 눈이 있었던 걸까? 지금도 형부와 사는 모습을 보면 한 달 만에 결정한 언니의 선택이 운명을 바꿀 만큼 대단했다는 것을 느낀다. 그 둘은 천생연분이다.

밤 10시 30분. 나의 통금시간이다. 회사가 끝나고 남자와 저녁만 먹어도 9시 30분이 다 되었다. 집에 갈 시간만 남은 것이다. 연애할 때 1시간이 1분처럼 느껴졌다 얘기하면 거짓말이라 생각할지 모르겠다. 하지만 그때의 나와 남자는 그렇게 느끼고 있었다.

남자는 회사 일이 바쁘면 내 얼굴을 보고 집에 바래다준 후, 다시 회사에 들어가 밤늦게까지 못한 일을 하고 퇴근했다. 평일 그 짧은 시간에 만나 저녁만 먹고 헤어지기 일쑤였다. 우린 거의 매일 만났다. 주말이 되면 아침부터 만나 저녁까지 있을 수 있으니 그 달콤함은 이루 말할 수 없었으나, 헤어질 땐 아쉬움의 후유증이 상당히 컸다.

하루는 함께 데이트를 하며 이것저것 구경을 하다 주얼리 가게에 눈길이 갔다. 별생각 없이 밖에서 구경하는데 남자가 들어가자며 나를 끌고 간다. 말할 틈도 없이 이것저것 끼워주고 보더니 씩 웃는다.

뭐 그러려니 하고 가게를 나왔다. 예뻤지만 반지는 고가인 데다가 사귄 지 2주도 안 되었을 때라 별 의미를 두지 않았다. 내 성격상 큰 선물을 받는 것에도 익숙하지 않았을 뿐더러 남자가 밥을 사면 커피는 내가 사야 했다.

일주일 후 남자와 멋진 카페에 갔다. 차를 마시며 내가 준비한 선물을 내밀었다. '나와 닮은 사람에게 주고 싶은 책'이라는 제목의 겉표지가 예쁜 책이었다. 서로를 너무 사랑하여 눈빛까지 닮고 싶은 연인들에게 바치는 책이라고 저자가 소개했다. 읽는 내내 이 사람에게 주면 좋겠다 싶어 앞에 간단한 메시지를 써 선물했다. 남자는 다시 책을 펴더니 내가 쓴 메시지 옆에 다시 글을 쓴다.

'우리가 서로 닮아가 완전한 하나의 사랑을 이룰 때 이 책을 다시 당신께 바칩니다. 이 순간을 평생, 아니 영원히 기억할게요.'

글을 쓴 남자가 책과 함께 작은 상자를 내민다. 반지였다. 사귄 지 3주도 안 돼 커플링이라니. 그래서 지난주 반지를 끼워주며 그렇게 웃었던 걸까. 이 남자의 행보가 심상치 않다. 그때까지만 해도 우리의 행복이 그렇게 계속될 줄만 알았다. 우리 사이의 커다란 장벽을 만나기 전까지 말이다.

나의 아버지는 집안의 대소사에 상당히 신경 쓰는 분이셨다. 게다가 족보에 대한 사랑은 어찌나 지극하신지 어린 시절부터 오빠, 언니, 나는 우리 집안의 본관이 어디이며 몇 대손인지 족보의 세세한 내용까지 알려주시고 매번 복습하듯 물으셨다. 상투만 틀지 않았지 아버지는 종갓집 어른과 맞먹을 정도로 대쪽 같은 분이셨다. 집안에는 들기도 힘든 족보들이 꽂혀 있었다.

나와 남자는 동성동본이다. 그 사실을 알게 된 나는 고민했다. 더 깊은 사이가 되기 전에 헤어져야겠다고 마음먹었다. 나중에 아버지의 허락을 받을 자신도 없었다. 그래서 남자에게 헤어지자고 담담하게 얘기했다. 사랑한다고 다 되는 건 아니라는 생각이 들었다. 그러자 남자는 당황했다. 이걸로 우리가 헤어지면 안 된다는 말을 남기고 주말 자신의 부모님이 계신 경기도의 집으로 갔다. 나는 생각할 시간을 주는 건가 싶었다. 다시 만난 남자는 나에게 말한다.

"민정아, 오빠만 믿어! 오빠가 다 알아서 할게."

확신하는 남자의 말에 놀랐다. 다 알아서 한다고? 어떻게? 이 남자에게 뭔가 있는 건가 싶었다. 무조건 믿으라며 걱정하지 말라니 도대체 주말 내내 뭘 하고 온 건지 궁금했다.

나는 동성동본의 결혼은 무조건 안 되는 줄 알았다. 하지만 남자는 동성동본의 결혼에 대해 찾아봤나 보다. 본인의 집에 있는 족보를 꺼내 샅샅이 뒤져 가능한 결혼으로 만들려 노력했다.

법까지 찾아보니 1997년 7월 헌법재판소에서 헌법 불합치 판결을 받고, 1999년 1월부터 효력을 상실(근친혼-8촌 이내-이 아니면 혼인신고가 가능해짐), 2005년 개정된 민법에서도 동성동본 금혼 규정을 폐지(공포 일자 3월 31일)하는 조항을 찾은 것이다. 우리가 만나고 있을 당시가 2005년 7월이었다.

남자의 행동에 나는 믿음이 갔고 '그래. 가보자!' 마음먹었지만, 마음 한편에는 아버지에 대한 걱정이 있었다. 법 개정이 이렇게 되었다고 어른들의 생각마저 개정된 것은 아니었다.

남자와 사귀고 한 달 뒤부터 교환 일기를 쓰기 시작했다. 두툼한 갈색 종이의 노트를 사서 그곳에 적고 싶은 메시지나 목표, 하고 싶은 것에 대한 꿈을 적었다. 왠지 이 남자와 함께 라면 목표와 꿈을 다 이룰 수 있을 것 같았다. 말로 표현하고 글로 적으면 그것이 이루어진다는 것을 나는 이때부터 실천한 것이다. 작은 것부터 미래의 꿈까지 적어가며, 우리는 한곳을 보며 향해가고 있었다. 만나면서 이루어낸 것들도 꽤 있었다. 소소하지만 그렇게 하나하나 해나가는 우리는 행복했다.

내가 남자에게 줬던 '나랑 닮은 사람에게 주고 싶은 책'을 펼쳐본다. 그때의 풋풋하고 가슴 뜨거웠던 사랑이 느껴진다. '이 순간을 평생, 아니 영원히 기억할게요.'라고 썼던 이 남자.

지금 나와 같은 집에 사는 남자에게 묻는다. 나를 몇 번째 만났을 때 결혼을 생각했냐고.

"두 번째."

갑자기 친언니가 생각난다. '그래, 사랑에 빠지는 건 시간이 중요한 게 아니지.' 그리고 그윽하게 이 남자를 바라본다. 남자는 부드럽게 바라보는 내 눈을 살며시 가리며 얘기한다.

"징그럽게 이러지 마."

그래! 12년 차 부부에게 이런 그윽한 눈빛은 사치고 남편에 대한 행패다. 하지만 가끔 이런 사치를 부려줘야 나중에 나의 사랑을 더 홍청망청 쓸 수 있지 않을까. 사치도 부려본 사람이 부릴 수 있다. 사랑도 해 본 사람만이 할 수 있듯 말이다.

글쓰기 Tip

나의 연애 시절을 떠올려 보자.
될 수 있으면 지금의 남편 혹은 아내를 떠올리는 게 가장 안전하다.
그때의 나로 돌아가 편지를 써보자.
단 몇 줄도 좋다. 내 마음을 표현한 글이라면 말이다.
그리고 상대에게 전해주자. 내 마음보다 편지를 받은 상대가 더 행복해할 것이다.

다시 시간을 돌린대도 선택은 항상 너야

"아버지, 생신을 진심으로 축하드립니다. 항상 건강하시길 바랍니다. 조만간 좋은 소식 전해드리겠습니다."

여자는 놀라 남자를 쳐다본다. 아직 좋은 소식을 전해드릴 단계가 아니었다. 이제 겨우 한 달 남짓 만났다. 주변을 바라봤다. 이렇게 많은 친척이 오신 자리인지 몰랐다. 여자는 음식이 입으로 넘어가는지 코로 들어가는지 알 수 없다. 그저 남자 옆에 있을 뿐. 남자의 부모님과 친척들은 오로지 여자에게만 관심 두고 있었다.

남자와 사귀던 날, 그는 나에게 얘기했다. 한 달 뒤 있을 부모님의 생신에 함께 가자고. 큰 의미 없이 승낙했던 터다. 그런데 이렇게 큰 잔치일 줄은 꿈에도 몰랐다. 가볍게 가족들과 식사하는 자리인 줄 알고 참석한 것이다. 남자의 어머니께선 내 손에 끼어있는 반지를 보고 말씀하신다.

"커플링이야? 예쁘네."

내 손을 잡고 흐뭇해하신다. 잔치의 분위기는 화목하다. 다들 예비 며느리가 왔다며 좋아하셨다. 식사가 끝나고 가족들과 노래방에 갔다. 인원 수가 많다 보니 방을 여러 개 잡아 노래를 부르기 시작했다. 나와 남자도 선곡해서 노래를 불렀다.

긴장해서였을까. 어떻게 불렀는지 기억도 안 난다. 예비 며느리로서 한 곡 불러야 하는 상황이었다. 다들 큰 박수와 함께 즐거워하신다. 노래가 끝나니 끝에 앉아 계신 큰외삼촌님이 손짓하며 부른다.

나와 남자는 옆에 가서 앉았다.

"아버지가 이렇게 좋아하시는 모습 처음 봤다. 동성동본 그거 중요한 거 아니야. 무조건 밀어붙여라!"

가족들은 이미 다 알고 있었다. 내가 헤어지자고 얘기한 후 경기도 본가에서 족보를 뒤지며 찾았을 때 남자의 부모님은 눈치 채고 계셨다. 그걸 알면서도 내가 참석한 생신 자리에서 그렇게 좋아하신 거다.

그건 나와 남자를 허락한다는 의미였다. 남자는 흔들리는 나를 잡아줄 수 있었고, 마지막 종착역까지 갈 수 있는 용기를 얻은 것이다.

남자는 언제나 긍정적이었다. 성격이 급한 나와는 반대로 느긋하고 여유 있었다. 그런데도 시간 약속은 한 번도 어긴 적 없는 사람이었다. 나의 이야기에 귀담아 들어주고 공감해줬다. 서툴지만 여자의 마음을 잘 헤아려줬다. 세상에 이런 남자가 있을까 싶을 정도로 그는 자상했다.

내가 이 남자와 결혼을 결심한 계기가 있다. 저녁 야경을 보며 드라이브를 하는데 심오한 표정으로 남자가 말한다.

"보통 남자들은 연애할 때 여자들에게 올인하고, 결혼 후엔 그 마음이 사라지잖아. 난 민정이 너에게 내 사랑을 다 주지 않을 거야. 하지만 결혼 후엔 내 모든 것 이상으로 너에게 줄게. 난 보통 남자가 되고 싶지 않거든."

이미 그는 나에게 보통 남자 이상이었다.

아버지의 허락이 필요했다. 가장 큰 난관이 기다리고 있었다. 동성동본을 어떻게 이해시켜드려야 할까 머리가 아파왔다. 엄격하고 대쪽 같은 분이셨다. 다른 사람의 이야기를 듣고 순순히 이해하실 분이 아니었다. 남자는 정면승부를 내걸었다. 아버지와 만남을 통해 결혼을 승낙받기로 한다.

집 근처 한정식 집으로 약속을 잡고 기다렸다. 아버지만 모신 자리였다. 심장이 터질 것 같았다. 어떻게 이야기를 시작해야 할지 걱정이 앞섰지만, 남자는 평상시 모습과 별반 차이가 없었다.

아버지가 들어오시고 자연스럽게 대화를 시작했다. 상에 차려지는 그릇들이 보인다. 혹시나 남자가 동성동본이라는 말을 꺼낼 때 그릇이라도 날아올까 봐 별의별 생각을 했다. 음식이 입으로 들어가는지 코로 들어가는지도 몰랐다. 다행히 처음은 순조롭게 진행되었다.

남자는 서울에서 태어나고 자라, 어른들이 좋아하는 인상의 얼굴에, 성실히 대기업에 다니는 청년이었다. 아버지는 만족해하셨다. 그리고 물으셨다.

"자네 본관이 어딘가?"

내 심장은 화산 폭발하듯 터지기 일보 직전이었다. 남자는 너무나 태연하게 자신의 본관을 이야기했다. 당연히 놀라시는 아버지 표정을 바라보며 손에 눈이 갔다. 뭐라도 날아오면 방패라도 만들어야 하나 싶어서 말이다.

그날 아버지와 남자는 3병의 소주를 마셨다. 나중에 남자의 주량을 알았을 때 살아 돌아간 게 다행이다 싶었다. 술을 못 마시는 사람이었다.

남자를 보신 후 아버지는 상당히 고민하셨다. 무엇보다 아버지의 대화에 많은 공감을 해주며 이해하는 모습이 마음에 드셨나 보다. 게다가 결혼을 안 시키기엔 너무 아까워 남도 못 주겠다는 마음에 결국 승낙하게 되신다. 그날 이후 장식품처럼 진열되어 있던 수많은 족보는 어딘가로 사라졌다.

결혼 날짜가 잡혔어도 나의 통금 시간은 10시 반이었다. 결혼 한 달 전 이것저것 준비도 해야 했고 부족한 시간 얼굴 보기도 바빴다. 하루는 남자가 통금 시간이 지난 11시에 바래다주게 된다. 결혼 날짜도 한 달밖에 안 남았으니 30분 늦는다고 큰일 날까 생각했다. 남자는 부모님께 인사만 드리고 간다며 함께 집에 들어갔다. 분위기가 심상치 않다. 아버지가 말씀하신다.

"자네 이리 와보게."

그날 남자는 처음 아버지 앞에서 무릎을 꿇고 혼나게 된다.

"자네는 평생 살 사람인데 고작 30분도 못 지켜 주나?"

약속과 원칙을 철저히 지키는 아버지였다. 결혼 한 달 전 우리의 통금시간은 9시 30분으로 변경되었다. 아버지가 원망스러웠다. 연애만 하는 사이도 아니고, 한 달도 남지 않은 결혼을 코앞에 앞두고 있는데 너무하다는 생각이 들었다. 남자에게 미안해졌다. 하지만 그는 이해했다. 아버지 말씀대로 한 달 후면 평생 같이 살 수 있으니 괜찮다면서 웃는다. 이 남자의 여유가 마음에 든다.

1995년 넥스트 3집 앨범에 발매된 '힘겨워하는 연인들을 위해'라는 노래가 있다. 신해철이 부른 이 노래는 동성동본의 문제로 힘겨워하는 연인들을 위해 부른 노래다.

"아직 단 한 번의 후회도 느껴본 적은 없어. 다시 시간을 돌린대도 선택은 항상 너야."

그 당시 얼마나 힘든 연인들이 있었기에 노래로까지 나왔을까 싶다. 다행히 나는 그걸 극복할 수 있는 시대에 남자를 만나 참 다행이라는 생각이 든다.

세상이 참 많이 변했다. 그만큼 사람들의 생각도 변했다. 나는 아들과 딸 쌍둥이 남매를 두고 있다. 시간이 흘러 각자의 배우자감을 데리고 올 때 나의 마음은 어떻게 변해있을까?

남자가 이야기한다. 아들 하람이는 쿨하게 장가보낼 수 있겠는데 딸 물결이는 평생 함께 살고 싶다고. 이건 또 무슨 얘기인가? 그만큼 아버지가 딸을 아끼는 마음은 남다르다는 걸 알 수 있는 대목이다.

물결이가 커서 아빠의 사랑보다 남자친구의 사랑에 더 행복해하는, 남자가 섭섭해 할 그날이 언젠가는 올 것이다. 나중에 딸의 산후조리까지 해주겠다는 남자. 설령 그게 불가능할지라도 그 마음 씀씀이가 참 고맙다. 친정엄마는 나인데 본인이 해주겠다니, 나는 뒷짐 지고 지켜봐야겠다.

훗날 친정 아빠라는 책이 나온다면 그건 틀림없이 남자의 책이 아닐까 싶다. 이런 남자에게 딱 한 마디 해주고 싶다.

"다시 시간을 돌린대도 선택은 항상 너야."

8살 차이에 반말했다고 화내지 않길 바라며 말이다.

글쓰기 Tip

자녀의 미래 배우자감에 대해 생각해 보자.
먼 훗날 이야기라 생각 들겠지만, 세월의 속도는 생각보다 빠르다. 미래의 며느리, 사위에게 써보는 당부나 혹은 나의 아들, 딸 사용법에 관한 내용도 좋다.
뭘 좋아하는지 어떻게 대처해야 하는지에 대한 설명서 같은 재미있는 내용도 좋다. 내가 얼마만큼 나의 자녀에 대해 알고 있는가에 대해 알아볼 수 있는 시간이기도 할 것이다.

남들과 달라도 상관없어

개미가 줄지어 기어간다. 화장실의 세면대는 두 쪽이 나서 바닥에 덩그러니 놓여있다.

17평, 20년이 다 되어 가는 아파트는 손볼 곳이 한두 군데가 아니다. 신혼살림을 시작하기에 좋은 집은 아니다. 남자 회사의 사택 아파트였다.

나와 남자는 양가의 도움 없이 결혼 준비를 했다. 부모님들께 기대지 않겠다는 남자의 생각이다.

넉넉할 리 없었다. 막내딸이 신혼집을 구했다고 하니 궁금하셨던 부모님은 집을 보러 오셨다. 기대와는 다르게 너무 허름한 아파트 내부를 보시고 엄마는 눈물을 흘리셨다. 아버지는 말이 없으셨다. 복도식 오래된 아파트는 3명 이상의 손님을 초대하기엔 버거운 크기의 작은 집이었다. 게다가 오래된 아파트다 보니 온갖 벌레들이 함께 살고 있었다. 나의 신혼집은 개미만 살고 있어 다행이다 싶었다. 개미가 살면 바퀴벌레는 살지 않는다고 어디선가 들었던 터다.

"우리 막내딸, 이런 집에서 살 수 있겠어?"

엄마는 내 손을 잡으며 눈물을 보이신다. 어린 나이의 나는 오히려 엄마에게 위로했다.

"엄마. 걱정하지 마. 처음은 다들 이렇게 시작하는 거래. 젊어서 고생은 사서도 한다잖아. 그리고 정환 씨가 능력이 없어서 그런 것도 아니고."

엄마를 안심시키며 생각했다. 잘사는 모습을 꼭 보여드려야겠다고. 지금 우린 부족한 살림이지만, 우리의 미래까지 부족할 거란 생각은 없었다.

집을 보니 살림살이가 필요 없었다. 남자의 회사 동료에게 물으니 큰 냉장고는 아예 들어가지도 않을 뿐더러 장롱 또한 넣을 공간이 없었다. 그 당시 500만 원을 들이면 올 수리가 가능하다고 했다. 나와 남자는 그 큰돈을 내 집도 아닌 곳에 들일 생각이 없었다. 세탁기는 필요하니 적당한 크기로 구입하고 냉장고는 내 키만 한 자취용 냉장고를, TV 또한 적당한 크기로 골랐다. 너무 크면 좁은 집에서 보기에 눈이 아플 것 같아 고심해서 고른 것이다. 이게 내 신혼살림이었다. 큰돈을 들이지 않은 실속 살림이었다. 침대와 서랍장은 내가 쓰던 것을 가지고 갔다. 옷장은 행거를 사다 갖다 놨다. 이렇게 하니 남자가 갖고 있던 책상과 만나 신혼살림 장만은 끝이 났다.

친오빠와 친언니가 결혼했던 터라 많은 조언을 받았다. 특히 오빠는 나에게 이야기했다.

"결혼해서 살아보니 필요 없는 게 너무 많아. 최대한 적게 사고, 그때그때 사서 쓰는 게 나을 것 같아."

오빠의 조언은 내 상황과 맞게 떨어져 실행에 옮겼다. 자질구레한 주방 살림을 새언니와 엄마의 살림에서 가져오기로 했다. 새언니의 안 쓰는 그릇들을 모아 받고, 엄마가 보험회사에서 선물로 받은 아주 오래된 수저 세트를 찾아 갖고 왔다. 겉 상자는 허름해서 못 쓸 것 같았지만 안을 열어보니 새 제품과 별반 차이가 없었다. 나머지 국자나 살림 도구들은 시장에서 저렴하게 샀다. 젊은 아가씨가 어찌 이렇게 아낄 수 있냐고 생각하겠지만, 살림은 집에 맞게 구입해 쓰는 게 맞다 생각한다. 남들이 보는 시선은 중요하지 않았다. 이 남자와 함께라면 평생 이렇게 살지 않을 거라는 걸, 나는 알고 있었다.

결혼 준비를 하면서 신랑 신부가 예민해져 많이들 싸운다는 소리를 들었다. 곁에 친오빠와 친언니의 결혼 준비를 보며 남자와 여자 입장을 알게 되었다. 나와 남자는 양쪽 집안의 부모님들께서 섭섭하지 않도록 최대한 조율했다.

'이런 부분에서 부모님들이 마음 상해 하시더라.' 하며 남자에게 이야기했고, 다행히 그걸 잘 이해해주면서 우리의 결혼 준비는 큰 무리 없이 진행할 수 있었다.

어느 날 남자의 대학 동기들과 모임이 있었다. 남자의 한 친구가 결혼한다며 청첩장을 나눠 주기 위함이기도 했다. 우리도 얼마 후에 결혼하니 겸사겸사 함께 참석하면 되겠다는 생각에 모임에 나갔다.

그 당시 24살, 나는 운동화에 청바지, 티셔츠를 입고 참석했다. 남자의 친구들은 신기한 듯 나를 바라보며 이것저것 묻기 시작했다.

"진짜 정환이랑 결혼할 거예요?"

"얘가 뭐가 마음에 들어서 어린 나이에 결혼해요?"

그리고 19금 질문까지 이어진다. 이런 게 아저씨들의 세계인가? 싶었다. 사실 지금 생각해 보면 19금 질문도 별것이 아니었다. 그 당시 나에겐 19금이었지만.

우리는 청첩장을 주러 온 친구보다 주목받았다. 나이가 많이 차이 나는 건 알지만 이 정도로 다른 사람들에게 주목받을 일일지는 몰랐다. 물론 요즘엔 연상연하 커플들이 너무 많아, 8살 차이쯤은 아무것도 아니지만 말이다.

남자와 그의 친구들은 프러포즈에 대한 로망이 있었다. 사랑하는 여자에게 어떻게 프러포즈해야 할지, 또 결혼을 약속한 친구들은 어떻게 했는지 귀 기울여 들었다. 누가 멋진 프러포즈를 했다고 하면 부러워하면서도 본인은 어떻게 해야 할까 고민하기도 했다. 그 당시 나는 아저씨들이 참 귀여운 고민을 한다 생각했다. 내 눈에는 모두 나이 많은 아저씨로밖에 보이지 않았으니 말이다. 하지만 그만큼 자신의 여자를 사랑했기 때문이 아니었을까 싶다.

퇴근하고 보자는 남자의 연락이 왔다. 만난 지 100일이니까 저녁을 먹나보다 하고 집 근처 대학교로 갔다. 새로 건물을 지으면서 스카이라운지 겸 레스토랑이 있었는데, 그곳에서 식사하려나 싶었다. 나는 남자와 만났다. 그리고 건물로 가려는데 이쪽이란다. 그곳은 노천극장이 있는 곳인데 산책 겸 걸어서 돌아가나 싶었다. 함께 걸으며 노천극장이 보이는 순간 내 눈을 의심했다. 극장 가운데 하트와 길이 작은 초들로 연결되어 있었다. 하트 안에는 영문으로 아이러브유가 촛불로 흔들리고 있었다. 이 많은 초가 도대체 어디서 나왔나 싶었다. 정신이 없었다. 남자는 내 손을 잡고 걸어갔다. 하트 안에 나를 세우더니 무릎을 꿇는다. 그리고 편지를 읽기 시작한다.

프러포즈였다. 주변의 여대생들은 소리를 지르며 나보다 더 열광했다. 눈물이 왈칵 쏟아졌다. 편지를 다 읽은 남자는 나를 꽉 안아주며 꽃다발을 건넨다. 갑자기 하늘에서 폭죽이 터지기 시작한다.

남자는 회사에서 반차를 내고 두 도련님과 노천극장을 찾았다. 남자의 남동생과 외사촌 동생이었다.

자른 종이컵 안에 작은 초들을 넣어 길을 만드는 작업을 몇 시간 동안 했다고 한다. 남자 셋이 꽤 고생한 듯싶다. 이렇게 준비한 프러포즈는 평생 잊지 못할 추억으로 남았다. 이 모습을 봐서 그런지 훗날 장가를 간 남자의 남동생도 굉장한 프러포즈를 준비했다. 이 집안 남자들, 여자를 끔찍이도 생각하는 게 매력 있다.

5월은 행사가 많은 달이다. 12개월 중 경세적으로 가장 휘청거리는 달이 아닐까 싶다. 게다가 그 달은 나의 쌍둥이 남매 생일이 있기도 하다. 아들과 딸은 이벤트를 좋아한다. 일주일에도 몇 번이나 생일 파티를 하자하고, 저녁마다 과자 파티며 온갖 이름을 갖다 붙여 파티를 하자고 한다. 이제는 얼마 남지 않은 본인들의 생일상에 주문까지 넣고 있다. 엄마 아빠의 허리가 휠 정도다. 물론 다 사주지는 못한다. 하지만 아이들을 즐겁게 해줄 이벤트는 갖고 있다. 큰돈을 들이지 않고 즐거운 생일 파티를 하는 방법을 말이다. 온 가족들이 모여 즐겁게 지내는 것이다. 할아버지 할머니, 작은 엄마, 작은 아빠, 그리고 우리 네 가족. 8명이나 되는 가족들이 모여 축하해 주는 것이다. 가족의 웃음과 행복으로 차려진 생일상에 사랑 가득 담긴 생일축하 메시지면 아이들도 어른들도 행복한 시간을 보낼 수 있다. 혹시 특별한 이벤트를 기대했다면 실망했을까.

남자의 프러포즈에서 받은 선물은 꽃다발과 편지였다. 물론 초로 아름다운 길을 만들어 이벤트를 했지만, 나에게는 편지가 가장 기억에 남는다. 마음이 담긴 선물이기 때문이 아닐까. 아이들에게도 행복한 추억의 시간을 선물한다면 성인이 되어서도 잊지 못할 기억들로 가득 찰 것이다. 그러고 나서 각자의 배우자감에게 프러포즈를 받는 거로 하자.

아! 아들에게는 남자의 프러포즈 비법을 알려줘야겠다. 너무 구식이라고 하지 않아야 할 텐데.

글쓰기 Tip

가족들에게 사랑한다는 편지를 적어보자.
그 상대가 부모님이든 남편이든 아이든 상관없다. 아이가 어리다면 나중에 성장했을 때 건네줄 미래편지도 괜찮겠다.
가족에게 하는 프러포즈는 매일 해도 부족함이 없다. 매일 하는 프러포즈로 부디 사랑 가득한 가정이 되길 바라는 마음이다.

결혼은 신세계

"아이고! 내가 먼저 좀 탑시다!"

8층을 누르며 식은땀을 닦는다. 시간이 얼마 남지 않았다. 일생의 한 번뿐인 순간을 놓칠 수 없다. 엘리베이터 문이 열리자마자 중년의 남자는 냅다 뛰기 시작한다. 저 멀리 음악 소리가 난다.

나는 초조하게 기다리고 있었다. 조금 있으면 결혼식이 시작하는데, 지방에서 올라오는 가족들이 탄 버스가 도착하지 않았다. 5분밖에 남지 않았다. 여차하면 남자의 손을 붙잡고 들어가야 할 상황이다.

예식 시작 1분 전. 내 옆에 남자가 서 있다. 서운한 마음에 눈물이 핑 돈다. 그래도 식장은 아버지와 손을 잡고 들어가길 바랐다. 기대를 버리고 식장을 바라보려는 순간, 저 멀리 아버지가 보인다.

아버지의 손이 내 손을 잡고 있다. 정신없이 뛰어오셨음에도 음악에 맞춰 함께 행진하기 시작한다. 아버지는 걸음을 멈추고 남자에게 내 손을 건네려 하신다. 이 순간 딸을 시집보내는 아버지의 섭섭한 마음이 있을까, 나는 아버지를 꼭 껴안아 드렸다. 그동안 고생 많으셨다는 의미와 감사하다는 마음을 담은 포옹이었다.

버스 기사는 길을 안다고 미리 뽑아놓은 지도를 보지 않았다. 결국 예식 시간 5분 전, 예식장 앞에 도착해 아버지와 어머니만 버스에 내려 뛰어 들어오신 거다. 혹시나 지방에서 올라오는 버스가 늦거나 길을 못 찾을까 봐 남자가 미리 길 안내도까지 만들었건만, 그걸 내팽개친 버스 기사 덕에 결혼식에 아버지 손을 못 잡고 들어갈 뻔했다. 아버지는 8층까지 올라가는 엘리베이터가 왜 그리도 길게 느껴지던지, 다시 생각해도 아찔했다 하신다.

나와 남자는 결혼식 한 달 전부터 작은 이벤트를 준비했다. 결혼식의 축가를 둘이 함께 부르기로 한 것이다. 우리의 결혼이니 만큼 추억도 만들 겸 준비하게 된 곡은 김동률과 이소은이 부른 '기적'이라는 노래다. 노래의 가사 하나하나가 우리를 위해 만들어진 곡 것처럼 느껴졌다. 노래의 키가 그렇게 높은지도 모르고 말이다. 결혼식 전날 남자와 나는 피아노 반주에 맞춰 마지막 연습을 했다. 이상하다. 둘이 연습할 땐 괜찮았는데 피아노 반주에 맞추니 노래의 음이 너무 높다. 키를 낮추고 남자의 고음 부분을 내가 부르기로 했다.

정신없는 입장을 마치고 주례를 듣는다. 하객들은 웅성웅성한다. 주례를 맞아주신 분이 너무 젊다. 남자의 대학 시절 교수님께 부탁을 드렸는데, 주례사 내용도 기존과는 다르게 파격적이다.

그 당시엔 신경 쓰지 않았는데 결혼 앨범을 찾아보면 교수님의 연세는 대략 40대 후반처럼 보인다. 연세보다 나이라는 표현이 더 잘 어울리는 듯하다.

우리가 주례를 부탁드리러 교수님을 찾았을 때, 선물로 주신 책이 있다.

게리채프먼의 '5가지 사랑의 언어'라는 책이다. 결혼식을 올리기 전 꼭 읽어 보라 당부를 하셨다. 종교가 있든 없든 이 책은 부부를 위한 지침서 같은 책이라며 말이다. 나도 결혼을 앞둔 커플들을 위해 추천하는 책이기도 하다.

신기한 듯 주례사를 듣다 보니, 신랑신부가 함께 축가를 부를 시간이 되었다. 12년 전만 해도 신랑신부가 함께 축가를 부르는 것은 흔한 일이 아니었다. 두 번째 웅성거림을 듣게 된다. 물론 그때의 반응을 묻는다면, 나는 자신 있게 대답할 수 있다. 최고였다고. 어떤 부분에서 최고였는지는 노코멘트 하겠다.

엄마는 이미 오빠와 언니의 결혼식을 두 번이나 치른 베테랑이셨다. 하지만 막내딸이 결혼한다니 왠지 모를 서운함이 있으셨나 보다. 결혼식 날 울지 않겠다는 말씀을 누누이 하셨다.

양가 부모님께 나란히 서서 인사를 드리는 순간 엄마는 차마 날 바라보지 못하셨다. 딸 가진 엄마의 마음이었으리라. 나와 눈빛이 마주치면 분명 마스카라가 번질 정도로 우실 거라는 걸 나도 엄마도 알고 있었다. 마음이 무거워지는 순간 결혼식 사회자가 말한다.

"자! 신부 측 부모님을 향해 세 번 외칩니다. 나는 도둑놈이다! 실시!"

그러자 하객들은 너나 할 것 없이 웃음을 터트린다. 남자도 당황했지만, 표정을 다잡고 목소리를 가다듬는다.

"나는 도둑놈이다! 나는 도둑놈이다! 나는 착한 도둑놈이다!"

우렁찬 목소리와 멘트에 다시 한 번 결혼식장은 웃음바다가 된다.

우리는 사귄 날로부터 딱 5개월이 되는 날 결혼식을 올렸다. 남자는 3개월 만에 결혼한 친언니보다 더 빨리 결혼하자 얘기했지만 3개월이라는 기간은 높은 장벽이었다. 사실 5개월도 상당히 짧은 시간이었다. 도박을 해 본 적은 없었지만, 결혼은 내 인생에 모든 걸 올인한 순간이었다.

나는 착한 딸로 24년을 살았다. 부모님께 반항하거나 나쁜 짓을 한 적도 없었다. 물론 공식적으로는 말이다. 항상 부모님 말씀을 따랐고 그렇게 사는 게 맞다 생각했다. 무엇을 선택할 때도 부모님 말씀을 듣고 결정했다. 내 의견은 차후 문제였다. 부모님 속을 한 번도 썩이지 않고 살았던 내가 처음으로 결정한 것이 결혼이었다. 결정이라는 걸 해본 적 없는 내가, 결혼이라는 것을 하면서 나는 혼란스러웠다.

어린 나이에 결혼하는 것도, 앞으로의 어떤 인생이 펼쳐질지도 모르는 상황을 말이다. 한남자의 아내가 됨으로써, 많은걸 포기하게 될지, 얻게 될지는 그 누구도 알 수 없는 일이었다.

여태껏 이런 마음을 남자에게 이야기한 적은 없었다. 다시 한 번 사춘기를 겪는 마음이었다. 머릿속이 복잡하고 혼란스러운 마음을 결혼식 전까지 갖고 있었으니 말이다. 아마도 내 인생의 큰 전환점을 어린 나이의 결혼으로 맞이했기 때문이 아니었을까 싶다.

나이가 들고 보니, 24살의 어린 친구들을 보면 내가 그 나이에 결혼했다는 게 신기하게 느껴진다. 그 당시 큰 결정을 내린 나는 혼란스러웠지만, 내면의 나는 무의식 속에 나름의 인생철학을 갖고 있던 건 아닐까 싶다.

혼자 있는 시간에 나는 항상 공상했다. 내 머릿속에 상상의 나래를 펼치며 말도 안 되는 머릿속 현실에서 꿈꾸고 생각했다. 예를 들면 초등학교 저학년 시절 화장실에서 볼일을 보며 내가 죽으면 어떻게 될까? 예쁜 언니들이 지나가면 나는 커서 어떤 모습의 숙녀가 될까? 커플들을 보면 나는 어떤 남자와 결혼을 할까? 상상하기도 했다. 좋은 음악을 들으면 나도 이런 음악을 만드는 사람이 될 수 있을까? 생각하며 뮤지션이 된 것 마냥 즐거운 상상을 했다.

상상하고 공상할 땐 내가 그 세상에 있는 것처럼 즐거웠다. 내 머릿속은 아무도 모르는 나만의 놀이터였다. 혼자 실실 웃을 때도 잦았다. 하교 후 혼자 집에 가는 시간이 외롭지 않았다. 친구들과 함께 노는 것도 즐거웠지만, 혼자서도 잘 노는 아이였다. 그런 내 생각들이 모여 24살의 내가 결혼이라는 큰 결정을 내릴 수 있었나 보다.

생각이라는 것은 순간 지나면 아무것도 아니지만, 그것들이 쌓이다 보면 내 마음 한편에 소리 없이 자리 잡는 듯하다. 부정적인 생각을 하면 그것들이 뭉쳐져 힘든 시간을 보내지만, 긍정적인 생각을 하면 나도 모르게 행복이라는 단어로 다가오는 것처럼 말이다.

지금 내가 처해있는 상황이 좋지 않더라도, 공상하고 상상하며 나의 미래에 대해 긍정적인 마음을 먹고 꿈꾸길 바란다. 어린 시절 나는 항상 행복한 결혼생활을 꿈꾸었다. 결혼 후 내가 하고 싶은 리스트들을 머릿속에 하나하나 심어두면서 말이다.

24살의 이른 결혼은 철없는 선택이라 생각하는 사람들에게 이야기하고 싶다. 나는 이미 24년 동안 결혼을 준비한 사람이라고. 그리고 앞으로도 미래의 나를 위해 꾸준히 준비할 거라고 말이다. 지금의 내가 상상하는 10년 후 모습은, 나를 설레게 하는 최고의 상상 놀이터다.

글쓰기 Tip

10년 전의 내 모습은 어땠는지 적어보자.
그리고 지금의 나는 어떤 사람인지, 10년 후의 나는 어떻게 변해 있을지 글쓰기 해 보자. 아마 내가 상상하지 못했던 현재의 내 모습을 발견할지 모른다.
그렇다면 10년 후의 내 모습은 얼마나 더 멋진 모습으로 변해 있을까?
마음껏 상상의 나래를 펼쳐보자.
허무맹랑하게 쓴다 해서 누가 머라 할 사람도 없다. 어차피 내가 쓴 글은 나만 보면 그만이니. 하지만 그렇게 쓴 글이 10년 후 나를 대변해 주는 글이 될지는 그 누구도 모른다.

제3장
시련과 고통의 시간들

세상의 모든 달콤함,
우리 앞에선 아무것도 아냐

새벽 2시. 잠이 쏟아진다. 이제는 남편이 된 남자와 나란히 앉아 있다. 자꾸 남자의 어깨에 내 머리가 닿는다. 눈앞의 시야가 흐려진다.

'이대로 자면 안 되는데…….'

결혼하고 나서 하고 싶은 것들이 많았다. 통금시간으로 못했던 것 중 심야 영화 보기가 그 첫 번째 위시리스트였다. 최대한 늦게 시작하는 영화로 골라 잠을 참으며 영화를 관람했다. 늦은 시간 집이 아닌 밖에 있던 나는 새로운 밤 문화를 즐길 수 있었다.

결혼하며 그만둔 직장으로 아침에도 늦잠을 잘 수 있는 최적의 환경까지 제공되었다. 하지만 신혼의 달콤함은 나를 일찍 일어나게 했다. 아침 식사 차려 주기와 뽀뽀하며 남자 배웅하기는 아침을 맞이하는 최고의 선물이었다.

오래된 사택아파트에서 시작했지만, 신혼의 시작에 집은 중요한 것이 아니었다. 불편하면 고쳐 쓰고 그것에 맞게 생활했다. 음식은 소꿉놀이하듯 밥을 차렸다. 사실 할 줄 아는 요리가 별로 없었다.

가장 자신 있는 메뉴는 엄마가 해놓은 맛있는 김장 배추로 김치찌개나 볶음밥을 만드는 것이었다. 일주일은 김치볶음밥, 일주일은 김치찌개였다. 이마저도 안 되겠다 싶어 사이드 메뉴로 감자튀김을 했다. 감자튀김은 내 요리에 있어 상급 메뉴였다. 미역국에 뭘 넣는지도 몰랐다. 한번은 모든 찌개엔 파가 들어가니 미역국에 파를 듬뿍 넣고 끓였다. 맛이 나쁘지 않았다. 하지만 지금 생각하면……. 상상은 여러분에게 맡기겠다. 남자는 언제나 맛있게 밥을 먹어줬다. 자신 없는 요리였지만 그 요리에 사랑이라는 맛을 더해 줬다. 남자는 항상 얘기했다. 내 얼굴만 봐도 배가 부르다고. 음식이 맛있냐고 물어본 나의 대답을, 회피하기 위한 대답이 아니었길 바래본다.

결혼한 지 2년이 조금 넘어 남자는 고민하게 된다. 이직에 대해서. 회사를 옮기면 서울로 가야 하는데, 그렇게 되면 친정인 청주를 떠나야 함에 걱정했나 보다. 나는 단호하게 말했다. 무조건 옮기라고!

분명 이직을 하는 것이 남자의 미래를 위한 길이라 생각했다. 지금도 그 선택을 후회하지 않는다. 우여곡절 끝에 남자는 이직에 성공하고 우린 경기도 성남으로 이사하게 되었다.

이삿짐을 싸던 날 친정 부모님이 오셔서 도와주셨다. 자취용 냉장고와 TV, 그리고 세탁기는 친정엄마를 드렸다. 우리가 1톤 트럭에 싣고 온 물건은 옷가지와 침대, 책들 그리고 몇 가지 살림 도구들이었다.

미리 구해놓은 집은 풀 옵션의 복층 오피스텔이었다. 우리가 가진 돈으로는 몇 안 되는 살림살이조차 넣을 만한 사이즈의 집을 구할 수 없었다. 구하다 보니 작은 오피스텔로 들어가게 되고 다행히 풀 옵션이었다. 없는 살림이 더 줄어든 셈이다. 그 당시 TV마저 드렸던 터라 지금까지 10년이 넘는 기간 동안 텔레비전이 없는 삶을 살고 있다. 신혼 생활을 하면서 가장 필요 없다고 생각한 물건 중 하나가 TV였다. 나와 남자의 의견이 맞았으니 다행이지 둘 중 하나라도 텔레비전 없이 못사는 사람이었다면, 아마 지금도 TV를 끼고 살지 않았을까 싶다.

이사 가던 날 부모님은 잘됐다고 말씀하면서도 많이 섭섭해 하셨다. 반대로 가까이 이사 가는 우리를 시부모님은 반기셨다. 경기도로 이사를 오니 주말마다 서울로 나들이를 갈 수 있었다. 남자와 서울 이곳저곳을 걷고 구경했다. 특히 인사동은 내 집 드나들 듯 매주 방문했다. 사람들이 모여 있으면 우린 서로 통한 듯 그쪽을 향해 걸어가 구경했다. 둘 다 궁금한 건 못 참았다. 호기심 가득한 커플이었다. 사람들이 너무 많아 내 키로 볼 수 없을 땐 남자의 어깨에 올라타 어떤 공연인지 확인했다. 그땐 남자도 젊었고 내 몸무게 또한 상당히 가벼웠다. 지금은 상상할 수 없는 일이지만 말이다. 설령 지금 그게 가능하더라도 남자의 허리가 나를 지탱해 줄 수 있을까? 10년 전 몸무게로 돌아간다면 도전해 볼 만하지만 그 몸무게는 절대 나에게 올 수 없는 추억의 숫자다.

커플이 사귀다 보면 사주 궁합에 관심을 갖기도 한다. 요즘은 어떤지 모르지만 재미 삼아 보기도 하고 결혼을 목적으로 둔다면 좀 더 진지하게 보는 듯하다. 물론 나는 연애 기간도 짧았고, 동성동본이라는 큰 장벽을 허물어야 하는 미션이 있었기에 궁합 따윈 신경 쓰지도 못했다. 자주 인사동에 가던 우리는 궁합과 사주를 봐주는 분들을 자주 봐왔다. 그렇다고 크게 관심을 둔 것도 아니다.

어느 날 우리의 궁합이 궁금했다. 결혼한 지 3년이 넘었을 시기였다. 이미 잘 살고 있는데 궁합을 왜 보려 했는지 지금도 의아하다. 지나다니며 궁합을 봐주는 분들을 무의식적으로 봐서 그런 건지, 그날따라 남자에게 궁합을 보자 했다. 남자도 그러자 한다. 뭐지? 이 남자도 궁금했던 걸까?

오랫동안 사주 역학 공부를 해왔을 것처럼 보이는 중년의 아저씨에게 들어갔다. 점을 본 적도 없었고 무얼 어떻게 물어야 할지도 몰랐다. 아저씨는 알아서 척척 물어보셨다.

"생년월일 이름 태어난 시 얘기해봐."

남자와 나는 아저씨가 묻는 데로 대답한다. 사실 우리가 결혼했다는 얘기는 하지 않고 궁합을 봤다. 그러니 아저씨는 미혼 남녀 둘을 앞에 두고 말씀하시듯 이야기를 이어갔다.

"음……. 남자는 나무의 기운이 크고, 여자는 물의 기운이 있네. 쉽게 말하면 여자가 남자를 크게 키워줄 상이야. 천생연분이라는 거지. 그런데 말이야……. 자식 운은 남자, 여자아이 둘인데 이게 좀 흐리게 보여."

이것저것 말씀해주시는 가운데 내 머릿속엔 오로지 여자가 남자를 크게 키워준다는 말만 기억에 남았다.

'그래, 내가 우리 신랑을 크게 키워주면 된다는 말이지? 앞으로 더 잘해야겠다. 큰 인물 만들어야겠네.'

괜스레 웃음이 나고, 7남매를 최고로 키운 신사임당이 된 듯 뿌듯한 마음마저 들었다. 복채를 내려는데 금액이 꽤 비싸다. 나와 남자는 놀란 표정을 감추며 돈을 건넨다. 아저씨는 미소 지은 얼굴로 종이를 건네며 말씀해주신다.

"한번은 As 해주니까 지나가다 들려요!"

뭘 As해준다는 걸까. 아저씨가 건네준 종이는 집에 가자마자 어디론가 사라졌다. 나와 남자는 천생연분이라는 말을 다시금 확인하고, 우린 만날 수밖에 없는 사이였다며 행복해했다.

지금 생각하면 남들 하는 것들을 나도 해보고 싶은 마음에서 궁합도 본 게 아닐까 싶다. 살면서 내 마음대로 해본 일이 많지 않았고, 처음 내가 결정한 일이 결혼이었으니 말이다. 스스로 뭔가를 결정하는 것은 분명 책임도 뒤따르게 된다. 하지만 책임을 지고서라도 내가 하고 싶은 일에 대해 결정을 하는 것에, 나는 목마라 있었다. 결혼이라는 큰 결정으로 또 하나의 책임을 지게 되었지만, 반대로 결혼을 통해 나는 하고 싶은 일을 할 수 있는 무한한 기회를 얻게 된 것이다. 얻는 게 있으면 잃는 것도 있다 말하지만, 결혼 전 나는 잃은 게 없었다. 그동안 얻은 것도 많지 않았으므로. 앞으로의 내 인생에 무한한 기회가 어떤 삶을 가져다줄지 이건 시작에 불과했다.

이 남자와 함께라면, 무엇이든 할 수 있다고 생각했다. 아무것도 없이 시작한 우리가 무서울 건 없었다. 더 줄어들 살림도 없었으며 오히려 늘어날 일만 있었다. 처음의 시작이 남들보다 부족했지만, 이것은 나를 더욱 강하게 만들었다.

요즘 남자는 얘기한다. 이 세상에서 무서운 게 생겼다고. 나와 쌍둥이 남매다. 물론 장난 섞인 말에 어떤 의미인지도 안다. 출산 후 진정한 아줌마로 변신한 나를 부정하진 않겠다. 하지만 무서울 게 없는 나도 쌍둥이 남매는 무섭다. 특히 남편 없이 쌍둥이 남매와 나 셋만 있을 때. 아마 육아를 하는 엄마들이라면 이게 어떤 의미인지 알지 않을까?

글쓰기 Tip

앞으로 내가 하고 싶은 것에 대한 리스트를 적어보자.
버킷리스트여도 좋고 꿈을 이루기 위한 소소한 목표도 좋다.
그게 무엇이든 적어보자. 형식은 중요하지 않다.
적어놓은 리스트를 보며 하고 싶은 것에 대한 선택과 결정을 통해, 내가 지는 책임까지도 즐거움으로 얻을 수 있을 것이다. 그러기 위해선 내가 진심으로 원하는 리스트를 적는 게 Tip이다.

줄을 잘못 선 걸까?
신이 깜빡한 걸까?

몸집보다 큰 꼬리를 가진 검은색 다람쥐가 나를 바라본다. 꼬리가 어찌나 풍성하고 윤기가 흐르던지 한 번 만져보고 싶었다. 내 생전 이런 다람쥐는 처음이었다. 내가 조심스레 다가가려는데 오히려 다람쥐가 나에게 다가온다. 그러고는 내 목을 감싸듯 한 바퀴를 돌더니 나에게 쏙 안겼다. 분명 태몽이었다.

잠에서 깨고도 그렇게 생생한 꿈은 처음이었다. 남자에게 이야기했다. 이건 태몽이라고!

우리에게 아기가 온 것 같다며, 꿈을 꾼 것만으로 나는 이미 임산부였다. 이른 나이에 결혼한 탓에 3년은 신혼생활을 즐겨야 한다 생각했다. 자꾸 나이를 먹어가는 남자에겐 미안했지만, 아직 엄마로서의 준비가 덜 된 나는 달콤한 신혼을 즐겼다.

내 나이 26살. 이제 임신을 준비해야겠다고 마음먹었다. 건강한 임신 준비를 위해 산부인과를 찾아 검진도 받았고 엽산도 구매해 먹기 시작했다. 꿈을 꾼 뒤로 나는 임신 가능성을 계속 염두에 두고 있었다. 2세를 가지면 진정 완벽한 가정을 이루게 되는구나 싶은 생각에 설레었다. 남자와 나를 닮은 아기는 어떤 모습일까 부터 어떻게 태교를 해야 할까 앞선 고민도 했다. 모든 것이 행복한 고민이었다. 한 달에 한 번 여자에게 찾아오는 마법이 오기 전까지는.

매달 찾아오는 마법은 나에게 반갑지 않은 손님이었다. 이번 달에도 임신이 되지 않았다. 아직 나이가 어리니 괜찮다고 생각했다. 하지만 그건 나에게만 해당하는 이야기였다. 남자의 나이는 점점 많아지고 있었다. 안 되겠다 싶어 분당의 불임센터를 찾게 된다. 병원은 상당히 컸다. 지금에야 난임이라는 표현을 사용해서 거부감이 없었지만, 그 당시 불임이라는 단어는 나에게 낯설게 다가왔다.

검사를 하니 나의 자궁은 모형으로 사용해도 될 정도로 깨끗했고 자연임신이 가능하다고 했다. 처음은 과배란 약으로 시작했다. 몇 달 해보다 임신이 안 되니, 성격 급한 나는 다시 병원을 찾아 다른 방법을 물었다.

인공수정이었다. 약만 처방 받았을 때보다 비용이 더 비쌌다. 그래도 임신이 가능하다면야 상관없다는 생각에 시도했다. 2번의 인공수정 모두 실패했다. 배는 항상 빵빵하고 불편했다. 내 자궁 속에서 얼마나 많은 난자가 과배란 됐는지는 모르겠다. 우울한 날이 지속되었다.

남자와 나는 아이를 갖겠다는 마음을 먹은 만큼 마지막 수단이었던 시험관을 선택했다. 그전에 시도했던 인공수정도 힘들다 생각했는데 시험관은 말로 표현할 수 없는, 해보지 않은 사람은 절대 알 수 없는 고통이 뒤따랐다. 육체적

정신적으로 말이다. 그 당시 시험관을 할 때 3번의 정부지원금이 있었는데, 한 번에 150만 원의 지원을 받을 수 있었다. 꽤 많은 지원금을 받는다고 생각했는데, 병원에 다녀보니 내가 써야 할 돈은 몇 배 이상이었다. 게다가 결혼과 동시에 임신하는 신혼부부나, 혼전 임신의 커플들을 보면 내 마음속 감정들이 요동치기 시작했다.

시험관을 시작하니 먹는 약은 기본이고, 배란을 유도하는 주사를 배에 놓아야 했다. 나는 팔에 놓는 주사도 무서워하는 사람이었다. 처음은 남자가 배에 주사를 놓아줬는데 매번 울었다. 엉덩이도 아니고 어떻게 배에 주사를 놓냐며. 그것도 조금씩 익숙해지니 난자를 채취할 때가 왔다.

여자의 자궁은 양쪽의 난소에서 나팔관을 통해 1개월에 한 번씩 번갈아 배란이 된다. 그럼 좌우의 난소에서 6개씩, 1년에 12개의 난자가 자궁에 배란된다. 하지만 나는 이런 자연의 순리를 어기고 과배란을 시켜 한 번에 13개의 난자를 채취한 것이다. 1년 치 난자를 한 번에 모조리 빼버린 것이다. 당연히 호르몬은 엉망이고 마음과 기분까지 균형이 깨지고 만다.

난자의 채취를 위해 수술실에 제 발로 걸어 들어가 누울 땐 한없이 눈물만 흘렀다. 그 순간은 오직 나 혼자였고 모든 힘든 상황을 홀로 겪어야 한다는 생각에 눈물이 멈추지 않았다. 간호사가 다 안다는 표정으로 휴지를 갖고 와 눈물을 닦아준다.

"마취하고 잠깐 잠들면 금방 끝나니 괜찮아요. 조금만 참으세요."

혼자 누워 있는 수술실은 차갑고 춥게만 느껴졌다. 마취에서 깨니 남자가 바라본다. 우린 서로 말이 없었다. 흐르는 눈물만 우리의 마음을 표현할 수 있었다.

난자를 채취하고 나서 부작용은 배에 복수가 차는 것이다. 복수가 안 차게끔 미리 이온 음료를 하루 2리터씩은 마셔야 했다. 그동안 한 것에 비하면 이건 일도 아니었다. 그렇게 채취한 난자에 정자를 넣어 시험관내 수정과 배양을 한다. 며칠 후 수정된 배아를 자궁 속에 이식한다. 다리를 벌려 앉는 굴욕의자는 매번 앉을 때마다 새롭고 무서웠다.

임신을 유도하기 위한 질 속에 넣는 처방 약은 잊지 않고 넣어줬다. 정성을 들였다. 힘들게 고생한 만큼 기대도 컸다. 착상이 되기를 간절히 바랐지만 실패였다. 다행히 수정된 배아가 몇 개 남아 있던 터라 몇 주 동안 몸을 추스르고 다시 이식할 수 있는 기회가 있었다. 어떤 사람은 이마저도 없어 처음부터 난자를 채취하는 과정을 시작해야 했다. 채취 과정은 다시 150만 원의 지원금을 써야 하는 시작을 의미했다. 그나마 나는 다행이었다. 넣을 수 있는 배아가 남아있었으니 말이다. 하지만 이마저도 실패하게 된다. 나도 남들처럼 처음부터 다시 시작해야 했다.

몸도 마음도 힘들어진 나는 임신을 위해서라면 온갖 것들을 했다. 강남의 유명한 한의원을 비롯해 지방에 용하다는 한의원은 수도 없이 가봤다. 사업을 하는 남자의 친구가 알려준 유명한 점집에도 가봤다. 강릉까지 가서 점을 봤지만 결국 둘이 바람 쐬러 간 것에 만족해야 했다. 산속 깊이 사는 무당집도 가봤지만, 굿은 아니라는 생각에 도로 내려온 적도 있었다. 남자의 몸에 좋다는 음식은 뭐든 먹였다. 생부추를 갈아 마시게 한 건 지금 생각해도 참 미안하다. 그 음식이 얼마나 맵고 속을 쓰리게 하는지, 먹어보지 않은 사람은 절대 알 수 없다.

나는 생각했다. 종교는 없지만, 누군가 자꾸 나를 시험하고 시련에 빠트리는 건가하고 말이다. 그동안 나 자신을 믿고 살아왔던 내가 점집을 찾아다닌 게 한심하고 부끄러웠다. 나는 병원을 옮겨 보기로 했다. 내 나이 서른이 넘었을 시기다. 점점 나이를 먹고 수많은 과배란을 했던 터라 모형처럼 완벽했던 나의 자궁도 약해지기 시작했다. 서울로 옮긴 병원에서 다시 내 몸 상태를 검진 받고 설명을 들었을 땐, 시험관을 시작 하기도 전에 마음이 무너졌다. 내 자궁 나이는 40대였다. 앞으로 임신이 더 힘들어지게 된 상황이다. 시험관으로 인해 내 몸이 이렇게 망가졌으리라 생각하지 못했다. 자궁이라는 게 눈에 보이는 것이 아니니 더욱 그랬을 것이다. 그 전 병원 기록도 있고 검진 결과를 보니 상담해준 간호사가 말한다.

"바로 원장님께 진찰받고 시작하셔야 할 것 같네요."

나와 남자는 선택권이 없었다. 남자 나이 마흔을 향해 달려가고 있었다.

나는 오뚝이 같은 사람이다. 넘어져도 다시 일어나 걸어갔고 힘든 상황이 있으면 분명 이보다 더한 일은 없을 거라 생각하며 살아왔다. 좋은 날을 기대하며 살아온 것이다. 하지만 이 당시 나는 예민했고 조금만 건드려도 폭발하기 일보 직전이었다. 별말 아닌 것에 의미를 부여해 힘들어했다. 특히 그 이야기가 아기와 연관돼 있을 땐 더했다. 다행히 곁에 남자가 있어 이 힘든 시간을 버텨낼 수 있었다.

내 주변엔 난임으로 고생하는 부부가 꽤 있다. 그런데 이상하게도 아기를 원하는 부부보다 그렇지 않은 부부들에게 임신이라는 선물은 더 많이 얻어갔다. 나는 종교가 없지만, 그 어딘가에 존재할 신에게 묻고 싶다. 도대체 기준이 뭐냐며!

난임 부부들은 줄을 잘못 선걸까? 신이 깜빡 한 걸까? 아이를 출산한 나도 이 대답은 어렵기만 하다. 그 당시 내 눈앞에 신이 존재해 서 있다면 모든 난임 부부를 대표해 맞짱이라도 뜨고 싶은 심정이었다.

글쓰기 Tip

난임으로 고생하는 부부뿐만 아니라 지금 나의 상황이 힘든 사람들에게 주는 Tip이다.
손에 닿는 노트를 펼치고 내 기분과 상황을 주저리 써보자.
다른 사람에게 말하지 못하는 속내를 종이 위에 적어 보는 것이다. 글로 적음으로써 조금은 정화된 내 마음을 느낄 수 있을 것이다.
위로받기 위해 사람을 만나는 것보다 더 나은 효과를 얻을지도 모른다.

아이 없는 이상한 부부

화분농장 하우스 구석. 간신히 울음을 참아가며 나는 남자에게 전화한다.

"나 여기 더 있다가는 숨 막혀 죽을 것 같아요."

남자는 장기 출장으로 강원도 영월에 있었다.

하루는 판교에 어머니 친척분이 화분농장을 하신다기에, 도련님과 셋이 그곳에 갔다. 남자는 출장이 잦아 나와 많이 떨어져 있었다. 혼자 지내고 있던 나를 챙겨주신다고 데려간 화분 농장에서, 잊지 못할 상처를 받게 되리라고는 생각지 못했다.

그날은 어머니의 친척 형제들이 모여 고기파티를 한 날이었다. 누가 시키지 않았지만, 열심히 고기도 굽고 심부름도 도맡아 했다. 어머니에게 자랑스러운 맏며느리가 되고 싶은 내 욕심도 있었다. 고기를 열심히 굽고 있는데 한 분이 나에게 이야기한다.

"아니, 조카며느리는 왜 애를 안 가져?"

시어머니는 내가 병원에 다니며 정말 고생하고 있다는 걸 아시기에 별일 아니라는 듯 말씀하셨다.

"아니. 애가 중요해? 천천히 갖고 좀 즐겨야지."

그렇게 말씀해 주시는 어머니께 감사했다. 그런데 몇 번 본적도 없는 나에게 그분은 말했다.

"조카며느리가 애를 못 가지는 거 아냐?"

세상에! 남자 없이 혼자 한 자리였다. 그곳에 모여 고기를 드시는 분들은 어림잡아도 20명은 되었다. 목소리는 어찌나 크던지 민망한 정도가 아니라 고기를 굽는 두 손이 덜덜 떨릴 정도였다. 그분 옆에 있던 딸이 작은 목소리로 이야기했다

"아빠 왜 그래?"

그만하라는 손짓을 하며 손가락으로 꾹꾹 찌르고 있었다. 하지만 그분의 마지막 말은 비수가 되어 내 마음을 산산조각 냈다.

"왜! 내가 뭐 말 잘못했냐?"

그날 고기를 어떻게 구웠는지 뭘 먹었는지 기억나지 않았다. 식사가 끝나고 사람들이 없는 하우스로 갔다. 구석에 가서 남자에게 전화했다. 울음을 참는 건 너무나 힘들었다. 혹여나 빨개진 내 눈을 어머니와 친척들에게 들킬까 울 수도 없었다.

빨리 이곳을 나가고 싶은 생각만 들었다. 남편은 도련님에게 전화해 형수가 일이 있으니 지금 당장 집에 바래다주라 했다. 어머니는 눈치가 빠른 분이라 가는 날 붙잡지 않으셨다. 집에 돌아와 그토록 서럽게 울었던 적은 처음이었다. 양가 부모님께도 들어보지 못한 말이다. 내 마음은 칼로 도려낸 듯 깊게 상처받았다. 꽤 오랫동안 이 상처는 내 마음속에서 잊지 못했다.

우린 주변 사람들에게 아이 없는 이상한 부부였다. 본인들의 삶에 대해 남들이 이야기하면 버럭 하면서, 왜 남의 삶에 대해선 그토록 가볍게 이야기하는지 이해되지 않았다. 나와 남자는 아이를 갖기 위해 부단히 노력했고, 이미 많은 상처를 받았던 터다. 그 일이 있고 나서 남자는 나에게 말했다.

"입양을 생각해 보는 건 어때?"

나의 계획에 없던 이야기였다. 당황스러웠다. 단 한 번도 애가 생기지 않을 거라 생각해 본 적이 없었다. 당연히 입양은 생각에도 없던 계획이었다. 남자의 말을 듣고 혼란스러웠다. 한동안 이 문제로 남자와 의견충돌이 있었다. 남자는 키울 자신이 있다 했고 나는 없다고 했다. 하지만 육아는 엄마의 몫이었다. 나는 잘 키울 자신이 없었다. 내 뱃속으로 낳아보지도 않은 아기를 어떻게 모성으로 키울 수 있을까. 입양절차에 대해 찾아보다 포기했다.

남의 이야기에 휘둘려 내 감정이 다쳤다고 함부로 결정할 문제가 아니었다. 한번 책임진 일은 끝까지 가야 하는 게 맞다 생각했다. 내 마음 한편에 시험관이 실패해 최악의 상황에 대해 생각해 보았다.

둘이 노년을 맞이하는 모습이 떠올랐다. 나쁘지 않았다. 아이 없이도 살 수 있다고 생각하기로 마음먹었다. 쉽진 않았지만 큰 상처들은 나를 단련시키고 있었다.

다시 시험관을 시작했다. 그 당시 나는 일을 하고 있었다. 작은 공방을 운영하고 있었는데 시간이 자유롭고 병원에 다니는 데 큰 문제는 없었다.

힘든 시간을 몇 번이나 경험했는데도 항상 새로웠다. 시험관을 할수록 내 마음의 기대치는 반비례했다. 점점 기대감이 줄고 덤덤해졌다. 혼자 수술실에 걸어 들어가는 것도 익숙했다. 몸과 마음이 힘들었지만 주변 사람들에게 항상 내

색할 수 없었다. 내 속내를 털어놓는 순간 나 자신이 초라하고 부족한 사람처럼 느껴졌다.

모든 시술이 끝나고 배양된 배아까지 넣었다. 임신을 확인하려면 착상 기간이 필요하고 그 이후 피검사를 통해 임신 여부를 알려줬다. 그간 사용한 임신테스트기만 수십 개였다. 호르몬제 때문에 테스트기에 2줄이 생겨 속은 것도 한두 번이 아니었기에 이젠 그것도 그만하게 된다.

날짜가 되어 병원에 피검사를 하러 가면 다음 날 간호사가 전화해서 임신 여부를 말해준다. 전화를 기다리는 시간은 설명할 수 없을 정도로 긴장되고 더디게만 갔다.

'이번에도 임신이 안 됐다고 할까?' 걱정되었다. 드디어 전화가 왔다.

임신이었다. 나는 정신이 없었다. 서둘러 남자에게 전화했다. 임신이라고! 기쁨의 눈물은 그동안 우리가 힘들었던 순간들을 모두 씻겨주었다.

우리는 태명을 지었다. 딱풀이로. 딱 달라 붙어있으라는 의미의 태명이었다. 시어머니께도 말씀드렸다.

며칠 후 어머니는 딱풀이라는 이름은 안 좋으니 개똥이로 지으라 말씀해 주셨다. 사주를 볼 줄 아는 분께서 말씀해 주셨나 보다. 뭐 아무려면 어떤가. 배 속에 우리의 아기가 자라고 있는데. 바로 개똥이라 부르며 우리는 행복해했다.

어느 날 아침. 몸이 이상하다. 화장실에 가서 변기에 앉으니 피가 흥건하다. 서둘러 병원에 갔다. 병원에서는 유산기가 있으니 입원하라고 했다. 주사를 맞고 병실에 누워있었다. 병문안을 온 가족들은 괜찮을 거라고 나를 안심시켜주었다. 하지만 안 좋은 예감은 언제나 적중했다. 병원 침대에 앉아 나와 남자는 서로 부둥켜안고 뜨거운 눈물을 흘렸다. 개똥아 안녕하며…….

하루하루 힘든 시간을 보내고 있던 중 남자는 인도네시아로 3개월간 출장을 가야 했다. 나도 따라가고 싶었지만, 유산으로 인해 갈 수 없었다. 깨끗한 자궁 상태를 확인하려면 적어도 한 달 반은 혼자 한국에 남아있어야 했다. 병원의 만류로 먼저 남자를 보냈다.

그리고 혼자 병원에 다니며 자궁 상태를 검사했다. 그 당시 나의 마음을 알아줄 사람은 없었다. 빨리 인도네시아에 가고 싶은 마음뿐이었다. 한 달 반이 지나서야 나는 비행기를 탈수 있었다. 남자가 있는 시레본이라는 도시는 자카르타로 가는 비행기를 타고, 다시 2시간 반을 기차로 가야 하는 곳이었다. 치한도 좋지 않은 그곳에 여행용 가방 하나를 끌고 무작정 비행기를 탔다.

내가 가장 싫어하는 것은 줬다 뺏는 것이다. 안주면 그만이지만 주고 나서 도로 가져가는 건 예의가 아니었다. 그 당시 내 기분이 그랬다. 받았다가 뺏긴 기분. 이미 몸과 마음은 포기로 돌아서고 있었다. 인도네시아에서 나는 새로운 기분으로 다시 태어나고자 했다. 혼자 여행도 다니고 순수한 그들의 마음과 하나가 되었다. 내 마음을 치유하는 느낌이었다. 다른 세상에 오니 살 것 같았다. 무엇보다 남들의 시선에 신경 쓰지 않아도 되는 것이 가장 좋았다.

세상엔 내가 모르는 아픔을 간직하고 있는 사람들이 많다. 다들 행복한 듯 보이지만, 내가 다른 사람에게 얘기하지 않듯 그들도 이야기하지 않을 뿐이다. 내가 숨기고 싶은 걸 남들도 숨긴다는 것을, 내가 모르고 있을 뿐.

사람 사는 건 다 똑같다.

글쓰기 Tip

주변 사람들이 어떤 일로 힘들어 하는지 글로 적어보자.
내가 가진 고민과 같은가? 아니면 왜 그런 고민으로 걱정하는지 한심한가?
주변의 사람들에 대한 이야기를 적어보며 그들을 이해하는 마음을 좀 더 넓혀 보자.
다양한 삶을 간접적으로 경험하며 생각의 폭이 넓어지는 나를 발견할 것이다.

일타 쌍피는
고스톱에만 있는 게 아니다

한 달 반 동안 머물러 있던 인도네시아에서 나는 열심히 운동했다. 거의 매일 피트니스센터에 가서 러닝머신과 체조, 아령을 들며 몸을 만들었다. 생각에 빠지면 자꾸 우울해지고 힘들었다. 잡념을 없애기 위해, 몸을 건강하게 만들기 위해 운동을 했다. 45일 동안 나를 단련하며 의미 있는 시간을 보냈다.

한국으로 돌아오는 비행기 안. 다시 일상으로 돌아갈 것이 두려웠다. 사람들의 시선 또한 나를 힘들게 할 게 분명했다. 그들의 생각 없이 던지는 한마디를, 그동안 나는 수도 없이 들어왔다. 남자와 단둘이 어디론가 사라지고 싶었다. 남자가 이야기한다.

"회사에서 미국 주재원 얘기가 나오고 있어. 몇 년은 가 있을 텐데……. 차라리 임신이 안 되면 그곳에서 지내는 것도 괜찮겠지?"

이 말은 그 전부터 나왔던 터라 기대하지 않았다. 나는 항상 말하곤 했다.

"발령나면 얘기해요. 무조건 가야죠."

다시 일상으로 돌아온 나는, 남자와 결심한다.

"이번 시험관을 끝으로 이제 더는 병원에 다니지 않을 거예요. 만약 실패하면 우리 둘이 행복하게 살기로 해요."

더는 하고 싶지 않았다. 몸은 몸대로 망가졌고 그동안 쓴 돈만 해도 우리의 가정경제가 휘청거렸으니 말이다. 마지막이라고 생각하고 병원을 찾았다. 마음이 편했다. 진료를 기다리는 부부들을 바라보니 밝은 표정의 얼굴을 찾아볼 수 없었다.

'나도 그들 중 하나였구나. 그동안 왜 이렇게 힘들게 살았을까.'

마음을 비우니 사람들이 보였다. 항상 초조하고 힘들었다. 굴욕의자에 앉는 나의 몸도 마지막이라는 걸 알았는지 몸에 힘이 들어가지 않았고, 그동안 해왔던 과정들이 힘들게 느껴지지 않았다. 남자는 태국으로 한 달 넘게 출장 중이었다. 모든 걸 나 혼자 해내야 하는 상황이었다. 하지만 마지막이라는 생각은 날 편안하게 만들어줬다. 모든 과정을 끝낸 나는, 임신 여부 결과를 위한 피검사를 위해 병원을 찾았다.

'이제 내일 결과만 들으면 끝이구나. 그동안 수고했어.'

나 자신에게 얘기했다. 힘든 과정이었지만 빨리 훌훌 털어버리고 싶었다. 내 감정 속에서 빠져나오지 못했던 7년이라는 시간이 아깝게 느껴졌다. 전화를 기다리는 시간은 힘들지 않았다. 내가 하고 싶은 일을 하며 일상 생활하듯 시간을 보냈다. 전화벨이 울린다. 병원에서 온 전화였다.

"안녕하세요. 김민정 님 전화 맞나요?"

아무렇지 않다고 생각했지만, 전화를 받으니 떨리는 마음은 감출 수 없었다. 간호사는 이야기한다.

"축하합니다. 임신입니다. 그런데……. 임신 수치가 373이나 나왔네요! 쌍둥이일지도 모르겠어요."

"네? 다시 한 번 말씀해주시겠어요?"

잘못 알아들은 줄 알았다. 50만 넘어도 임신 가능성이 있는 수치였다. 그런데 373이라니! 태국에 있는 남자에게 메시지를 보냈다. 시간 날 때 전화해달라고. 침대에 앉아 다시 생각했다.

'임신은 맞는 거지? 다시 전화해서 물어봐야 하나? 내가 잘못 알아들은 건 아니겠지?'

거울 속의 나를 바라봤다. 아직도 믿기지 않은 얼굴이다. 남자와의 통화에서 우린 둘 다 믿을 수 없다고 얘기했다. 피검사 수치가.

서둘러 짐을 챙기기 시작했다. 두 번째 유산은 생각조차 하기 싫었다. 병원에 종일 누워있더라도 나의 선택은 입원이었다. 어머니께 전화해 병원에 동행하자 말씀드렸다. 서울로 가는 차 안에서 내 마음은 요동치기 시작했다. 4인실 병실에 자리를 잡았다. 조용히 지내고 싶었지만 2인실이나 특실은 금액이 상당했기에 포기했다. 침대에 커튼을 치고 누워있는데 옆에서 시끌시끌하다. 복수가 심하게 찬 환자가 들어왔나 보다. 쉬고 싶은 마음에 혼자 이어폰을 끼고 음악을 들었다.

식사시간이 되었다. 내가 차리지 않아도 매번 때맞춰 나오는 식사는 참 반가웠다. 그러나 병원 밥의 맛은 편차가 심했다. 그렇다 해도 음식을 가릴 처지는 아니었다. 확실한 임신을 판정받을 때까지 나는 투정부릴 수 없었다. 다행히 이 사실을 안 어머니께서 반찬을 해다 주셨고, 내 밥상은 언제나 임금님 표 밥상이었다. 어머니의 음식 솜씨는 지금도 그 누구와 비교 불가능하다.

식사를 마치니 옆 침대의 사람이 눈에 들어온다. 나는 인사를 했다. 상대방도 웃으며 나에게 인사한다. 병원에서 만난 최고의 친구, 우정 언니다.

우정 언니는 나보다 7살 많았다. 이미 잘생긴 아들도 있었는데, 둘째를 임신하려니 잘 안 되어 병원을 찾았다고 한다. 언니는 웃음 가득하고 언제나 긍정적인 사람이었다. 함께 있으면 기분 좋아지는, 부정이라는 단어를 모르는 듯한 사람이었다. 복수가 심하게 차서 배가 부풀어 올라 힘들었을 텐데, 단 한 번도 울거나 짜증 내지 않았다. 곁에 있던 언니의 친정엄마께서 이렇게 고생하는데 병원에 그만 다니라는 말씀에도 언니는 괜찮다고 했다. 그동안 내 모습을 돌아보게 되었다. 물론 첫째가 있고 없음에 차이는 있었지만, 천성적으로 이렇게 긍정적인 사람을 본 건 우정 언니가 처음이었다.

언니에게 많은 것을 배웠다. 편안한 마음과 여유, 긍정적인 마인드는 병원에 있는 내내 나에게 큰 자극이 되었다. 초음파를 통해 잘 자리 잡은 아기집을 확인하기 위해 며칠을 기다려야 했지만, 내 마음은 평온했다. 틈틈이 미래의 아기에게 쓰는 편지도 적어보고 일기도 썼다. 남편이 태국 출장 중이었기에 오로지 나 혼자 이 시간을 견뎌야 했지만 배 속의 아기와 함께라고 생각하니 견딜 만했다.

우정언니와 나는 아침마다 병실 위층에 있는 명상실에 가서 명상을 했다. 어두운 조명과 편히 기댈 수 있는 소파는 우리를 더욱 안락하게 해줬다. 명상에 흠뻑 심취한 날은 코를 골 정도로 잠이 들어 간호사가 부를 때까지 일어나지 못한 적도 있었다. 하지만 그것마저 우리에겐 즐거움이 되었다. 언니는 배에 찬 복수가 모두 빠져 퇴원할 날이 되었다. 나는 좀 더 입원해 있어야 했기에 우리는 그렇게 헤어졌다. 하지만 나의 입원기간 동안 잊지 않고 찾아와 주었고,

연락을 주고 받는 사이가 되었다.

드디어 초음파를 통해 아기집을 확인해야 할 날이 되었다. 정확히 아기집이 한 개인지 두 개인지 확인이 필요했다. 나는 임신이 중요했기에 사실 쌍둥이는 바라지도 않았다. 내가 쌍둥이 엄마가 될 거라고는 예상하지도 않았기에.

선생님께서 초음파를 봐주신다.

"아기집이 선명하게 잘 보이네! 다시 한 번 축하해요. 이제 쌍둥이 엄마라고 불러야겠네."

내 눈을 의심했다. 아기집이 두 개라니. 임신은 확실했지만, 진짜 쌍둥이일 줄이야! 병문안을 오신 어머니께 초음파 사진을 보여드렸다. 다른 침대에 있던 사람들이 축하한다고 얘기해 준다. 어머니는 초음파 사진을 보시고 또 보셨다.

아기집을 확인한 나는 어머니와 퇴원했다. 아직 몸의 변화는 느껴지지 않았다. 정말 임신한 게 맞나 싶은 생각이 머리를 맴돌았다. 나는 수많은 과배란 약 복용과 2번의 인공수정, 6번의 시험관을 통해 임신에 성공했다. 이런 시술들은 최대한 적은 횟수로 임신이 되면 좋겠지만, 난임 부부들은 꽤 오랜 기간 많은 비용을 들여 임신을 위해 준비한다. 몸은 몸대로 마음은 마음대로 황폐해진 상황에, 건강한 산모가 될 수 없다는 것은 일반 산모들과 다른 점이다.

나는 자연 임신의 소중함을 일반 산모들이 알아줬으면 좋겠다. 그리고 혹여 지금 난임으로 고생하고 있는 여성이 내 책을 읽고 있다면 꼭 이야기해주고 싶다. 힘들고 고된 시간의 연속이지만 분명 희망은 찾아온다고. 나도 결혼 한지 7년 만에 임신한 아기였다. 그 과정을 모두 표현 할 수 없지만, 경험한 사람으로서 조금만 더 힘내라 이야기해 주고 싶다. 결국 인생은 해피엔딩이니까!

글쓰기 Tip

일생일대 나의 인생에 있어 최고의 순간은 언제였는가?
남들의 시선이 아닌 오직 나의 기준에서 최고였던 순간을 적어보자.
가슴 떨렸던 그때의 기억을 글로 다시 느껴보자.
생각만 했을 때 마냥 좋았던 일이, 글로 표현하는 순간 특별함이 묻어나는 추억으로 변해 있을 것이다.

행복과 고난은 평행선?

"심장 소리가 쿵쿵 잘 들리네요."

병원에 갈 때마다 하는 초음파는 나와 남자를 설레게 했다. 뱃속에 있는 아가들이 신기했다. 태명을 지어줄 때가 온 것이다. 이름은 남자에게 부탁했다. 그는 고심한 듯 말했다.

"언제나 튼튼한 심장 소리를 들려달라고 쿵이, 빵빵하게 잘 자라라고 빵이. 어때?"

우리의 쌍둥이 태명은 쿵이 빵이가 되었다. 부르면 부를수록 입에 착 달라붙었다.

나는 쌍둥이 임신에 대해 생각해 본 적이 없었다. 그렇기에 얼마나 힘든지도 알 수 없었다. 병원에서 만난 우정 언니로부터 쌍둥이 임신 관련 책을 소개받았다. 아마 임신을 해본 사람이라면 알겠지만, 책이 눈에 안 들어왔다. 임신 중

태교로 공부하는 사람들을 볼 때면 참 대단하다는 생각을 그때 이미 했다. 대충 읽고 자꾸만 쏟아지는 졸린 잠을 채웠다. 쌍둥이 임신 중 가장 몸이 편할 시기가 임신 초기가 아닐 듯싶다. 하지만 유산의 가능성이나 조기 출산에 대한 두려움은 임신 내내 갖고 있었다.

임신 전 임산부들을 보며 나도 해보고 싶었던 리스트들을 하나하나 해나갔다. 임부복도 사고, 먹고 싶은 음식도 남자에게 부탁하며 말이다. 초기 임신 중에는 시어머니 댁에서 지냈는데, 마음껏 TV도 보고 누워서 게임도 했다. 그동안 살면서 가장 편안한 시간을 보낸 시절을 꼽으라고 하면 이때일 듯싶다. 쌍둥이 임신 중 입덧은 단태아 산보보다 더 심할 수 있다고 들었다. 나에게도 입덧이라는 게 찾아왔다. 변기를 부여잡으며 속의 내장까지 빨려 나오는 기분을 그때 느꼈다. 입덧은 나의 의지와 상관없이 모든 걸 쏟아냈다. 먹은 게 없는 날은 헛구역질만 되풀이했다.

'아! 임신이 이런 거구나.'

입덧 때문인지 눈물이 났다. 슬퍼서 나는 눈물은 아니었다. 너무 토하니 자연스레 나는 눈물이었다. 어렵게 한 임신은, 입덧마저도 힘들게 느껴지지 않았다. 조금만 지나면 끝날 테니, 그땐 맛있는 음식을 모두 먹어주겠노라 생각하며 참아냈다. 하지만 참기름 냄새와 조기 굽는 냄새는 완전무장된 나를 해제시켰다. 그날은 거실에 베인 냄새로 화장실을 내 방처럼 들락날락했다. 차라리 화장실에서 나오지 않는 게 나을 정도였다. 덕분에 모든 요리에, 어머니는 들기름을 사용하셨다. 음식을 잘하시는 어머니의 애정 1호 참기름이 금지된 것이다. 게다가 조기는 아버님이 가장 좋아하는 생선이었다.

입덧이 끝나니 살 것 같았다. 짧고 굵은 입덧이었다. 3개월이 조금 넘은 나의 배는 볼록하게 나와 있었다. 똥배가 전혀 없던 나였다. 볼록하게 나온 배를 어머니와 남자에게 보여주며 신기해 했다. 진짜 애가 크고 있나 보다 하고 말이다. 그때부터 하루하루 나의 배는 점점 불러 왔다. 마른 사람은 옷을 입으면 임신 5개월도 티가 잘 안 났지만 4개월의 내 배는 이미 6개월을 넘어서고 있었다.

아기들이 잘 크고 있다는 증거이기도 하니 뿌듯했다. 하지만 그것이 고난의 시작이었다는 것을 나는 전혀 알지 못했다.

11월. 자두가 먹고 싶다. 자두 파는 곳이 어디인지 미친 듯이 폭풍 검색을 한다. 조금 있으면 12월이 되는 겨울, 자두가 있을 리가 없었다. 글 하나가 눈에 뜨인다.

"지금은 자두농장 며느리도 자두 구경 못 합니다."

좌절이었다. 자두맛 사탕으로는 나의 욕구를 채워줄 수 없었다. 남자에게 연락한다. 쿵이 빵이가 간절하게 자두를 원한다고.

일찍 온다던 남자가 연락도 없이 늦는다. 오늘 쿵이 빵이와 있었던 나의 일상을 얘기해줘야 하는데 말이다. 사실 별달리 특별한 일도 없었지만, 임신 중이었던 나는 작은 일상 또한 신기하게 느껴졌을 시기였다. 미래의 우리 아가들에게 해주고 싶은 것들에 대해, 매일 이야기 나눠도 부족했다.

남자가 집에 들어온다. 나와 시부모님은 오늘 왜 이렇게 늦었냐며 현관으로 나가는데 그 추운 겨울 땀 냄새가 물씬 풍긴다. 남자의 손에 10kg 자두 상자가 들려있다. 온 가족이 놀라 남자를 바라봤다.

상자를 받아든 어머니가 주방에 갖고 가신 뒤, 온 가족이 함께 열어 보았다. 주먹만 한 자두가 큰 상자 안에 있었다. 자세히 보니 상태가 완벽한 자두는 아니었다. 물론 좋은 것도 있어 임신한 내가 먹기에 최적의 자두도 있었다.

나의 전화를 받은 남자는 하던 일을 멈추고 서울에 있는 모든 백화점에 전화해서 자두가 있냐고 문의했다. 구하지 못했던 그는, 마지막 안 되겠다 싶어 퇴근하자마자 직접 가락시장을 찾았다.

집집마다 자두가 있냐고 물어보고, 시장을 헤집고 다녔나 보다. 거의 모든 가게에서 요즘 누가 자두를 갖다 놓냐며, 볼멘소리도 꽤 들었다고 한다. 마지막이라 생각하고 간 가게에서 간신히 자두를 구했다는 남자는, 뿌듯함 그 이상의 얼굴이었다. 그의 몸엔 땀 냄새가 배어 있었다. 12월이 다가오는 겨울에 이렇게 흘려본 땀은 처음이라며 남자가 웃는다. 감동이 밀려왔다.

'이런 거구나!'

남자의 사랑은 언제나 컸지만 임신하고 나서 느끼는 이 감정은 왠지 더 크게 밀려왔다. 그리고는 현실로 돌아와 얼마냐? 상태가 좀 안 좋네? 하며 장난 섞인 대화를 이어갔다. 단번에 바가지를 쓴 금액이라 할 수 있을 정도의 비싼 금액이었다. 그래도 그 마음이 너무 고마웠다. 그런데 자두를 보는 순간 먹고 싶지가 않았다. 어머니는 자두를 씻어 예쁘게 잘라 주셨다. 남자도 어서 먹어보라며 건네는데, 그 정성에 내 마음을 내색할 수 없었다. 그때 알았다. 임산부의 마음은 하루에도 수십 번 바뀐다는 사실을.

그때 그 귀한 자두를 보자마자 먹고 싶은 마음이 싹 달아났다는 사실은 이제 모든 사람이 알게 되었다.

남자에게 미안하다는 말을 건네야겠다. 하지만 쿵이빵이가 변심한 것이지 내 마음이 변한 게 아니라는 걸 꼭 알아줬으면 좋겠다. 자두는 아가들이 먹고 싶다고 한 것이지 내가 아니었다고.

임신 초기가 지나고 나는 다시 집으로 돌아올 수 있었다. 혼자 있는 시간 끼니때마다 뭔가를 먹는 게 쉬운 일은 아니었다. 예전처럼 한 끼 때운다며 라면을 먹을 수도 없는 일이었다. 채소와 견과류는 기본이고 철분 약도 꼬박꼬박 챙겨 먹어야 했다. 내 몸은 쌍둥이를 임신하기에 최적의 조건은 아니었다. 덩치가 큰 것도 아니고 체력도 좋지 않았다. 나에게 있어 쌍둥이 임신은 버틴다는 말이 더 잘 어울리는 단어였다.

오랜만에 엄마가 집에 놀러 오셨다. 배가 꽤 불렀지만, 몸이 더 힘들어지기 전에 엄마와 시간을 보내고 싶었다. 하룻밤같이 자고 나서 아침에 씻으러 화장실에 들어갔다. 양치하고 샤워를 하러 부스에 들어가려는데 그다음부터 기억이 없다. 눈을 뜨니 남자가 나를 흔들어 깨우며 괜찮냐고 한다. 엄마는 내 발과 손을 꼭꼭 주무르며 정신이 없으셨다. 잠시 기절한 모양이다.

샤워 부스에 쓰러진 나는 남자를 불렀다고 한다. 아주 작은 목소리로. 남자는 내가 장난치는 줄 알고 웃으며 욕실 문을 열었다가 화들짝 놀란 것이다. 젖은 나를 안고 침대에 눕히며 오만가지 생각을 했다고 한다.

"자기야. 아기는 괜찮겠죠?"

나의 물음에 남자가 대답한다.

"쓰러져 있을 때 양손으로 배를 꼭 감싸고 있더라. 쿵이 빵이는 괜찮을 거야."

다행이다. 무의식 속에서도 이렇게 지켜줄 수 있었으니 말이다.

병원에는 가지 않았다. 공복이었고 앓고 있던 병도 없었기에 쉬면 될 일이라 생각했다. 쌍둥이 임신 중 기절이 이번 한 번만은 아니었다. 임신 후기에도 위험한 적이 있었다. 배가 불러오니 행복하고 편안했던 나의 몸은 점점 변해갔다.

쌍둥이 임신은 일반 산모보다 2~3개월은 빠르게 진행되고 있었다. 5개월로 접어 들어갈 무렵 나는 이미 단태아 산모와 동급으로 만삭이었다. 외출과 나들이가 불가능할 정도로 점점 힘들어졌다. 손과 발, 온몸이 부어올랐다. 그래도 아직은 살만했다. 내가 스스로 걸어 다닐 수 있었으니 말이다.

사람 마음은 참 간사하다. 임신이 안 됐을 때는 머릿속에 온통 아이만 자리 잡았는데 임신을 하고 나니 힘든 내 몸만 느껴진다. 제대로 된 태교도 하지 못했다. 그냥 잘 먹고 잘 자는 게 나에게는 태교였다. 사실 다른 임산부들이 부럽긴 했다. 문화센터에도 나가고 뭔가를 배우는 것이. 하지만 나는 그렇게 할 수 없었다. 조금만 움직여도 아랫배가 빠지는 것처럼 묵직하게 아팠고 피로도 금방 찾아왔다.

100m도 안 되는 집 앞 문화센터에 우쿨렐레 수업을 신청했지만, 오랫동안 앉아있지 못해 한 번의 수강으로 끝이 났다. 행복은 고난과 평행선인가 보다. 행복했지만 몸은 힘들었다. 앞으로 닥칠 더 큰 힘듦과 시련은 그 당시 알 수 없었다. 그냥 현재 내가 힘들 뿐이었다.

글쓰기 Tip

임신 중에 생긴 에피소드에 대해 적어보자.
남자라면 아내에게 해줬던 것들을, 여자라면 말하지 않아도 쓸 내용이 많을 거라 생각된다. 혹여 미혼이거나 아직 아이가 없는 사람들은 미래의 임신한 내 모습을 혹은 아내를 상상하며 적어보자.
남편에게 원하는 것들이나 내가 임신 중 꼭 하고 싶은 리스트, 아내를 위한 이벤트 등 모두 상관없다.
글쓰기의 가장 큰 매력은 내 맘대로 쓸 수 있다는 데 있다.

제4장
머나먼 나라, 미국

내일 출산 아니에요!
임신 5개월이에요

인천공항. 양가 부모님과 가족들이 모두 모여 있다. 오랜만에 모여 인사를 나눈다. 다들 웃으며 인사하지만, 왠지 모를 서운함이 묻어있는 얼굴이다.

"건강하게 잘 지내고 어디 아프지 말고."

엄마는 말을 잇지 못하신다. 출국장으로 들어가려는 우리를 보며 시어머니가 왈칵 눈물을 쏟아내신다. 항상 강인한 분이라 생각했지만 헤어짐 앞에선 어쩔 수 없으셨나 보다. 눈물 흘리지 않을 거란 나의 다짐이 무너지는 순간이다.

임신에 성공하고 병원에서 퇴원했을 무렵 남자는 얘기했다.

"우리 미국에 가야 할 것 같아. 짧은 시간 준비해야 할 게 많네."

임신을 하고 나니 걱정부터 앞섰다. 타지도 아닌 타국에서의 출산과 육아는 쉬운 일이 아니었다. 말도 통하지 않을 뿐더러 아는 사람 한 명도 없는 곳에서 어떻게 지내야 하나 막막했다. 혼자였을 때와 쌍둥이 임신 후 나의 마음 상태는 달라져 있었다. 두려웠다. 미국 대사관에 가서 인터뷰할 때도, 개월 수가 얼마 되지 않았음에도 너무 나온 배는 신경 쓰였다. 혹시 나만 비자발급이 되지 않을까 봐 걱정도 했다. 이삿짐은 컨테이너를 배로 보내는 거라 2달이 넘는 시간이 걸렸다. 미리 짐을 보내야 했다. 준비해야 할 게 너무나 많았다. 육아용품과 책들도 출산 후 구매하기 어려울 것 같아 인터넷을 검색해서 준비했다. 아무것도 모르는 내가 뭐가 필요한지도 모르고 인터넷과 주변 엄마들의 말만 듣고 사들였다. 지금에서야 하는 말이지만 사람 사는 데는 다 똑같다. 그냥 갔어도 될 것을 미리부터 걱정한 것이다.

2013년 2월 초 임신 5개월에 미국행 비행기를 타게 된다. 5개월이었지만 쌍둥이를 임신해 이미 만삭의 배가 되었고, 온몸은 퉁퉁 부어 오래 걷지도 못했다.

비행기 안. 우리는 나란히 앉지 못했다. 조금만 앉아있어도 엉덩이와 허리가 아프고 숨을 잘 못 쉬는 관계로, 나는 비즈니스 좌석에 남자는 근처 이코노미 좌석으로 앉았다. 해외를 자주 다닌 남자의 마일리즈로 비즈니스 좌석에 앉았지만, 그 좌석이 돈을 내고 타면 그렇게 비싼지 그때 처음 알았다. 남편과 함께 앉고 싶은 마음에 검색을 하니 700만 원이 넘는 금액이었다. 바로 포기하고 나와 쿵이 빵이만 앉는 걸로 결정했다.

배가 워낙 무겁고 힘들다 보니 비즈니스 좌석도 이코노미와 다를 바가 없었다. 물론 훨씬 편했지만 내 몸 상태가 즐거운 비행을 하기엔 역부족이었다. 임신 후 배가 부르면서 똑바로 앉고 눕는 건 단 한 번도 하지 못했다. 쌍둥이 임신을 해본 체구 작은 여성은 아마 내 마음을 알 것이다.

비즈니스 좌석의 서비스는 참 좋았다. 사기그릇에 음식이 나오고 후식 또한 신선한 과일부터 다양하게 즐길 수 있었으니. 하지만 많은 서비스를 받았음에도 나는 빨리 내리고 싶다는 생각만 가득했다. 13시간이 지나 미국 JFK공항에 도착한다. 프랭크 시내트라의 New York, New York 음악이 흐른다. 뉴욕은 설레는 도시임은 틀림없다. 설렘이 오는 동시에 이제 살았구나 싶었다.

집을 구하기 전 회사에서 마련한, 숙식을 제공하는 일반 하숙집에 들어가 살게 되었다. 집과 차도 구해야 했고 서류 관련 관공서도 가야 했다. 이곳에서 지내는 동안 그것들을 준비하기로 한다. 삼시 세끼를 다 차려준다기에 몸이 무거웠던 나는 정말 다행이라는 생각을 했다. 하지만 그 생각은 며칠 지나지 않아 빨리 집을 구해 나가야겠다는 마음으로 바뀌었다.

하숙집 아주머니 내외분은 오래 전 미국에 이민 온 분들이었다. 두 딸이 있었지만 각자 결혼을 하고 타국에 사는 듯했다. 손주도 있다는 말씀에 임신한 나를 조금은 이해해 주시겠지 싶었다. 그러나 시도 때도 없이 남편 구박에, 임신한 나에게 매일 아침 까맣게 탄 토스트를 만들어주신 그분은 보통 엄마가 아니었다.

아저씨는 자주 집에 들어오지 않으셨다. 음식도 바깥에서 포장해 와서 드셨다. 우리가 궁금해하는 것은 친절히 설명해 주시고 대화하는 걸 참 좋아하는 분이었는데, 우악스러운 아내 덕에 바깥으로 도는 아저씨가 조금 측은하게 느껴졌다. 게다가 그림을 좋아하는 아주머니의 친구분들이 오는 날엔 나의 식탁이 하우스가 되어 달러가 오갔다. 미국에서도 화투를 좋아하는 사람들이 있는 줄은 꿈에도 몰랐다. 판을 보고 있노라면 영어와 한국어가 뒤섞여 여기가 어느 나라인지 구분되지 않았다.

그 덕분에 나는 한쪽 구석에서 높이도 맞지 않는 의자에 앉아 밥을 먹어야 했다. 먹는다기보다 살기 위해 꾸역꾸역 입에 넣었다는 표현이 맞겠다. 라면을 주는 날엔 우울했다. 영양가 없는 음식을 먹는데 점심에도 라면이라니. 이 사실 안 남자는 욱했는지 한마디 하겠단다. 하지만 그걸 받아줄 분이 아니라는 걸 알았기에 빨리 집을 구해 나가자는 결론을 지었다. 오로지 하숙비만 받으면 그만이라는 마인드의 아주머니와 빨리 헤어지길 바랐다.

몸이 무거워져 움직이기 힘든 나는, 집을 보러 다니지 못했다. 집은 남자가 틈틈이 보러 다녔고 나는 거의 침대에서 쉬는 시간이 많았다. 2월이었는데도 이곳은 눈이 허리까지 왔다. 우리나라 같으면 교통이 마비되고 난리가 났겠지만 바로 기계를 동원해 길가에 있는 눈을 모두 치워놨다. 염화칼슘은 뿌리는 정도가 아니라 들이붓는다는 표현이 맞을 정도로 많은 양을 뿌려댔다. 이렇게 많은 눈이 와도 금세 일상생활이 가능했다. 우리나라와는 다른 문화를 조금씩 경험하기 시작했다.

주말, 답답한 나를 위해 남자는 회사에서 렌트해준 차로 쇼핑몰과 마트에 갔다. 아직 집을 못 구했던 터라 물건을 구매하진 않았지만 구경하는 재미가 쏠쏠했다. 걷기 힘든 내가 카트가 달린 전동차를 타고 마트를 누비니 전혀 힘들지 않았다. 대형 마트에는 몸이 불편한 사람들을 위해 전동차가 구비되어 있었다. 게다가 유아용품을 파는 쇼핑몰은 천국이다 못해 신세계였다.

차를 살 땐 남자와 함께 갔다. 미국 법으로 카시트는 기본 장착이니 쌍둥이를 위해 벤으로 구입 했다. 나중에 태어날 쌍둥이와 타기에 안락하고 편안했다.

여러 곳을 보던 중 남자는 우리 가족이 살 집을 구하게 되었다. 이삿짐도 때맞춰 들어와 이사는 남자 혼자 하게 된다. 짐이 많지 않았음에도 정리할 건 왜 이리 많던지 혼자 꽤 고생했을 것이다. 우리 집에 들어오니 한국에서보다 몇 배는 큰집에서 살게 되었다. 한 달 렌트 비용은 상상할 수 없는 금액이었다. 물론 회사에서 비용을 대주니 다행이었지만, 한국이었다면 일반 서민들이 이 금액을 월세로 주고 사는 사람들이 몇이나 될까 싶었다.

이사 온 타운 하우스는 피트니스 센터, 풀장, 체육관, 손님들이 방문했을 때 잠시 대화를 나눌 수 있는 클럽하우스가 있었다. 이 건물 안에는 문의 사항이나 집의 보수 문제 등을 얘기할 수 있는 오피스도 있었다. 하지만 자주 가진 않았다. 나의 영어실력이 부족했기 때문에. 부득이하게 방문하게 되면 딱 내 말만 하고 나오는 일이 부지기수였다. 5분 이상 대화를 나누기 힘들었다. 내가 알던 영어와 실생활 영어는 달랐다. 아니 내 실력이 부족한 거로 하자. 미리미리 영어 공부 좀 해놓을 걸 후회가 밀려왔다.

산부인과는 집에서 차로 15분 정도 거리에 있는 곳으로 다녔다. 의사의 평판이 좋다 들었지만, 무엇보다 의사 간호사들이 한국인이었다. 영어 때문에 걱정하지 않아도 되겠다 싶었다. 병원에 가니 반은 외국인 산모였다. 작성해야 하는 서류 또한 영문이었지만 상관없었다. 한국인 의사만 믿고 온 나였다. 진찰을 받고 상담하는 내내 나는 외국인과 대화하는 줄 알았다. 모든 용어가 영어였다. 거의 알아듣지 못하고 대충 감으로 알아들었다. 나는 눈치 빠른 한국인이니까. 어디를 가도 금방 적응하는 나였지만 영어는 금방 적응되지 않았다. 그나마 눈치가 나를 살렸다.

몇 년 전 일인데도 그때의 긴장감은 아직도 남아있다. 말도 통하지 않는, 아는 사람 하나 없이 시작한 나의 미국 생활이 말이다. 새로움의 시작은 내가 어떤 환경이냐에 따라 달라지는 듯하다. 사실 나는 모든 조건이 좋은 상황이었다. 딱 하나 쌍둥이 임신만 빼고. 몸이 힘드니 아무것도 할 수 없었다. 친구를 사귈 수도 없었고 누구의 부축 없이 혼자 산책을 하러 나갈 수도 없었다. 임신을 경험한 사람들은 하나같이 '배 속에 있을 때가 좋은 거야' 하고 말하지만, 그건 모든 사람에게 해당하는 말은 아니다.

지금도 임신했을 시절로 돌아가고 싶냐는 말은, 군대에 다시 갔다 오라는 것과 별반 차이가 없는 말이다. 남자들은 알 것이다. 두 번 군대 가는 게 얼마나 싫고 무서운 일인지. 나의 임신이 그랬다.

글쓰기 Tip

자! 지금부터 내가 살아보고 싶은 해외가 어딘지 생각해 보자.
실제로 살지 못한다 해서 좌절하지 말자. 꿈은 언제, 어떤 방법으로 이루어질지 모르는 일이니.
생각해둔 나라가 있다면 그 장소가 나오는 영화를 찾아보자. 영화를 보고 나서 내가 주인공이 되어 다시 그 영화 속으로 들어가 보는 것이다. 영화의 감상을 글로 표현해도 좋고 내가 영화의 주인공이라면 어땠을까 상상하며 글을 써 보자. 그곳에서 일어날 로맨스, 경험들 모두 허구지만 내 머릿속 상상으로 다시 만들어 보는 것이다.
혹시 또 알까? 허구가 현실로 될지.

임산부의 어학연수

"Fire! Fire!"

화재 경보음이 나기 시작한다. 영화에서 보던 911이 우리 집에 오는 것인가. 재빨리 조치가 필요했다. 거실 베란다 창문을 활짝 열고 화재경보기 아래 의자를 놓고 올라갔다.

"이제 작업을 시작해야겠군."

미국에서 지내니 항상 반찬이 문제였다. 사다 먹어도 되지만 금액이 만만치 않았고 무엇보다 입맛에 맞지 않았다. 한인 마트가 근처에 있어서 거의 모든 식재료는 구할 수 있었지만, 한국의 엄마표 반찬은 찾지 못했다. 안 되겠다 싶어 콩 조림과 견과류를 듬뿍 넣은 멸치볶음을 만들기 시작했다.

몸은 무거웠지만 먹고 살아야 한다는 생각에 간신히 반찬을 만들고 있었다. 문제는 멸치볶음을 만들 때였다. 멸치를 볶으니 연기와 냄새가 심해 환풍기를 틀었다.

'이런!'

미국 환풍기는 탱크가 지나가는 것처럼 소리는 요란한데 환기는 잘 안 됐다. 내 집만 그런 걸까? 일단 시작한 요리는 마무리 지어야 하니 서둘러 볶는데 화재 경보음이 울리기 시작한 거다.

"앗! 진짜 울리네?"

그렇다. 미국 화재경보기는 조금의 연기가 감지되면 화재 경보가 울린다. 주방 근처 천장의 동그랗게 생긴 하얀 경보기 소리는 귀가 찢어질 정도로 컸다. 녹음된 여자의 목소리가 들린다.

"Fire! Fire! Fire! Fire!"

무한 반복이다. 영화에서 보면 경보기가 울리고 물이 뿌려지는 장면이 나오는데 그럴 일은 없다. 단지 엄청난 크기의 소리가 날 뿐. 화재경보기가 울리는 이유는 빨리 상황에 대처하라는 신호음 정도로 이해하면 되겠다.

무거운 배를 움켜잡고 의자 위로 올라갔다. 화재경보기에 대고 열심히 부채질을 해서 연기를 없애줬다. 몇 분이 지났을까 소리가 멈췄다. 미국에 오기 전 이곳의 문화나 그들이 어떻게 사는지 블로그를 봐왔던 터다. 다행히 나는 화재경보기에 대해 알고 있었다.

이틀 전 남자와 목살을 구워 먹었을 땐 경보음이 나지 않았다. 남자에게 전화해 이 사실을 알리니 본인은 화재경보기에서 나는 소리에 대해 전혀 몰랐다며 안 놀랬냐고 묻는다. 당연히 놀랐다. 여자의 목소리 때문에. 나중에 안 사실이지만 어떤 집은 이 경보기의 건전지를 아예 빼놓은 집도 있었다. 그 소리가 너무 시끄러워서.

점점 배가 부르니 집안에서 움직이는 것조차 힘들었다. 몇 발자국 떼서 걷는 게 이렇게 힘이 든다니. 화장실에 갈 때도 벽을 잡고 걸었다.

내 나이 아흔이 되어도 이 정도로 몸이 힘들지 않을 것 같았다. 외출도 못 하고 끙끙대는 내가 남자는 안쓰러웠나 보다. 그 사실을 직원들에게 얘기하니 빨리 휠체어를 사서 사용하라고 조언 받았다. 인터넷 아마존에서 130불이면 산다며. 한국에 있었다면 아마 생각지도 못했을 거다. 미국이라는 나라는 확실히 개인을 중요시하는 곳이었다.

임신 전 45kg도 안된 내 몸무게는 점점 나오는 배의 무게를 견뎌내지 못했다. 무릎까지 무리가 왔다. 휠체어는 선택의 여지가 없었다.

32주가 되었을 무렵 남자가 얘기한다. 회사에서 영어공부 관련 지원금이 있어서 개인적으로 영어수업을 들을 수 있다고 말이다. 물론 집으로 원어민 강사가 오며, 시간은 내가 정할 수 있었다.

몸도 힘들고 지쳐 하루를 어떻게 보내는지도 모르는 내가, 사람이 그리워 호기롭게 하겠다고 이야기했다. 내 몸 상태를 본 사람들이라면 아마 미친 짓이라고 할 것이다. 공부를 할 수 있는 몸이 아니었다. 하지만 사람이 너무 만나고 싶었다. 영어도 못 하는 내가 원어민과 대화라니. 두려웠지만 어쩔 수 없었다. 혼자서는 밖에 나가지 못하는 내 몸을 원망하는 수밖에.

미국에서 개통한 휴대폰으로 전화가 왔다. 원어민 강사인 듯했다. 나도 모르게 전화기를 던지듯 남편에게 토스했다. 남자가 통화 하더니 강사가 바뀌어서 다른 사람이 전화할 거라 한다.

이런! 전화 온 김에 시간까지 정했으면 좋으련만. 강사가 바뀌었다니! 다시 전화를 기다려야 했다.

임신 중 긴장은 금물이라 남자가 도움의 손길을 줬다. 이메일로 바뀐 강사에게 방문 시간과 나의 이름을 알려줬다. 너무 고마웠다. 괜히 공부한다고 했다가 된통 당하는 기분이다. 후회가 밀려왔다.

'괜히 영어 공부 한다고 했나?'

한숨이 났다.

우리는 집 전화기를 구매해 놨다. 휴대폰이 있기에 전화 올 때도 없었는데, 시도 때도 없이 벨이 울린다. 전화는 항상 자동 응답기가 받았다. 그럼 상대방이 뭐라 얘기하고 끊는다. 무슨 말인지 하나도 못 알아듣겠다. 계속 메시지가 쌓여간다. 꼭 보험약관 관련 사항을 엄청난 속도로 광고하는 것을, 영어로 말하는 듯하다.

전화기는 또 다른 기능이 있었다. 타운하우스 정문 앞에서 방문 차량이 동호수를 누르면 전화기로 연결되어 문을 열어 줄 수 있었다. 사실 이 기능 때문에 전화기를 구입한 것이다.

나의 잉글리쉬 튜터는 미셸이라는 유대인계 미국인이었다. 쇼트커트의 밝은 갈색 머리에 안경을 쓴 눈이 예쁜 여성이었다. 반갑게 인사했다. 테이블로 안내하고 준비한 음료와 다과를 건넸다. 먼저 그녀가 자신을 소개했다. 현재 영어 개인 교습을 하고 있고 본인도 남녀 쌍둥이를 둔 엄마란다. 그런데 조금 특별한 점이 있다면 정자를 기증받아 아빠 없이 출산한 점이다. 현재 본인은 싱글맘 이란다. 연세 드신 부모님과 아이들이 함께 지낸다고 했다.

정자를 기증받았다는 말에 조금 놀랐지만, 그녀를 보니 결혼보다 아이를 꽤 원했던 듯싶다. 중국에서 중국인 남자친구와 몇 년간 지냈다고 얘기하며 한국과 일본인들을 자주 만나서 익숙하다 한다. 확실히 그녀는 아시아에 대해 많은 정보를 알고 있었다.

미셸이 이야기한다. 나에게 어떤 부분이 가장 필요하냐고. 먼저 자동 응답기의 메시지 해석을 부탁했다. 무슨 내용인지 궁금했다. 함께 듣고 바로 종이에 적어 줬다. 그리고 간단히 설명해줬다. 역시 선생님의 자태가 물씬 풍긴다. 전화는 어떤 형식으로 걸고 받는지도 간단히 알려줬다. 병원을 자주 다녔어야 했기에 예약하는 방법도 함께 노트에 적어줬다.

나는 실생활에 사용할 영어가 필요하다 했다. 일주일에 두 번 3주에 걸쳐 수업을 이어나갔다. 갈수록 수업받기가 힘들고 지쳤다. 미셸은 좋았지만, 점점 부르는 배로 앉아서 수업 받는 게 힘들었다. 그녀는 나를 걱정해줬다. 미셸과 나의 인연은 이것이 마지막이 아니었다.

막달로 가면서 어딜 가나 힘이 부쳤다. 산부인과에서 피검사를 했더니 임신성 당뇨가 높게 나왔다며 2차 검사를 해야 한단다. LabCorp이라는 피검사만 하는 기관을 알려줬다. 12시간 공복 후 LabCorp에 가서 3시간 동안 4번의 피를 빼는 검사였다. 임신 7개월이 넘은 산모에게 12시간의 공복이라니. 게다가 3시간을 더 참아야 한다니 탈진하기 일보 직전이었다. 말이 3시간이지 기다리는 시간까지 포함하면 4시간은 족했다. 그 시간이 24시간처럼 느껴졌다. 3일 후 산부인과에서 전화가 왔다. 당뇨 검사에 패스를 못 했다며 당뇨 관련 교육을 받아야 한단다. 그런데 그 교육기관에 나의 보험이 되는지 확인하란다. 안되면 1,500불을 내고 받아야 한다며. 한국 돈 160만 원을 내라고? 보험이 안 되면, 아파서도 안 되는 나라가 미국이었다.

교육기관에 남자가 전화해 확인했다. 다행히 우리의 보험이 적용되었다. 예약을 하고 2시간의 교육을 받으러 기관을 찾았다. 너무 생소한 단어들로 미리 통역을 부탁해 놨다. 자원봉사를 하는 한국인 통역사가 와서 우리를 도와줬다.

통역을 맞아 주신 여성분께서 모든 공공 기관에서의 통역 서비스는 필수니 당당히 요구하라고 말씀해 주셨다. 참 고마웠다. 의사에게 받은 처방전을 보여주고 교육을 받았다. 그동안 잘못 알고 있던 임신성 당뇨에 대해 제대로 배울수 있는 시간이었다. 차로 돌아오는 길 남자와 많은 대화를 나눴다. 피검사용 기계와 자료 그리고 내가 먹은 음식을 용량별로 일일이 적어야 하는 일지까지 받아왔다.

미국에 와서 안 해보는 게 없다고 투덜댔지만 그러면서 그 문화를 알아 가는 것도 나쁘지 않았다. 그날부터 나의 식생활은 180도 달라져서 끼니마다 음식의 그램을 재고 가려 먹어야 했다. 아무거나 함부로 먹을 수 없었다. 당 수치가 높아 더 올라가면 인슐린까지 맞아야 하는 상황이었다. 먹는 약으로만 버티고 싶었다. 무조건 스스로 조절하는 수밖에 없었다. Calorie FAT & carbohydrate라는 책도 샀다. 거의 모든 음식에 칼로리와 탄수화물 함유량에 대해 나온 책이다. 나는 탄수화물 조절이 필요했다. 내가 마음껏 먹을 수 있는 음식은 많지 않았다. 다행히 소고기와 감자는 생각보다 많은 양을 섭취해도 괜찮았다. 그날부터 우리는 아웃백에 문이 닳도록 다녔다. 스테이크와 감자튀김은 내가 마음껏 먹을 수 있는 유일한 음식이었다. 물론 다른 음식에 비해 말이다.

34주가 넘어가니 나는 간신히 숨만 쉬고 있었다. 침대에서 일어나 여섯 걸음도 안 되는 화장실까지도 잘 걷지 못했다. 임신성 당뇨는 나를 괴롭혔고 당이 떨어지면 시도 때도 없이 어지러워 숨도 못 쉴 정도였다. 어지러움에 화장실에서 쓰러지기까지 했던, 위험천만했던 순간이 한두 번이 아니다.

막달을 향해 가는 입맛이 없는 나를 위해 남자는 음식도 만들고, 때로는 포장해 와서 조금이라도 맛있는 음식을 먹이기 위해 노력했다. 하루는 남자가 이야기한다.

"꼭 아빠 새가 된 것 같아. 둥지에 있는 가족들을 위해 음식을 물어다 주는."

그러면서 또 한마디 한다.

"우리 가족은 배추처럼 살자. 아까 배추를 씻는데 한 장을 떼면 다른 배춧잎이 감싸고 있고, 또 한 장을 떼면 또 감싸고 있고……. 우리 가족도 서로서로 감싸가며 행복하게 살았으면 좋겠어."

이 남자를 어찌 해야 하나. 타국에서 우리는 더 열심히 행복하게 살자며 서로의 힘이 되어주고 있었다.

글쓰기 Tip

다른 사람으로부터 감동한 이야기를 떠올려 보자.
혹은 내가 건넨 한마디에 상대방이 힘을 얻었던 이야기도 좋다. 별것 아니라 생각했던 말들이 때로는 큰 힘이 되어 나와 상대를 행복하게 했을 것이다.
아무리 생각해도 없다면, 앞으로 상대에게 힘이 되는 말을 건네 보자. 쪽지나 편지는 누구나 할 수 있는 작은 실천이다. 오늘 하루 힘이 되는 말로 행복을 느껴보자!

출산 직후
얼음물과 스테이크 정도는 먹어 줘야죠

출산일이 다가온다. 밤에는 잠을 잘 수 없다. 이미 커질 대로 커진 쌍둥이는 뱃속이 좁은지 점점 더 아래로 내려오는 기분이 든다. 그렇게 원했던 임신의 마지막 달은 나를 초주검으로 만들고 있었다.

엄마고 뭐고 나부터 살고 싶었다. 쌍둥이 임신이 이렇게 힘들다는 걸 알지 못했다. 빨리 뱃속에서 꺼내고 싶은 마음뿐이었다.

막달로 치달으니 내 배는 43인치가 넘어갔다. 눕는 것도 앉는 것도 모두 힘들었다. 내 침대에 베개와 쿠션만 몇 개인지도 모른다. 어떻게 해도 불편한 내 몸은 이미 나의 것이 아닌 듯싶었다.

내가 거주하고 있던 뉴저지에서는 38주 전에 제왕절개가 불가능했다. 쌍둥이 임신은 일반 산모들과 달라 한국에서는 좀 더 일찍 제왕절개를 하지만 이곳은 달랐다. 38주까지 버티거나 아니면 양수가 터져야 병원에 갈 수 있었다. 울며 겨자 먹기로 버텨냈다. 양수가 터지고 제왕절개를 하는 최악의 상황은 맞이하고 싶지 않았다.

나의 몸조리를 위해 시어머니가 미국에 와주셨다. 어머니는 음식 솜씨가 워낙 좋으셔서 미국에서도 똑같은 맛을 내주셨다. 마트는 성인 걸음으로 갈 수 있는 거리라 남자가 한번 알려 드렸더니 그다음부터는 혼자 마트에 가셔서 척척 물건을 사 오셨다. 우리 어머니는 두려움을 모르는 분이다. 한인 마트라고 해서 모두 한국 사람들이 있는 건 아닌데 언어의 장벽은 어머니께 두려움의 대상이 아니었다.

출산 한 달 전 오셔서 출산 후 2개월까지, 3개월간 우리 집에 머물며 나와 남자를 도와주셨다. 참 많이 고생하셨다. 그때를 생각하면 마음이 짠해진다. 그리고 감사하다는 말씀을 드리고 싶다.

38주가 되기 하루 전날, 이제 정말 애를 낳으러 가나 싶었다. 헤켄색이라는 곳에 있는 병원은 미리 투어를 해놨던 터다. 미국은 진찰받는 산부인과와 아이를 낳는 장소가 다르다. 오피스 형식의 산부인과에서는 개인적인 진료만 받고, 아이를 낳을 수 있는 병원을 내가 선택하면 그곳에 나의 산부인과 의사가 와서 출산을 돕는다. 분리된 시스템이 신기했다. 의사 개인은 병원설립을 위해 큰돈을 들이지 않아도 되고 각종 시설을 대여 받는 형식이라 생각하면 쉽겠다. 내가 선택한 병원은 그 지역에서 가장 선호하는 곳이었다. 병원을 이용하는 모든 산모가 1인 1실이었으며 그 안에 개인 샤워장과 화장실이 갖춰져 있었다. 병실도 상당히 넓고 쾌적했다.

출산 당일 마음이 싱숭생숭하다. 며칠 더 버틸 수 있을 것 같았다. 제왕절개를 한다는 무서움이 이렇게 클 줄이야! 복잡한 마음을 안고 어머니와 남자, 나는 병원에 갔다. 옷을 갈아입고 병실에서 대기 하는데 금식 때문인지 배가 고팠다. 게다가 긴장되고 걱정까지 하니 몸이 배로 힘들었다.

이날이 올 줄이야! 38주 동안 몸과 마음이 하루도 편할 날이 없었다. 초기에는 유산 때문에, 시간이 지나니 조기 출산으로 걱정을 메고 살았다.

이제 건강하게 출산만 남았구나! 먼저 나 혼자 수술실에 들어갔다.

영화에서 보는 것처럼 감동적인 아기 울음소리 듣기 위해 나는 반신 마취를 선택했다. 등에 마취 주사를 놓아야 하는데 너무 큰 배 때문에 몸이 구부려지지 않는다. 간호사 어깨에 내 팔을 올려 꼭 안겼다. 반신 마취 주사는 아프다고 들었는데 언제 놨는지 끝났단다. 워낙 배가 많이 나오고 그냥 내 몸 자체가 아픈 상태라 주사쯤은 아무것도 아니었나 보다. 수술대에 나를 눕힌다. 나의 양팔을 벌려 끈으로 단단히 묶는다. 정신이 너무 말똥말똥하다.

'괜히 반신 마취 한다고 했나? 수술 소리랑 다 들어야 하잖아?'

후회가 밀려왔다. 그래도 출산은 내가 직접 겪어봐야 한다 생각했다. 하지만 이 생각이 나를 죽음의 문턱까지 데리고 갔을 줄이야!

감각이 없다. 마취가 되었나 보다. 나의 산부인과 의사가 들어오고 또 다른 외국인 의사가 들어왔다. 음악을 튼다. 그 둘은 뭐가 그리 좋은지 웃고 대화하며 수술 준비를 한다. 나는 없는 존재인 듯싶다.

어느새 남자가 들어왔다. 제왕절개인데도 불구하고 모든 수술 장면을 사진 찍게 해줬다. 우리나라는 딱 탯줄만 자르고 나가는 것과 다르게 처음과 마지막을 함께 할 수 있었다. 게다가 사진까지 찍다니 미국이라는 나라는 겪어볼수록 신기했다. 다행히 처음은 순조로웠다. 그러나 몇 분 지나지 않아 내 몸이 이상해지기 시작했다. 숨을 쉴 수 없고 헛구역질이 나기 시작했다. 먹은 것도 없는데 계속 헛구역질을 하니 내 몸속 장기들이 빨려 나오는 기분이다. 남자에게 숨을 못 쉬겠다고 말하려는데, 이놈의 구역질 때문에 말도 잘 안 나온다. 다른 간호사가 통을 갖고 온다. 먹은 게 없으니 내 입에서는 침만 나오고 별 뾰족한 수가 없었다.

"I'M GONNA DIE"

외치고 싶었다. 나 죽는다고! 그런데 말이 안 나온다. 헛구역질이 숨까지 못 쉬게 하고 있었다. 죽음의 문턱까지 가니 수술이 끝났다고 한다.

애는? 출산은 한 건가? 분명 나는 못 들었다. 두 명이나 되는데 울음소리 한 번을 못 듣다니! 의사 선생님 두 분이 웃으며 대화하는 소리밖에 들리지 않았다.

남자는 첫째 아이가 태어나는 순간 사진을 찍으며 눈물이 나려 했다고 한다. 진정 내가 아빠가 되는구나 하며. 하지만 내가 숨을 못 쉬겠다고 살려 달라 괴로워하니, 이러지도 저러지도 못하면서 간호사에게 문제가 생긴 것 같다고 얘기 했다 한다. 하지만 귓등으로도 들을 사람들이 아니었다.

수술이 끝나니 나의 헛구역질도 멈추고 숨도 쉴 수 있었다. 나중에 알고 보니 반신 마취의 부작용으로 그랬다고 한다.

세상에! 그냥 수면제 놔달라고 할 것을, 있는 고생 없는 고생까지 덤으로 했다. 제왕절개인데도 불구하고 나는 이미 탈진상태였다. 수술 후 나의 산부인과 담당 선생님이 측은하게 말씀하신다. 정말 고생 많았다고. 그리고 물을 많이 마시라 당부해 주셨다. 선생님은 자상한 스타일은 아니셨다. 카리스마 있는 분이 내가 얼마나 고생을 했으면 측은한 눈빛과 말 한마디를 남기고 가셨는지 알만하다. 뉴저지의 아버지 조셉 정 선생님께 이 자리를 빌려 감사하다는 말을 전하고 싶다.

아들은 2.86kg 딸은 2.27kg으로 건강하게 태어났다. 양수와 탯줄, 태반 무게까지 합하면 도대체 몇 kg을 배에 담고 있었던 것인가. 출산을 하고 나니 똑바로 누울 수 있었다. 숨을 제대로 쉴 수 있는 것에도 감사했다. 하지만 출산 후 내배는 만삭의 배와 똑같았다. 아이가 둘이나 나왔는데 왜 배는 그대로일까. 화가 나고 울고 싶었다. 어머니는 내 배를 보시고 안타까워하셨다. 그냥 빠질 배가 아니었다. 근육이 늘어날 대로 늘어난 이런 배는 수술만이 답이라는 얘기에 다시 한 번 내 마음은 무너졌다. 이 배 때문에 또 수술이라니. 일단 잊고 살자 생각했지만 내 배는 너무나 보기 싫었다.

병원의 음식은 그야말로 패밀리레스토랑을 연상케 했다. 끼니마다 새로운 메뉴를 시켜 먹었다. 오믈렛, 스파게티, 스테이크 빵 과일 등 메뉴에 있는 모든 음식을 끼니때마다 시켰다. 미역국도 있었다. 한국인 산모들이 많이 오는 관계로 메뉴에 있나 보다. 나는 어머니가 끓여주신 미역국으로 식사했다. 어머니와 남자는 때마다 고르는 메뉴에 행복해했다. 주스는 내 평생 이곳에서 가장 많이 마신 듯싶다. 빨리 소변이 나와야 한다며 크랜베리 주스를 시도 때도 없이 줬다. 출산을 하고 나니 더워서 차가운 게 당겼다. 한국에서는 출산 후 찬 음식은 절대 금물이라 들어서 차가운 주스에 빨대를 꽂아 마셨다. 물은 얼음을 넣어주는데 이건 아니다 싶어 미지근한 물로 바꿔 달라 했다. 미국의 산모들은 정말 얼음물과 스테이크를 출산 직후에도 먹었다. 미국에서의 첫 출산 경험은 평생 잊지 못할 추억이 되었다.

병원 침대에 기대 두 아이를 안고 있자니 마음이 이상하다. 남자를 바라봤다. 나와 같은 마음일까?

이제 네 식구가 한 배를 탔다. 둘만 타고 있을 땐 흔들려도 상관 안 했는데, 아이들이 타고 있다고 생각하니 조심스럽다. 이 배의 선장인 남자도 이젠 거친 항해는 못 하겠지. 그동안 둘만 있을 때와는 다른 상황들이 우리를 맞이할 것이다. 병원에 있는 우리 둘은 너무 행복했다. 아이들은 사랑스러웠고 우리 인생의 참맛은 지금부터라 생각했다. 쌍둥이 육아의 힘듦을 알지 못한 채 마냥 즐겁기만 했다.

쌍둥이를 바라보며 남자가 얘기한다.

"이렇게 예쁜데 사람들은 뭐가 힘들다고 하는지 모르겠어."

다시 이 말을 물리면 좀 더 수월하게 육아를 할 수 있었을까? 우린 너무 몰랐고 서툴렀다. 그때 이 말은 추억으로 간직해야 할 말이 되었다. 이렇게 예뻐도 육아는 힘들다고.

이제 남자에게 남편과 아빠라는 선장 타이틀을 줘야겠다. 우리의 연애 같았던 시절의 끝과 동시에 육아의 동지로서 말이다.

글쓰기 Tip

기혼자고 자녀가 있다면 어렸을 적 아이들의 사진을 꺼내보자.
미혼이거나 아이가 없는 사람은 본인의 어렸을 때 사진을 꺼내보면 좋겠다.
어떤 기분이 드는가? 지금 그 느낌과 생각을 글로 적어보자.
밀려오는 감정은 각자 다르지만 행복했던 순간만은 같지 않을까.

오바마 전 미국 대통령에게 편지를 받다

로마에 가면 로마법을 따르라고 했던가! 한국에서 듣던 출산 후 산모가 지켜야 할 사항은 나에게 해당되지 않았다. 삼칠일이 되기도 전에 답답했던 나는 온 가족을 끌고 패밀리 레스토랑에 갔다. 매콤한 음식이 당겼지만 모유 수유와 분유를 병행하고 있던 터라 먹지 못했다. 스테이크라도 먹고 코에 바람을 넣어야 살 것 같았다. 사실 패밀리 레스토랑에 가고 싶은 건 아니었다. 식당 바로 옆, 허드슨 강 사이로 보이는 뉴욕 맨해튼을 바라보며 걷고 싶었다. 출산 후 몸은 가벼워졌지만 내 몸과 마음은 만신창이었다. 산모가 몸에 바람이 들어가면 골병을 얻는다는 말 따위는 귀에 들리지 않았다. 어떤 방법이든 휴식이 필요했다.

삼칠일이 되기도 전에 쌍둥이를 데리고 나온 나는, 바깥 외출에 욕심을 내기 시작했다. 시어머니도 답답한 눈치였고, 육아는 해보지 않은 사람은 절대 알 수 없는 힘듦이 있었다. 특히 쌍둥이는 두 말하면 입 아플 정도다. 주말마다 어디를 가야 할지 고민했다. 지친 육아의 스트레스를 달래는 방법이 이것밖에는 없었다. 이미 산후조리는 내게 의미가 없었다. 5일 만에 병원에서 퇴원 후 남편이 출근하면 어머니와 각자 1명씩 아이를 돌봐야 했다. 쉴 틈이 없었다. 몸이 회복되기도 전에 아이를 맞아 돌보니 뼈마디가 시큰하고 아팠다. 푹 잠들고 싶었지만 단 한 번도 꿀잠을 자본 기억이 없다. 어머니도 마찬가지였다.

출산 후 45일 만에 뉴욕 불꽃축제를 보러 갔다. SNS에 허드슨 강의 맨해튼 사진을 찍어 불꽃 축제를 보러 나왔다고 하니 한국에 있는 지인들이 미쳤다고 난리다. 2달도 안 된 아가들을 데리고 어떻게 나왔냐고! 불꽃놀이 소리에 아이들이 놀라면 어떡하냐고 말이다.

지금 그건 중요한 게 아니었다. 1년에 딱 한 번 하는 축제에 코앞도 아니고 멀리서 좀 지켜보겠다는데 이 난리라니. 시끄러우면 가재 수건으로 귀를 막아줄 요량으로 넉넉히 갖고 왔다. 참 대책 없는 엄마였다.

그땐 몰랐지만 지금 생각해 보면, 나는 내가 중심이었다. 출산 후 육아로 인해 나는 어디로 도망갔는지 항상 우울했다. 서툰 엄마라는 책의 옥복녀 저자도 말한다. 엄마가 되어도 마음의 중심 추에 항상 자신을 두어야 한다고. 그래야 중심이 빨리 잡힌다고 말이다.

힘든 쌍둥이 육아를 버틸 수 있었던 마지막 보루가 내 마음속 중심 추 덕분이 아닐까 싶다. 하지만 그땐 이런 것조차 인지하지 못했을 때였다.

밤이 되니 사람들이 더 모이기 시작한다. 허드슨 강 맞은편에서 바라보는 맨해튼의 야경은 바라만 봐도 황홀했다. 혼자였다면 와인 한잔 기울이며 음악 듣고 싶어지는 멋진 밤. 하지만 와인은 커녕 아이들을 챙기느라 나와 남편은 분주했다. 2달도 안 된 아가들을 데리고 나온 건 사실 무모했다. 시어머니는 어린 아이들을 데리고 어딜 가냐 하시면서도 이곳에 오니 참 좋아하셨다. 우리 모두 서로 말은 안 했지만, 자유를 만끽하고 싶은 어른들이었다. 멀리 펑펑 터지는 아름다운 불꽃들을 보자니 내 마음이 한결 가벼워지는 듯하다. 주변의 커플들은 서로 껴안고 애정표현도 서슴지 않다.

'아! 여긴 미국이었지.'

잠시 째려보던 나의 눈빛이 조금은 풀린다. 그 둘의 애정표현이 부러웠던 건 아니다. 오로지 자신만의 시간을 보내는 그들이 부러웠을 뿐이었다.

출산 후 2달이 다 되어 어머니는 한국으로 가셨다. 나의 독박 육아가 시작된 것이다. 그나마 다행이었던 것은, 미국에서 알게 된 나와 같은 쌍둥이 남매를 둔 언니와 연락을 하고 있었던 것이다.

출산 전 사람을 만나지 못했던 나는 한국에서 미리 알던 Missy USA라는 사이트에 자주 들어갔다. 미국의 각 주에 거주하는 한국 사람들이 이용하는 사이트였다. 쇼핑몰처럼 새 물건도 살 수 있고 자신의 중고물품도 팔 수 있었다. 게다가 각자의 고민이나 상담도 쓸 수 있는 다목적 사이트였다. 나 또한 쌍둥이 임신으로 조언 받기 위해 글을 올렸는데, 비슷한 나잇대에 이란성 쌍둥이를 임신 중인 임산부를 만나게 된다. 오미라 언니였다. 나보다 몇 주 늦게 임신한 미라 언니가 내 글에 댓글을 썼고 나는 이걸 놓칠세라 성심성의껏 답변했다. 그렇게 댓글로 휴대전화번호까지 교환하면서 우린 친구가 되었다.

인터넷을 통해 알게 되었지만 신기하게도 언니와 우리 집은 정말 가까웠다. 하지만 둘 다 몸이 무겁고 힘든 관계로 만남을 미룬 채 카톡으로 연락을 주고 받기 시작했다. 둘 다 출산을 하고 나서야 얼굴을 볼 수 있었지만, 언니와 나는 절대적 동지를 만난 기분이었다. 우린 자주 만나지 못했지만, 서로에게 기대며 큰 힘이 되었다.

미라언니는 많은 정보를 나에게 주었다. 특히 프라이스 매치(Price Match)라는 정책은 정말 신기했다.

미국에서는 Best Buy, buy buy baby, Walmart 등 거의 모든 스토어에서 프라이스매치 라는 것을 해준다. 프라이스 매치 하는 방법은 간단한데, 물건을 고른 뒤 휴대폰을 켜고 최저가 웹사이트의 가격을 세일즈맨에 보여주고 계산하면 끝이다. 그럼 스토어에서 붙인 가격은 무시하고, 내가 제시한 최저가로 물건을 살 수 있다. 우리나라로 비교하면 최저가 보상제도 같은 것으로 이해하면 되겠다.

나도 아이들의 장난감을 살 때 이 방법으로 구입했다. 직접 가서 고르고 저렴하게 살 수 있는 좋은 정책이었다. 이 방법을 아는 사람들은 시시하게 생각할지 모르지만, 나는 상당히 충격적이었다. 어떤 사람은 명품숍에 가서 이렇게 가격을 제시하고 구두를 샀다는 이야기까지 들었으니 말이다.

조금씩 이곳 문화에 적응해 가며 지내던 중 하루는 남편이 얘기한다.

"며칠만 기다려봐. 오바마가 클로이, 제이크한테 편지 할 테니!"

이 남자가 왜 이러나 싶었다. 육아의 스트레스가 심했나? 평소 남편의 꿈이 큰 건 알았지만, 미국 대통령이 왜 우리 아이들에게 편지를 쓰나 싶었다. 업무 보기도 바쁠 텐데 말이다.

그렇게 이야기를 나누고 나는 금세 잊었다. 힘든 육아는 내 머릿속을 지우개로 만들고 있었다. 한동안 잊고 지냈는데 정말 백악관에서 편지가 도착했다.

놀라서 심장이 벌렁벌렁하다.

"어머! 진짜 편지가 왔네?"

남편과 조심스럽게 편지를 열어 봤다. THE WHITE HOUSE WASHINGTON이 정확히 새겨진 버락 오바마 사인과 미셸 오바마 사인이 있는 카드형식의 편지였다. 놀라웠다. 한국의 청와대에서도 받아보지 못한 편지다. 그런데 미국의 대통령과 영부인의 사인이 있는 편지라니!

편지의 내용은 이렇다.

"세상에 온 걸 환영해. 너의 탄생은 자랑스러운 가족에게 대단히 축하할만한 기쁜 일이야. 교육의 기회, 도전에 대한 아이디어, 사랑하는 사람, 꿈으로 충만한 행복한 인생을 살길 소망한다."

그 아래 버락 오바마와 미셸 오바마의 사인이 새겨져 있다. 나의 아이들이 이 세상에 태어나 큰 축복을 받으니 새삼 마음이 따뜻해진다. 편지의 글처럼 충만한 행복을 가진 사람으로 성장하길 나와 남편은 바랐다. 그리고 그것이 이미 시작된 듯한 느낌마저 들었다.

미국의 대통령으로부터 편지를 받게 된 이야기가 궁금했다.

남편은 우연한 기회에 회사 동료로부터 미국 대통령에게 편지 받을 방법을 들었다 한다. 그 방법은 이랬다. Presidential letter를 받고 싶다고 뉴저지 시의원에게 편지를 써서 보냈다고 한다. 한 번도 아니고 두 번을!

편지를 쓴다고 해서 모두 받을 수 있다는 보장이 없기에 남편은 정성을 들였다. 쌍둥이 아이들에게 추억을 만들어 주고 싶은 아빠의 마음이었다. 버락 오바마의 편지는 나에게도 잊지 못할 추억이 되었다.

이렇게 행복한 추억만 쌓으면 좋겠지만, 혼자 육아를 하니 온몸이 성한 곳이 없었다. 홀로 두 아이를 돌보니 이미 손목은 나갔고, 허리마저 구부리기가 힘들었다. 손가락은 언제나 퉁퉁 부어있었다. 병원에 가고 싶어도 그럴 시간조차 없었다. 도저히 안 되겠다 싶어 한의원을 알아봤다. 한약이라도 먹어야 몸이 좀 나을 것 같았다. 한국에 있었다면 한약쯤은 정말 아무것도 아닌데 말이다. 한국에서 항상 내 몸을 챙겨준 친정엄마가 그리웠다.

이곳의 약값은 생각보다 비쌌다. 하기야 미국에서 먹는 한약인데, 몸 생각을 하려면 돈 생각을 해서는 안됐다. 침도 맞고 한약도 지어와 한 달을 먹었다. 한국인이 많이 거주하는 지역이라 이런 시설은 어렵지 않게 이용할 수 있었다. 남편과 나누는 대화에 아프다는 얘기는 항상 빠지지 않았다.

내 몸에 적신호가 오기 시작했다. 이러다가는 안 되겠다 싶었는지 남편은 얘기했다.

"아무래도 둥이들을 함께 봐줄 내니가 필요할 것 같아. 집안일까지 도울 수 있는 사람으로 말이야."

나는 전적으로 동의했다. 두 아이를 돌보며 집안일까지 하는 건 나에게 있어 죽음을 의미했다.

그나저나 내니를 어떻게 구하나? 다시 고민에 빠진다.

글쓰기 Tip

다른 사람들이 놀랄 만한 사람으로부터 받은 편지가 있는가?
아마도 보통의 사람들은 그런 경험을 얻기가 쉽지 않을 것이다. 그렇다면 지금껏 읽은 책 중 가장 마음에 드는 작가의 이메일을 찾아보라. 그리고 당신이 하고 싶은 이야기를 편지 써보자.
진심이 담긴 편지 앞에 그냥 지나칠 작가는 없을 것이다. 혹시나 확률을 높이고 싶다면 나에게 쓰길 바란다. 짧게라도 꼭 당신에게 답장할 테니.

카르멘과의 추억

내가 사는 타운하우스에 한국말이 들리면 나도 모르게 고개가 돌아갔다. 어느 날 집 앞에 산책을 나온 한국인 엄마와 마주치게 된다. 나는 반갑게 인사하며 대화를 이어갔다. 처음 만났음에도 나와 그 언니는 자신의 이야기를 서슴없이 했다. 한국인이라는 공통점이 이렇게 모든 것을 꺼내 얘기할 수 있는 것인지 그때 알았다. 이 언니는 집안일을 돕는 히스패닉 아주머니를 일주일에 두 번 부르고 있다고 했다. 청소 하나는 정말 끝내준다면서.

귀가 솔깃했다. 내니 겸 집안일까지 할 수 있는 사람이 필요했다. 언니에게 말하니 자기가 알아봐 주겠다며 연락처를 교환했다. 사막의 오아시스를 만난 것보다 더 반가웠다.

미국은 다양한 인종의 나라였다. 흑인, 백인, 아시아인, 히스패닉 등 얼굴색으로 구분하기엔 어려운 인종까지 말이다.

히스패닉은 스페인어를 쓰는 중남미계의 미국 이주민을 뜻하는 말로 라틴 아메리카에서 왔다고 하여 '라티노(Latino)'라고도 한다. 내가 미국에 있을 땐 그 사람들을 스페니쉬 라고 부르기도 했다. 대부분 사람들은 그들을 히스패닉 혹은 스페니쉬라 불렀다.

언니에게 연락이 왔다. 사람을 한 명 구했는데 집안일과 쌍둥이를 함께 돌볼 수 있는 사람이란다. 한 가지 흠이라면 영어를 못한다는 점이었다. 나와 남편은 일단 인터뷰를 하고 싶다 얘기했고, 그 사람의 전화번호를 받았다. 혹시나 전화통화를 하면 영어를 못할 것에 대비해 먼저 문자를 보냈다. 시간과 날짜를 잡아 만남을 서둘렀다.

드디어 우리 집에 손님이 왔다. 성인 남자와 여자 그리고 초등학교 저학년 정도 되는 여자아이가 방문했다. 간단한 다과를 건네며 나와 남편은 인터뷰를 시작했다. 과테말라 출신인 이 여자의 이름은 카르멘이었다. 옆에 있던 남자는 애인이었고 어린 여자아이는 손녀였다. 뭔가 이상한 구성이었지만 개의치 않았다. 너무 다양한 삶을 사는 사람들이 공존하는 곳이 미국이었다. 모든 인터뷰는 손녀라는 여자아이가 도맡아 통역했다. 참 똑똑한 아이였다. 우리 집과 쌍둥이 아이를 보니 일을 할 수 있다고 한다. 카르멘은 40대 중반도 안 된 여자였지만, 일찍 결혼한 탓에 7명의 아이가 있는 육아의 달인이었다. 게다가 그녀의 큰딸은 결혼해서 배 속의 아이까지 포함해 이미 3명의 아이가 있었다. 그녀의 맑고 큰 눈을 보니 왠지 함께해도 좋겠다는 생각이 들었다.

우리가 제시한 금액에 그녀도 승낙했고 며칠 후 우리 집에 출근을 시작했다. 내 가족이 아닌 다른 사람과 함께 우리 집에서 지낸다는 게 조금은 어색했다. 하지만 선택의 여지가 없었다. 그녀와 잘 지내보자는 생각으로 하루하루를 함께 했다. 나도 영어를 잘 못 하는데 카르멘은 더했다. 하지만 보디랭귀지는 만국 공통어였다. 손발을 써가며 의사소통도 하고 쉬운 영어단어만으로도 서로의 생각을 전달했다.

하지만 조금 더 그녀와 속 깊은 대화를 나누고 싶었다. 나는 그녀와의 대화를 위해 스페인어책을 샀다. 사실 아이를 키우며 뭔가를 공부한다는 게 쉬운 일은 아니었다. 영어도 벅찬데 스페인어라니. 책을 보니 이렇게 공부하다가는 안 되겠다 싶어 간단한 영어로 스페인어를 알려 달라고 했다.

쉬운 단어, 인사, 많이 쓰는 말들 그리고 내가 알고 있는 스페인어가 들어간 음악도 얘기하며 즐거워했다. 많은 사람이 알고 있는 베사메 무쵸(Besame Mucho)라는 노래의 제목은 스페인어다. 영어의 뜻은 Kiss Me Much 나에게 듬뿍 키스해줘요 라고 해석하면 될 것 같다. 카르멘은 나에게 무쵸라는 말을 참 많이 사용했다.

"피피 무쵸!"

"푸푸 무쵸!"

피피는 쉬, 푸푸는 응가로 해석하면 된다. 나 또한 그 말을 참 많이 사용했다. 육아를 하면서 누군가와 함께하니 힘듦이 반으로 줄어들었다. 사람이 곁에 있다는 것에 나는 참 많이 의지했다. 게다가 체력 좋은 카르멘은 집안일도 척척 도와줬다.

점심은 내가 담당했다. 외국인인 그녀가 어떤 음식을 좋아하는지 몰라 메뉴를 걱정했지만, 그녀는 나의 음식을 정말 잘 먹어주었다. 특히 한국 라면은 그녀의 애정 1호 식품이었다. 매콤한 라면에 달걀 하나 퐁당 넣은 점심은, 국물에 밥까지 말아 먹는 그녀였다. 불평불만 없는 그녀를 나 또한 힘들지 않도록 가족처럼 아꼈다. 이미 그녀는 나의 가족이었다.

딸 물결이는 카르멘을 정말 좋아했다. 그녀 또한 자기 집에 물결이를 데려가고 싶다 할 정도로 참 많이 아껴줬다.

"클로이 쏘 큐트. 마이 도터."

카르멘은 물결이를 안아 볼에 키스하며 말했다. 물결이도 자기를 좋아하는 카르멘을 알았는지 참 잘도 따랐다. 아들 하람이는 내 몫이었다. 차라리 한 명씩 맡으니 육아가 조금은 수월했다.

하루는 카르멘의 얼굴이 어둡다. 왜 그러냐고 물으니 스페인어와 영어를 섞어가며 이야기한다. 이미 눈에는 눈물이 가득 고여 있다. 과테말라에서 함께 미국으로 건너온 전남편이 있는데 지금은 이혼했다고 한다. 현재 남자친구가 남편 역할을 하고 있는데, 전 남편이 지금도 자기를 괴롭힌다며 힘들어했다. 게다가 출산한지 며칠 안 된 큰딸을 사위가 때리며 괴롭힌단다. 매일 술을 마시며. 그런 남편을 피해 그녀의 딸은 네일샵으로 출근까지 하며 돈을 벌고 있었다.

나는 카르멘을 안아주며 그녀와 함께 울었다. 참 맑고 순수한 그녀가 안쓰럽게 느껴졌다. 언어는 100% 통하지 않았지만 그녀의 마음을 읽을 수 있었다. 함께 지내는 동안 단 한 번도 큰일이나 말썽 한 번 없었다. 3개월의 시간은 행복했다. 갑자기 그녀가 일을 그만둬야겠다는 말을 꺼내기 전까지.

눈에 멍까지 들고 구타를 일삼는 사위를 보자니 딸을 이혼시켜야겠다는 마음이 들었나 보다. 게다가 그녀는 불법 체류자였다. 나중에 그 사실을 알았지만 내가 어찌할 도리는 없었다. 미국의 많은 인구가 대부분 불법 체류자다. 그 사람들이 없으면 경제가 돌아가지 않을 정도다.

그녀의 집으로 경찰들이 찾아오는 일이 허다했고 그녀 또한 불안한 상태였다. 손녀들은 미국에서 태어나 미국 시민이었지만 딸과 본인은 아니었다. 잡히면 아이들과 격리조차 후 추방될 운명이었다. 그 사이 그녀의 아들이 멕시코를 통해 미국으로 오고 있었다. 물론 불법 체류자 신분으로.

걸어서 육로를 통해 위험천만한 입국을 시도하고 있었다. 나와 함께 하는 동안 그녀는 아들이 잘못될까 노심초사했다. 아들도 미국으로 와야 하는 상황이었고 딸이 이혼을 하면 손녀도 키워야했기에 더 이상 나와 지낼 수 없었다. 나는 울면서 그녀에게 함께 있어 달라 했고, 그녀도 이런 날 보며 울었다. 결국 그녀는 나에게 미안하다는 문자만을 남기고 그렇게 떠났다.

모든 정황을 알았지만, 사랑하는 사람과 헤어진 것처럼 내 마음이 아팠다. 한동안 그녀 없는 삶이 참 버거웠다. 그녀가 그립고 보고 싶었다. 함께 육아하며 사진도 찍고 즐거워했던 나였는데.

다시 그녀를 대신할 만큼의 내니를 구하지 못했다. 아니 구하지 않았다. 쌍둥이가 10개월이 되었을 때 나는 다시 홀로 육아를 도맡아 했다. 쇼핑몰에서 카르멘과 비슷한 여성을 보면 나도 모르게 그녀인 줄 알고 다가갔다. 그녀에게 내 마음을 참 많이 줬나 보다.

한국에 온 지 벌써 3년째. 가끔 그녀가 그립다. 그리고 미국에서 건강하게 잘 지내고 있는지 그녀의 안부가 궁금하다. 안정된 신분으로 미국에서 잘 지내고 있길 바라는 마음이다. 갑자기 메시지만 남기고 일을 그만뒀을 때 내 마음은 아팠지만, 한때 육아를 함께 해준 친구로서 그녀가 보고 싶다. 다시 미국에 가면 그녀를 만날 날이 있지 않을까.

글쓰기 Tip

인연의 끈을 놓고 싶지 않은 사람이 있는가?
SNS를 통해 그동안 연락 못 했던 사람들에게 메시지 하나 보내보는 건 어떨까? 갑자기 쓰는 손글씨는 부담이 될 테니 먼저 메시지를 통해 연락해보자. 답장을 기대하기보다 내 마음을 전한다는 생각으로 마음 편히 보내보자.
혹시나 오지 않는 답장으로 인해 인연의 끈이 닿지 않았다고 해서 슬퍼하지 않았으면 좋겠다. 내가 그 사람을 생각했다는 것 자체가 중요한 것이니까.

국경을 초월한 사랑과 우정

널찍한 체육관. 다양한 인종의 여성들이 춤을 추고 있다. 경쾌한 음악에 누구 하나 신경 쓰지 않고 몸을 흔든다. 앞에 흑인 남자 강사의 흥겨운 춤사위 또한 그 분위기를 한껏 고조시킨다.

체육관 안은 이미 클럽 분위기다. 내 몸만 통나무처럼 뻣뻣하게 움직이고 있었다. 아무리 흔들어도 강사가 알려주는 동작이 나오지 않았다.

'예전에 재즈댄스도 배웠던 몸인데 출산했다고 이 모양이냐?'

우울한 마음을 다잡아 보지만 흔들고 있는 내 몸은 비루해 보였다.

내가 사는 타운 하우스에서는 일주일에 한 번씩 요가와 줌바 수업을 운영하고 있었다. 요가는 낮에만 운영해서 카르멘이 있을 때 한 번 수업을 들은 게 고작이다. 남편이 나의 건강이 걱정되는지 얘기한다. 저녁에 줌바를 운영하니까 가서 들어보는 게 어떻겠냐고. 퇴근 후 바로 오면 카르멘을 집으로 보내고 수업을 들을 수 있을 거라 얘기했다. 운동해야 했지만, 몸이 너무 아팠다. 처음엔 거절했지만, 운동을 하면 건강은 물론 기분 전환에도 낫지 않을까 싶어 기대 없이 수업에 참석했다.

생각보다 많은 인원의 사람들이 있었다. 부부가 참석해 운동하는 사람들도 있었다. 처음에는 어떤 수업인지 몰라 쭈뼛쭈뼛 서 있다 어설프게 따라 했다. 사람들과 친해지는 건 그다음 문제였다.

일주일에 한 번 1시간, 나만의 시간을 보낼 수 있었다. 남편의 배려가 이렇게 클 줄이야. 그 시간은 나에게 너무도 소중했다. 수업에 적응될 무렵 체육관을 찾으니 처음 보는 동양인 여자가 서 있다.

생김새가 딱 한국 사람이었기에 나도 모르게 한국말로 인사했다.

"안녕하세요! 오늘 처음 뵙는 것 같아요!"

반갑게 인사하는데 상대의 표정이 어쩔 줄 몰라 한다.

'왜 그러지? 내성적인 사람인가?'

혼자 생각하고 있는데 상대방이 인사한다.

"헬로우. 아임 재패니즈."

이런! 한눈에 한국 사람이라 생각한 내가 부끄러웠다. 일단 영어로 인사를 다시 하고 미안하다 얘기했다. 예전 일본어를 조금 공부했던 터라 아는 일본어를 다 동원해 다시 인사했다. 그녀가 웃는다. 나의 외국인 친구 중 가장 친한 친구인 미와(Miwa)다.

그녀는 내가 알고 있는 일본인 같지 않았다. 시원시원한 성격에 내가 먼저 다가가도 거리낌이 없었다. 친구 하자는 나의 말에 흔쾌히 대답했고, 집으로 그녀를 초대하게 된다.

처음 오는 우리 집에 먹거리부터 무슨 선물을 바리바리 싸 왔는지 쇼핑백에 한가득했다. 미와는 나의 남편보다 나이가 많았다. 아이는 없었지만, 그녀는 언제나 밝았다. 긍정적인 성격에 여행 다니는 걸 상당히 좋아했다. 그녀 또한 남편 일로 미국에 거주하는 중이지만 그전엔 영국에 있었다고 한다. 신혼여행은 아프리카로 다녀왔다는 그녀. 미와는 일본인과 한국인을 반반 섞어 놓은 듯했다.

내가 불편한 느낌이 전혀 들지 않았다. 아마도 다양한 나라의 친구들이 있어 그 문화를 이해하고 있었기 때문이 아닐까 싶다.

우리 집에 놀러온 그녀가 나의 하람이와 물결이를 보며 너무 귀엽다고 얘기한다.

"크로이짱 제이크짱, 쏘 큐트."

영어와 일본어의 만남이었다. 내가 보기엔 그녀 또한 귀여웠다.

쌍둥이 육아로 내가 힘들어할 때마다 그녀는 나에게 연락했다. 미와를 만났을 당시 다행히 카르멘이 있었던 터라 잠시 그녀의 집에도 방문할 수 있었다. 완벽한 영어도, 일본어도 구사할 수 없었던 나지만 단어만으로도 모든 의사소통이 가능했다. 눈빛만 봐도 알 수 있다는 느낌?

일본어와 한국어의 어순이 비슷하니, 영어도 꼭 문법을 맞춰 얘기하지 않아도 서로 알아들었다. 남들이 보면 얼마나 웃었을까 싶지만 나는 상관하지 않았다. 사실 영어는 나보다 미와가 더 잘했다.

미와를 알게 되니 다시 그녀의 친구 아키코를 알게 되었다. 셋은 함께 밥도 먹고 조금씩 친해질 무렵 내가 미셸과의 영어 과외수업에 관해 얘기하게 되었다. 그녀들의 눈빛이 달라진다. 내가 단체 영어 수업을 듣는 게 어떻겠냐 제안했다. 1명을 더 불러 4명이 수업을 들으면 금액이 저렴해지니 그렇게 하자 한다. 나는 바로 미셸에게 연락해, 우리는 일주일에 한번 영어 수업을 시작하게 된다.

미셸을 다시 만나니 참 반가웠다. 개인 교습이 아니니 오히려 분위기도 좋고, 각자 하는 말에 귀 기울이며 듣기와 말하기를 동시에 배울 수 있었다. 일주일에 하루, 낮 1시간을 비워 우리는 만남도 지속하고 공부도 할 수 있었다. 카르멘이 일을 그만두기 전까지 수업은 이어졌다.

우리 집은 조지 워싱턴 브릿지만 건너면 바로 맨해튼이 있는 거리에 있었다. 그렇게 가까이 맨해튼이 있었지만, 쌍둥이가 어리니 남편의 차로 한적한 일요일 맨해튼 거리를 드라이브하는 것만으로 만족하고 있던 터다.

하루는 미와가 얘기한다. 주말 자기와 함께 맨해튼에 가지 않겠냐고! 오랫동안 이곳에 거주하고 있던 그녀는 지도 없이 다녀도 될 정도로 뉴욕 죽순이였다.

남편은 좋은 기회라며 주말 본인이 쌍둥이를 보겠다고 다녀오라고 얘기했다. 외국인 친구까지 만들고 여행까지 가겠다니 조금은 기특했나 보다. 남자 혼자 5개월 된 쌍둥이를 보는 게 쉽지 않았을 텐데, 남편의 배려로 나는 미와와 뉴욕 당일 여행을 가게 된다.

아침부터 만난 나와 미와는, 신나게 버스 정류장으로 갔다. 버스에서 내린 후 뉴욕의 지하철을 타고 가는데 무척이나 설레었다. 말로만 듣던 지하철은 사람도 많고 지저분했으며 어두웠다. 물론 내 눈에는 신기하게 느껴진 게 더욱 컸다. 영화에서만 보던 뉴욕의 지하철이라니!

우린 첼시마켓을 시작으로 옛날 기차 노선이 공원으로 탈바꿈한 뉴욕 맨해튼 하이라인(High Line) 파크를 지나 걸으며 얘기했다. 점심은 노천카페에서 먹고 쇼핑도 하면서 여유로운 시간을 보냈다.

그녀는 나와 쇼핑 코드도 맞았다. 각자 마음에 드는 것을 골라 계산하고 서로의 것을 봐주며 즐거워했다. 저렴하면서도 실용적인 물건을 우린 참 잘도 골랐다.

이날을 시작으로 한 번 더 맨해튼에 놀러간 기회가 있었다. 이렇게 다녀오니 나도 뉴욕의 지리가 조금씩 익혀진다. 역시 자주 가보는 것만이 답인 듯싶다.

카르멘이 일을 그만두고 나서는 내가 집밖에 나갈 수 없으니 미와가 자주 집으로 놀러 왔다. 나는 한국마트에서 쇼핑한 식품들을 미와에게 요리해줬고, 그녀는 못 먹어본 음식에 대해서 상당히 신기해하고 좋아했다. 그나마 쉽다고 생각한 호떡을 함께 만들어본 적이 있는데 그녀는 그 음식이 맛있다고 좋아했다. 내가 차를 써야 할 때는 미리 남편에게 얘기했다. 이런 날은 남편이 다른 사람에게 얘기해 카풀을 했고, 나는 차를 갖고 미와와 쌍둥이를 데리고 쇼핑몰에 갔다. 어린아이들과 함께하는 식사는 정말이지 정신없고 힘들었지만, 짜증 한 번 안내고 옆에서 도와주는 미와가 참 고마웠다. 아이도 없던 그녀였는데 어떻게 그런 배려를 해줬을까 싶다. 연륜이라고 생각해야 할까? 나를 아껴주는 마음이 컸다고 생각해야 할까?

한국으로 돌아가는 마지막 날까지 나와 쌍둥이를 보러 와줬고, 맛있는 점심을 포장해 와서 함께 즐거운 시간을 보냈다.

내가 한국으로 돌아오고 나서도 우리는 지금까지 연락하고 지내고 있다. 너무 고맙게도 크리스마스와 내 생일 때 항상 카드와 선물을 보낸다.

나도 미와와 그녀의 엄마에게 선물을 보내고 있다. 미와의 어머니는 영어를 모르시니 간단한 일본어로 카드를 써서 선물을 보냈고, 그걸 받으시고는 그렇게 좋아하셨단다. 다시 쌍둥이의 옷 선물을 보내주셔서 어머니께 너무나 감사했다. 요즘 아이들을 키우며 자주 연락하지 못 해 미안한 생각이 들지만, 꼭 한국으로 초대해 그녀와 시간을 보내고 싶다.

항상 새로운 것에 두려워하지 않고 즐기는 그녀의 모습이 아직도 눈에 선하다. 얼마 전 일본으로 돌아왔다는 그녀. 가까이에 있으니 조만간 만남이 이루어지지 않을까 싶다. 영어라도 다시 공부해야겠다. 메시지야 번역기를 돌리면 되지만, 그녀를 만나자마자 반갑다며 한국말이 나올까 걱정이다.

글쓰기 Tip

새로운 경험을 위해서는 스스로 그 틀을 깨야 한다.
남들만 부러워할 게 아니라 잠재된 나를 깨우기 위해 무엇을 어떻게 해야 할지 생각해 보자.
내가 한 번도 해보지 못한 일이지만 하고 싶은 것을 적어보자. 그게 목표든 바람이든 상관없다. 쭉 나열해서 쓰다 보면 나를 설레게 하는 것을 찾을 것이다. 오늘부터 그 문구를 생각하며 꿈을 이루기 위해 하루하루를 보내보자.

엄마와 단둘이
맨해튼에 갈 줄이야!

"아무래도 2주간 이스라엘에 출장 가야 할 것 같아."

내 귀를 의심했다. 지금 미국에 살고 있는데 이스라엘 출장을 간다고? 쌍둥이는 어쩌고?

이제 겨우 6개월 된 아가들이었다. 그 당시 카르멘이 있었지만, 5시에 퇴근하고 나면 밤엔 나 혼자 아이들을 봐야 하는데 그건 도저히 불가능했다. 게다가 주 5일 근무였던 카르멘은 주말엔 쉬었다. 아직도 손이 많이 가는 쌍둥이는, 두 명이 보기에도 벅찼다.

시어머니가 출산 전부터 출산 후까지 3개월간 미국에 머물러 계셨다. 약 3주간의 공백 후 친정 부모님을 모셔 2달간 아이들을 봐주시며 함께 생활했다. 부모님이 계시니 잠시라도 숨을 쉴 수 있었고 엄마와 단둘이 산책도 하며 마트에도 갈 수 있었다. 그 시간엔 아버지 혼자 쌍둥이를 봐주셨다.

1시간이 조금 넘는 시간이었지만, 아마 아버지에겐 참 힘든 시간이었을 것이다. 아이들을 좋아하는 아버지가 이때만큼은 정말 감사했다.

부모님이 계실 때 운전면허증을 따야 했다. 한국에서 갖고 온 국제면허증이 만기가 다 되어 가고 있었다. 다행히 한국인은 필기시험만 치를 수 있었는데 이 시험이 생각보다 어려웠다. 3일 동안 이렇게 치열하게 공부한 적은 없었다. 국제면허증이 만기되기 전, 나는 꼭 취득해야 했다. 내 머리가 나쁘다고 생각한 적은 없었는데 출산 후 돌이 된 듯했다. 외워도 까먹기 일쑤였다.

'세상에! 나 돌머리인가 봐!'

하지만 출산 후엔 보통 엄마들이 다들 그렇단다. 하지만 그땐 공부하는 내내 나의 머리를 쥐어뜯었다. 다행히 나와 남편 모두 한 번에 붙었다. 취득한 드라이브 라이센스로 나는 다시 운전할 수 있었다.

2달 후 부모님이 가시고 카르멘과 육아를 함께 하고 있을 때 남편은 이스라엘에 간다는 말을 했다. 생각할 틈도 없이 눈물이 났다. 왜 살 만하면 자꾸 나에게 시련을 주시는지 다시 어딘가에 있을 그분을 원망했다. 출장 날짜가 다가오면서 하루하루 불안하고 힘겨워하니 남편이 얘기한다.

"어머니만 미국에 한 달 오시라고 할까?"

친정 부모님이 한국으로 가신지 두 달이 안 됐을 때였다. 오신지 얼마 안 됐는데 그것도 엄마만 오실 수 있을까 싶었다. 부모님은 작은 가게를 하고 계셨고, 할머니를 모시고 계셨으며, 아버지 혼자 한 달을 밥해 드셔야 했다. 나는 무조건 안 될 거라 얘기했다. 엄마가 오실 수 있는 상황이 아니었다. 하지만 나의 상황이 여의치 않으니 남편은 부모님께 연락해서 허락을 받았나 보다. 아버지는 함께 두 달 동안 쌍둥이를 키워보니 그 힘듦이 얼마나 클까 하는 생각에 막내딸을 위해 큰 결정을 내리신거다.

그렇게 엄마는 홀로 미국행 비행기를 타시게 되었다. 엄마는 겁도 많고 낯선 곳에 혼자 가시는 걸 두려워하는 분이다. 아무리 미국행 비행기를 한번 탔었다 할지라도 13시간이 넘는 비행과 입국 심사를 통과하는 일은 쉬운 게 아니었다. 미리 휠체어 서비스를 신청하긴 했지만 뉴욕 JFK 공항의 입국장에서 엄마를 만나기 전까지 나는 가슴 졸였다.

엄마와 함께 생활하니 참 좋았다. 친정엄마라는 그 단어만으로 우리의 가슴에 따뜻함을 선사하는 게 엄마의 존재가 아닐까 싶다. 남편의 빈자리는 컸지만 대신 엄마가 그 자리를 메워 주었다. 카르멘이 퇴근해도 걱정되지 않았다. 다만 쌍둥이를 함께 봐주는 엄마가 힘들어하실까 내 마음이 걱정이었다.

2주간의 출장에서 돌아온 남편이 있으니 더욱 든든했다. 저녁 엄마와 줌바를 하러 가서 미와를 소개해주고 함께 운동했다. 엄마는 활력이 넘친다며 힘드신데도 불구하고 참 좋아하셨다.

힘든 육아를 하면서도 엄마와 함께 시간을 보내니 행복했다. 주말엔 온 가족이 차를 갖고 워싱턴에 1박 2일로 놀러 갔다. 엄마와 함께 할 시간이 많이 남아 있지 않았기에 좀 더 시간을 보내고 싶었다.

쌍둥이가 낮잠 자는 시간에 맞춰 엄마와 단둘이 나왔다. 엄마는 카르멘 혼자 쌍둥이를 봐도 괜찮겠냐며 걱정 했지만 둘 다 낮잠 시간이니 2시간은 괜찮다고 말씀드리고 차를 갖고 허드슨 강에 갔다. 뉴욕이 보이는 허드슨 강을 드라이브하며 엄마는 얘기했다.

"내 평생 살면서 막내딸하고 뉴욕을 바라보면서 드라이브하게 될 줄은 몰랐네. 세상 오래 살고 볼 일이다"

엄마는 정말 행복해하셨다. 그 한마디에 내 마음 한편이 아려왔다. 내가 엄마가 되고 보니 친정엄마의 마음을 조금은 헤아려드리는 듯싶었다. 엄마가 한국으로 돌아가기 전 더 많은 추억을 만들어야겠다는 생각에 엄마와의 맨해튼 여행을 계획하게 된다.

며칠 전부터 동선을 잡고 가야 할 장소를 찾아봤다. 꼭 봐야 할 것들 그리고 엄마와 함께 가고 싶은 곳들을 찾으며 여행을 계획했다. 크리스마스를 앞둔 겨울이었기에 동선은 최대한 짧아야 했고 중간 중간 쉴 수 있는 장소도 물색해야 했다. 지금 생각하면 유명한 곳 몇 군데만 정해 갔으면 될 것을 많이 보여드리고 싶은 마음에 욕심부린 듯하다.

엄마는 뉴욕의 지하철과 버스를 타보며 즐거워 하셨다. 아버지와 오셨을 때 주말 맨해튼 투어를 보내드리긴 했지만 직접 여행 하신다 생각하니 그 즐거움이 배였나 보다.

영화 '나 홀로 집에' 촬영지로 유명한 플라자 호텔을 방문으로 우리의 여행은 시작 되었다. 호텔에서 파는 유명한 케이크를 찾아 먹는데 엄마가 말씀하신다.

"이걸 무슨 맛으로 먹니?"

내색하진 않았지만 사실 나도 동의 한다. 엄마와 함께 먹고 싶어서 왔지만 생각보다 그 맛은 기대 이하였다. 하지만 엄마와 먹는 맛에, 그리고 유명한 호텔에서 보내는 엄마와의 이 시간 때문에 맛없는 케이크는 용서가 됐다.

12월의 뉴욕은 생각보다 추웠다. 함께 걸으며 맨해튼을 구경하다 카페에 들어가 따뜻한 차 한 잔하며 우리는 친구처럼 수다를 떨었다. 엄마와 보내는 시간은 쏜살같이 지나갔다. 혼자 쌍둥이를 보는 남편이 걱정도 됐지만, 오늘만큼은 절대로 걱정하지 말라는 얘기에 안심했다. 마지막 타임스퀘어에 도착했다. 크리스마스 행사 준비로 경찰도 많고 정신없었다. 그 와중에 엄마와 사진도 찍고, 여행의 마지막 코스인 부바검푸 레스토랑에 갔다.

세상에! 뉴욕에 있는 모든 사람이 죄다 여기로 식사를 하러 온 모양이다. 줄이 길어도 너무 길었다. 다른 곳을 찾아가고 싶었지만 날은 이미 어두워졌고, 날씨도 추워 순번을 받아 기다리자는 결론을 냈다. 구석에 앉아 기다리는데 엄마가 얘기한다.

"아까 인포메이션에서 뭐 쿠폰 받지 않았어?"

아! 타임스퀘어 인포메이션에서 부바검푸 쿠폰을 받은 기억이 났다. 재빨리 찾아보니 쿠폰 소지자는 기다리지 않고 바로 입장 가능하단다. 바로 스태프에게 가서 쿠폰을 제시하니, 2층 레스토랑으로 입장할 수 있었다. 엄마의 기억력으로 우린 시간을 아낄 수 있었다. 역시 우리 엄마라고 생각했다.

맥주와 칵테일, 그리고 유명한 새우 요리를 시켰다. 창밖으로 타임스퀘어가 보인다. 엄마와 기울이는 술 한 잔에, 그리고 분위기에 우린 흠뻑 취해있었다.

"오늘 정말 행복하다. 민정아."

엄마와 단둘이 보낸 시간 중 가장 행복한 순간이었다. 눈물이 났다. 뉴욕 맨해튼에서 엄마와 단둘이 이렇게 시간을 보내게 될 줄은 꿈에도 몰랐다. 시끌벅적 외국인들 사이에서 우린 눈을 마주치며 그렇게 행복의 순간을 맛보고 있었다.

벌써 몇 년의 시간이 흘렀다. 한국에 살면서도 지방에 계신 친정 부모님을 자주 찾아뵙지 못한다.

아이들을 키우느라, 주말 일정을 소화하느라 전화로 때우기 일쑤다. 조금씩 쌍둥이가 커가니 욕심이 생긴다. 엄마와 함께 여행가기.

아버지가 알면 섭섭해하실지 모르겠지만, 남자들도 그들만의 세계가 있듯 엄마와 딸도 그만의 세계가 있다. 나중에 딸 물결이가 크면 단둘이 여행 갈 계획도 갖고 있다.

이 세상 모든 딸은 엄마와 끈끈한 우정 그 이상을 갖고 있다. 엄마라는 동지면서 서로의 처지를 이해하고 감싸주는 사이 말이다. 영어를 잘 못하는 내가 엄마와의 맨해튼 여행을 계획한 것도, 겁 없이 뉴욕을 나선 것도 옆에 엄마가 있었기 때문이 아닐까 싶다.

존재 그 자체만으로 엄마는 나에게 용기와 힘을 불어 넣어준다. 갑자기 책을 쓰겠다는 나에게 단번에 이야기하는 엄마.

"그럼! 우리 막내딸 책 써야지. 그리고 책에 엄마 이름은 꼭 넣어줘."

딸 얘기에 아무 의심 없이 웃으며 말씀하신다.

"네. 권춘자 여사님 세상에서 가장 존경하고 사랑합니다."

글쓰기 Tip

곁에 계신 부모님과의 마지막 여행은 언제였는가?
함께 여행 할 수 있다면 부모님과 떠나는 여행 계획을 써 보자.
혹시 그렇지 못하다면 부모님과의 여행에서 가장 기억나는 추억을 적어보자.
괜스레 눈물 나기도, 웃음이 나기도 할 것이다.
가슴 아련한 추억이 될 수도 있겠지만 새로운 여행, 과거로의 여행 뭐든 떠나보자!

쌍둥이와 함께라면
어디든 갈 수 있어

보스턴에 있는 하버드대학교에 우리 네 식구가 서 있다.

존 하버드 동상의 왼쪽 발은 사람들이 얼마나 만졌는지 반들반들해져 있다. 왼쪽 발끝을 만지면 본인이나 자식이 하버드 대학교에 입학한다는 말이 있어 관광객들의 필수 코스다. 하버드 대학교 입학이라는 얘기에 우리 아이들은 됐고, 일단 나부터 좀 안 되겠니? 잠시 허튼 생각을 해본다.

우리도 하버드에 온 기념으로 사진을 찍기 위해 줄을 섰다. 쌍둥이 유모차가 있으니 국적을 불문하고 사람들이 다가와 묻는다. 쌍둥이니? 몇 개월이야? 남아 여아라는 얘기에 본인들이 더 난리다.

동상 앞에서 사진을 찍어야 하는데 그들이 우리에게 사진을 찍자고 청한다.

쌍둥이는 영문도 모르고 함께 사진을 찍는다. 어딜 가나 인기를 독차지하는 걸 하람이 물결이는 아는지 모르겠다.

나와 남편은 여행과 외출을 상당히 좋아한다. 신혼 초에도 휴일에 집에서 TV를 보는 시간은 없었다. 무조건 밖으로 나갔다. 경기도로 이사를 할 때 부모님께 드렸던 TV가 전혀 아깝지 않았다. 보지 않는 텔레비전에 대한 애착과 미련은 우리 부부에게 없었다. 밖으로 나가면 항상 새로운 하루를 보내고 집으로 돌아왔다. 이사를 오고 나서 매주 서울로 가는 나들이는 새로움과 즐거움을 줬다. 걷다 보면 이벤트와 행사가 많아 굳이 많은 돈을 쓰지 않아도 되었다. 둘 다 걷는 건 자신 있었다.

쉬고 싶을 땐 책과 노트북을 갖고 카페에 가서 각자 읽고 싶은 책을 읽고 노트북으로 할 일을 했다. 그게 우리의 휴식이었다. 같은 공간에 있지만 각자 생각할 시간을 갖고, 다시 대화 나누는 우리는 서로의 생각에 공감하며 이해하고 있었다.

쌍둥이를 출산하고 나니 우리의 여행 패턴이 달라졌다. 무조건 아이 우선이었고 우리의 짐보다 아이들의 짐이 더 많았다. 나와 남편은 천성적으로 부지런한 사람인지 불편함을 감수하고라도 아이들을 데리고 밖으로 나갔다. 일반 부모 같으면 그 어린아이들을 데리고 나가기 귀찮았을 텐데 말이다.

출산 20일 만에 제대로 된 외출을 시작으로 나와 남편은 가까운 공원부터 시작해 여행의 폭을 점점 늘리기 시작했다.

이제 두 달이 넘은 아이들을 데리고 센트럴 파크에 갔다. 나와 남편은 날씨가 좋으니 괜찮을 거라며 맨해튼으로 향했고, 주차 후 유모차를 끌고 가면서 행복해했다. 돗자리를 펴고 따뜻한 햇볕과 싱그러운 나무 아래 아이들을 내려놓고 사진을 찍으려 하니 바람이 분다. 그것도 흙바람이. 나와 남편은 순간 당황했다. 어른들은 상관없었지만 이제 2달 된 아가들에게 이 바람은 태풍과도 같았다. 서둘러 짐을 싸고 다시 집으로 돌아왔다. 아이들을 카시트 바구니에서 꺼내 집에 눕히니 얼굴과 옷에 미세한 흙들이 잔뜩 묻어있다.

'아! 내가 오늘 무슨 짓을 하고 온 거야! 두 달 된 아가 얼굴에 흙먼지 묻히고 온 부모는 나밖에 없겠다.'

서둘러 아이들을 목욕시키고 우유를 먹여 재웠다. 그냥 고생만 하다 온 하루였다. 그 여행을 시작으로 우린 더 치밀한 계획으로 외출을 준비하기 시작했다. 주말에 남편이 쉴 때면 가까운 공원이나 마트 쇼핑몰은 언제든 나갔다. 점점 우리의 여행 기술은 늘어갔다.

온 가족이 외출하면 내가 말하기 싫어도 주변에서 자꾸 말을 걸었다. 동양의 쌍둥이 남매는 흔히 볼 수 없나 보다. 다가오는 상대방의 얼굴만 봐도 그 사람이 뭘 얘기할지 다 알게 될 정도로 도가 텄다. 사실 그들이 하는 얘기는 거의 같았다. 가끔 생각지 못한 질문을 할 땐 당황스러울 정도였으니 말이다.

하루는 쇼핑몰에서 아이들의 기저귀를 갈러 유아 휴게실에 갔다. 간단한 장난감이 비치되어 있어 아이들이 놀 수 있는 공간도 있었다. 휴게실은 수유실과 전자레인지가 갖춰져 있어 편리했다. 아이들의 기저귀를 다 갈고 화장실에 간 남편을 기다리는데 나와 같은 쌍둥이 유모차를 끌고 여자 한 명이 들어온다. 그녀도 쌍둥이 엄마였다. 나의 아이들과 개월 수가 비슷해 보여서 나도 모르게 인사를 했다.

그녀의 얼굴에도 지친 기색이 역력해 보였다. 나는 그녀에게 힘들지 않냐며 이야기했고 그녀도 고개를 끄떡이며 공감했다. 휴게실로 돌아온 남편이 보이자 대화를 마치고 그녀에게 굿 럭을 외치며 헤어졌다.

남편이 신기한 듯 묻는다.

"아니 뭘 그렇게 진지하게 얘기해? 영어로 얘기한 거 맞지?"

영어로 얘기했는데 뭐라고 얘기했는지 정확히 기억나지 않는다. 그녀에게 얘기해주고 싶은 걸 마구 쏟아내고 온 모양이다. 술도 마시지 않았는데 어떻게 영어로 그렇게 길게 얘기했는지 지금도 신기하다.

육아라는 게 그런가 보다. 그녀의 힘듦을 그냥 지나치고 싶지 않았다. 공감해주고 힘내라 얘기해 주고 싶었다. 나 또한 그렇게 이야기해주고 간 사람들이 참 고마웠기 때문에.

쌍둥이와의 여행은 만만한 게 아니었다. 차라리 분유만 먹었을 때가 나았다. 이유식을 시작하니 내가 할 일이 더욱 많아졌다. 2박 3일, 3박 4일 여행을 가려하면 새벽까지 밤을 새워가며 이유식을 준비해야 했다. 똑같은 재료를 사용하면 맛이 없을까 봐 종류별로 만들다 보니 그냥 날을 꼬박 새우고 출발하는 날도 부지기수였다. 물론 남편도 몇 시간 못 자고 여행준비를 하느라 무척 고생했다.

10개월 때 비행기를 타고 마이애미에 놀러 간 것도 대단했지만, 잊을 수 없는 여행은 캐나다로 나이아가라 폭포를 보러 간 것이다. 차를 갖고 장장 12시간 넘게 이동한 대장정이었다. 새벽 4시 30분에 출발해 오후 5시가 넘어서야 숙소에 도착했다. 중간에 아이들을 위해 쉬는 시간도 많이 가져야 했기에 그 시간은 더욱 오래 걸렸다.

차에 모든 짐을 싣고 가니 차라리 비행기를 타는 것보다 나았다. 내가 필요한 물건을 모두 실을 수 있는 장점이 있었다. 단점은 남편이 쉴 수 없다는 것이었지만.

우린 급하게 여행을 계획했기에 숙소는 이틀 치만 예약하고 갔다. 도착한 숙소에서 나머지 나흘 동안의 여행계획과 호텔을 예약하기로 했다. 준비성 없다 생각 하겠지만, 쌍둥이를 돌보는 우리에게 많은 시간은 없었다. 틈틈이 해도 부족한 시간이었다. 쌍둥이를 재우고 나서 모든 일을 했다. 매일 피곤했지만 새로운 공간에서 우리 가족이 추억을 만들어 가고 있다고 생각하니 조금은 덜 힘들게 느껴졌다. 사실 나보다 남편이 더욱 고생했지만 말이다.

걷는 게 서툰 돌 지난 아이들과 구경하는 나이아가라 폭포는 상당히 웅장하고 신기했다. 하지만 제대로 된 구경도, 사진 찍기도 힘들었다. 아이를 돌보러 온 건지 폭포를 보러 온 건지 구분되지 않을 정도였다. 남편과 나는 힘들게 이곳까지 왔는데 제대로 된 폭포는 보고 가야 한다는 생각에 티켓을 끊고 폭포 아래로 내려갔다. 우비를 받아 입고 내려가니 폭포의 물들이 튀면서 비처럼 날렸다. 얼굴에 물이 튀고 젖었지만 온 가족이 사진을 찍고 추억을 남겼다. 쌍둥이는 분무기처럼 날리는 물을 손으로 만지며 신기해했다. 눈앞에 보이는 무지개는 덤이었다. 나 또한 말로만 듣던 나이아가라폭포를 보며, 누구나 그 앞에서 말한다는 한마디를 생각했다.

'나이야 가라!'

어차피 멀리 국경을 넘어 캐나다 까지 온 김에 우리는 토론토와 수도 오타와를 거쳐 몬트리올과 퀘벡까지 가기로 한다.

퀘벡은 프랑스에 여행 온 것 같은 느낌이었다. 이곳을 지배한 프랑스의 영향으로 퀘벡은 지금까지도 프랑스 스타일을 간직하고 있다. 주민의 3/4이 프랑스계인 이들 퀘벡주민은 불어를 공용어로 정하고, 적극적인 분리정책을 추진하고 있다. 이곳 주민들은 대부분 불어를 사용했다. 우리 가족은 새로운 곳에 다시 여행하는 기분이었다.

남편과 나는 쌍둥이를 데리고 다니며 정말 많은 곳을 보고 느꼈다.

물론 아이들은 기억하지 못할 것이다. 왜 그렇게 고생하며 여행을 하냐 주변 사람들은 말하지만 우린 나름의 철학이 있었다. 아무것도 모르는 어린아이들일지라도 가족과 함께 여행을 가고 사진을 찍어 남겨주고 싶었다. 오늘 번 돈을 오늘 다 쓰더라도 어릴 때부터 가족이라는 울타리에 즐거운 추억을 쌓아주고 싶었다. 그것이 계속 축적되고 쌓이다 보면 잠재의식 속에 남을 테고, 성인이 되어서도 행복이라는 단어가 어색하지 않을 거라는 걸 알게 해주고 싶었다.

쌍둥이 육아를 하며 떠나는 여행은, 맨발로 몇십 킬로그램의 짐을 지고 행군하는 것만큼 힘든 여정이다. 하루하루가 새로운 고난과 부딪치기도 하며 예상할 수 없었던 일들이 생기기도 한다. 그럼에도 나와 남편은 이 여정을 통해 새롭게 공부하고 그걸 아이들에게 나눠주고 싶다. 우린 쌍둥이와 함께라면 어디든지 갈 수 있다.

글쓰기 Tip

자신만의 인생 철학이 있는가?
남들이 생각하기에 개똥철학이라 할지라도 자신만의 인생 철학을 적어보자. 내 생각 없이 사는 인생은 진정한 내 인생이 아니다.
어떤 부분이든 내 생각이 담긴 이야기를 적어보자. 혹은 앞으로의 인생을 위한 나만의 철학도 좋겠다. 오늘부터는 나만의 인생 철학을 갖는 내가 되어 보자.

제5장
쌍둥이 육아는
총 없는 전쟁터

나 없이는 안 돌아가는 세상도 있다!

학창시절 하루쯤 내가 학교에 빠져도 친한 친구를 제외하고 그 누구도 신경 쓰지 않았다.

회사에 다닐 땐 내 몸이 너무 아파 조퇴를 해도 다음 날 아무 일도 일어나지 않았다. 결혼을 하니 아픈 나를 걱정해 주는 남편이 있었다. 하지만 쌍둥이가 태어나고 나서 내 세상은 딴 세상이 되었다.

나는 미국에서 출산했다. 당연히 주변의 아는 사람도 없을뿐더러 어린 신생아를 어떻게 돌봐야 하는지 목욕은 어떻게 시켜야 하는지 전혀 알지 못했다. 산후조리를 해주러 오신 시어머님은 너무 오랫동안 아이들을 돌보지 않았기에 우린 같이 서툴 수밖에 없었다.

아이들의 목욕은 유튜브를 통해 방법을 터득했다. 너무 부드럽고 말랑한 작은 아기들은, 까딱 잘못하다가는 큰일 날 것처럼 겁이 났다. 남편과 두 명의 아이를 목욕시키고 나면 온몸에 힘이 다 빠졌다. 매일매일 씻기고 응가라도 할라치면 물로 항상 닦아 줬더니 목욕시간은 나에게 고된 시간이었다.

어머니와 남편이 마트에 간 사이 두 아이가 울면 나는 어찌할 바를 몰랐다. 한 명이라면 안아서 달래주겠는데 두 명이 동시에 우니 이러지도 저러지도 못하고 발을 동동 굴렀다.

한 명을 안아서 달래다 내려놓고, 다른 아기를 안고 다시 달랬다. 당연히 엄마 품에서 떨어진 아기는 울었고, 밑 빠진 독에 물 붓듯 나는 계속 똑같이 안고 내려놓기를 반복했다.

목도 못 가누는 신생아는 나에게 너무 무서운 존재였다. 그 이후 아이들을 혼자 볼 자신이 없어 마트에 가야 하면 다 함께 나가는 방법을 택했다. 그렇게 나의 첫 육아는 두려움으로 시작되었다.

한국에서 사 온 육아 관련 책을 읽었지만, 이론과 실제는 매우 달랐다. 하긴 수많은 아기가 책에 나온 것처럼 똑같다면 아이를 키우는 게 힘이 들까? 책은 덮었다. 당장 옆에 물을 사람이 없으니 소아과에 갈 때 질문이 잔뜩 적힌 수첩을 갖고 가서 묻고 적어 왔다.

단태아 보다 작게 태어났고 빨리 몸무게를 늘려야 하는 상황이라 모유와 분유도 시간을 정해놓고 먹여야 했다. 하루에 나오는 기저귀도 체크해야 했다.

건강상태를 알 방법은 오로지 먹은 우유의 양과 기저귀밖에 없었다.

수유는 같은 시간에 했지만, 응가와 쉬는 두 명이 동시에 쌀 리가 없었다. 출산 후 기억력은 어디론가 도망가 버렸고, 이걸 일일이 모두 기억할 수 없었다. 남편과 나는 A4용지에 간단히 선을 긋고 하람이 물결이 칸을 나눠 우유 먹은 시간과 양, 응가와 쉬의 횟수를 적어 나갔다. 특이사항은 기타 항목을 만들어 그곳에 적었다. 이렇게 그날의 하루를 체크하니 아이들의 생활이 어땠는지 한 눈에 볼 수 있었다. 소아과에서는 몸무게가 잘 늘고 건강하게 자라고 있다며 칭찬해주었다.

신생아 때 기저귀는 하루에 최소 13개에서 많게는 20개까지 나오는 게 정상이다. 우리 아이들은 보통 13~15개씩 나왔으니 하루 30개 가까이 기저귀가 소비되었다. 신생아 때는 조금만 싸도 바로 갈아줬으니 그 기저귀만 사다 나르는 것도 일이었다.

나와 남편은 1년이 조금 넘을 때까지 매일 먹은 분유량과 시간, 기저귀 횟수를 적어나갔다. 지금도 두툼하게 남아있는 A4용지를 볼 때면 그때 어떻게 키웠고 하람이와 물결이의 건강 상태가 어땠는지 알 수 있다. 기록이라는 건 참 신기하다. 남들이 시켰으면 못했을 일이지만 나와 남편은 아이들을 키우기 위한 생존 전략이었다.

쌍둥이는 모유와 분유를 혼합 수유했다. 모유 수유를 할 때는 아이들이 동시에 먹어야 하니 양쪽 겨드랑이 사이에 두 아이를 눕히고, 머리를 손으로 기대 일명 풋볼 자세로 동시 수유를 했다. 이게 해보지 않은 사람은 모를 것이다. 머리를 10분 이상 받치고 모유 수유하는 것은 손목은 물론 체력까지 바닥으로 만들었다. 수유하고 나면 다리도 저리고 손목은 끊어질 듯 아팠다. 밤중 수유는 한 달을 하다 체력 부족으로 그만두고 낮에만 모유를 줬다. 시간이 지나면서 이마저도 힘들어 모유 수유는 3개월 만에 끊게 된다.

딸은 엄마 품에 안겨 먹는 모유를 정말 좋아했는데, 그때 물결이에게 미안했던 기억이 난다. 좀 더 먹이고 싶었지만 나의 체력은 이미 바닥이었고, 모유 수유를 끊는 것은 어쩔 수 없는 선택이었다.

3개월이 지나도 들어가지 않는 내 배는 정말 보기가 싫었다. 출산 후에도 일정 기간은 배가 들어가지 않지만 그렇다고 하기에 내 배는 너무 심했다. 아직도 임신 7개월의 배였다. 쌍둥이 임신으로 43인치까지 나왔던 내 배는 출산 후에도 상상할 수 없을 정도로 처참했다. 임신 전 똥배라고는 찾아볼 수 없는 배였는데……. 나는 안 되겠다 싶어 다이어트를 결심했다. 조금씩 먹기 시작한 것이다. 그러다 보면 살도 좀 빠질 테고 지금보단 낫지 않을까 싶었다.

그런데 이게 화근이었다. 시어머니가 가시고 친정 부모님이 오시기 전 공백기간 동안, 시도 때도 없이 나는 어지러움을 느꼈다. 이러다가는 진짜 쓰러지겠다 싶어 다시 음식을 먹기 시작했다. 양껏 먹으니 어지러움은 사라졌지만 내 몸은 그대로였다. 연예인들이 출산 후 멋진 몸매를 갖는 건 역시나 육아 도우미가 있기에 가능하지 않을까 싶었다. 나는 연예인이 아니니 있는 대로 살아야 했지만, 출산 후 달라진 내 세상은 우울했다.

친정 부모님이 오셔서 함께 육아에 동참해 주실 때는 외롭지도 않았고 힘듦도 덜했다. 육아를 하며 누군가와 함께 있다는 게 이렇게 소중한 건지 그때 깨달았다. 내가 잠시 쉬어도 아이들을 봐줄 부모님이 계시니 약간의 낮잠을 청할 시간도 마련되었다.

외출해도 성인 4명이 이동하니 잠시라도 남편과 대화할 시간도 생기고 여유 있게 밥도 먹을 수 있었다. 부모님은 힘들어하는 딸이 병이라도 날까 항상 챙겨 주셨다. 한국으로 가면 혼자 남아 아이들을 키워야 하는 막내딸을 걱정하셨다. 함께 육아해 보니 쌍둥이를 키우는 게 만만한 게 아니라는 걸 아셔서인지 미국에서 함께 지내는 동안에도 걱정을 달고 계셨다. 친정 부모님이 한국으로 가신 후 잠깐의 공백 동안은 정말 힘든 시간이었다. 다행히 카르멘을 구해 3개월간 함께 지냈으니 망정이지 그렇지 않았다면 내 생활이 어땠을까 상상하기 싫을 정도로 끔찍했다.

남편과 주말 외출을 하면 유모차를 끌고 다니는 사람들 얼굴을 봤다. 다들 한결같이 행복해 보이는 얼굴이다. 나는 힘든데 다른 사람들은 힘들지 않나 보다. 화내는 얼굴도 없는 듯하다. 외국인들은 다들 그런 건가 싶다. 누구라도 붙잡고 얘기하고 싶었다.

'애 키우는 거 힘들지 않아? 나만 힘든 거니? 네 생활은 있어?'

폭풍 질문들이 머리를 메웠다. 출산하고 나서 나를 돌아볼 여유가 없었다. 내 몸 상태 마음 상태가 어떤지 뒤돌아볼 겨를 없이 육아에만 매달려야 했다.

외국 영화에서 보는 다정한 남편과 매끈한 몸매의 아내가 아이를 안고 공원에서 행복해하는 그런 모습까진 상상하지 않았다. 다만 육아라는 게 이렇게 힘든 건가 싶은 생각만 맴돌았다. 쌍둥이라는 귀한 선물을 두 배로 받았지만, 왠지 나의 인생은 두 배로 빼앗긴 기분이 들었다.

배냇짓 하는 아이들을 보면 귀엽고 신기했지만 그건 순간이었다. 갑자기 혼란스러워진다. 내가 모성애는 있는 건지, 아이들을 사랑하는 마음은 갖고 있는 건지 헷갈린다. 엄마가 되는 수업을 받지 못한 상황에서 처음 엄마가 된 나. 게다가 첫 아이가 둘이나 되는 나는 조금 다른 엄마였다.

한 명도 아닌 두 명의 아기가 내 앞에 있다. 내가 아니면 우유도 못 먹고 기저귀도 못가는 이 어린아이들을 보자니 여러 감정이 교차한다. 엄마라는 세상의 하나뿐인 타이들을 얻었지만, 왠지 이 타이틀이 마냥 즐겁지만은 않다. 나 없이는 안 돌아 가는 이 세상이 부담스럽기만 했다. 친정엄마도 나와 같은 마음이었을까? 삼 남매를 키우며 얼마나 힘들었던 순간들이 있었을까 싶다.

올해 쌍둥이는 한국 나이로 5살이다. 이제 조금은 한숨 돌릴 시간이 있다. 말귀도 알아듣고 자기 생각을 이야기하는 아이들이 마냥 신기하기만 하다. 남편 없이 셋이 나가서 외식도 하고 키즈 카페에도 간다. 그전과 비교할라치면 당연히 지금이 행복하고 편하다. 과거 육아를 떠올리면 어떻게 살았나 싶은 생각까지 들기도 한다. 나뿐만 아니라 아이를 키우는 모든 엄마가 마찬가지 아닐까?

부디 아이들과 함께한 오늘 아침이, 편안하고 힘들지 않았기를 바라본다.

글쓰기 Tip

아이들의 어린 시절에 적어 놓았던 일기나 기록들이 있다면 펼쳐보자.
그 글을 읽으며 또 다른 글감이 떠오를지도 모르겠다.
지금 아이를 키우고 있다면 간단하게 써보는 육아일기도 좋겠다.
미혼이나 아직 아이가 없는 부부라면 미래의 육아일기를 계획하고 써보는 건 어떨까?

극한직업 독박육아

쌍둥이를 임신하고부터 내 몸은 일반 산모의 몸이 아니었다. 배가 너무 무거워 걷기도, 앉기도, 눕기도 힘든 내 몸은 어떻게 해도 불편하고 숨쉬기 힘들었다. 오히려 출산하고 나니 무거운 배를 부여잡고 다니지 않아도 되었다. 남들은 '뱃속에 있을 때가 편한 거야' 하고 얘기하지만, 그건 나에게 해당하지 않는 얘기였다.

1명의 아이가 태어나면 보통은 엄마가 돌보며 육아를 한다. 물론 옆에서 도와주는 사람이 단 1명이라도 있다면 정말 좋은 케이스지만 말이다. 하지만 쌍둥이는 3명이 붙어야 그나마 밥이라도 먹고 제대로 된 삶을 살 수 있다. 두 명이 두 아이를 돌보며 밥도 먹고 살림도 하고 육아하는 것은 그리 만만한 일이 아니다. 2명 중 한 명이 살림과 온갖 일을 하다 보면, 두 아이 육아의 몫은 나머지 한 명에게 가야 한다. 기저귀도 갈아줘야 하고 분유도 먹여야 하며 목욕도 시켜야 하고 잠도 재워야 한다. 잔뜩 쌓여있는 다된 빨래를 개켜놓는 건 그나마 쉬는 타임이다.

아이들을 똑같이 낮잠 재운다 해서 같이 자고 일어나지도 않았다. 한 아이가 먼저 깨면 잠시나마 쉴 수 있는 휴식도 깨져 버렸다. 이렇게 두 명이 해도 힘든 쌍둥이 육아를 아이들이 10개월이 되었을 때 그 누구의 도움도 없이 시작했다.

출산 직후 제왕절개를 한 나는, 배는 물론 온몸이 몹시 아팠다. 산후조리를 해주러 먼 미국까지 시어머니가 와주셨다. 맛있는 음식을 만들며 집안일을 돌봐주셨다. 남편이 출근하고 나면 어머니와 각자 한 아이씩 맞아 돌봤다. 출산 후에도 너무 힘들었던 나는 예민했고 잠도 부족했다. 아이의 울음소리만 들려도 신경이 곤두섰다. 어머니는 60이 넘은 연세에 아이를 돌보며 집안일을 하셨으니 얼마나 힘드셨을까.

밤중 수유를 도와주시다가 나와 남편이 전적으로 맞아 하게 되었다. 잠을 자는 게 아닌 것 같았다. 쪽잠 자고 일어나 육아를 하는 날이 되풀이되니 피로는 누적되었다. 시어머니가 산후조리를 해주러 오셨지만 두 아이 덕에 제대로 된 산후조리는 꿈도 꾸지 못했다. 그 당시 체력적 정신적으로 힘들었던 나에게도 산후 우울증이 찾아왔다. 하지만 그건 지금 상황이 힘들어서 내 감정이 그런가 보다 하고 애써 외면했다. 그때 이런 나를 돌봐줬어야 했는데, 훗날 산후 우울증은 내 인생에 위험한 순간을 안겨줬다.

바쁜 육아로 나를 돌볼 시간 없이 앞만 보고 달려가니 내 안의 감정은 언제나 그다음 순위였다. 주말엔 답답하니 아이들을 데리고 나가서 바람도 쐬고 시간을 보냈지만, 내가 없는 나는 항상 허전하고 지쳐있었다. 이 감정이 드러나게 된 계기는 아이들이 10개월이 되었을 무렵 독박육아를 하면서 나오기 시작했다.

혼자 온종일 두 아이를 보며 지내는 게 결코 쉬운 일은 아니었다. 틈틈이 이유식도 만들어야 하고 내 밥도 챙기며 두 아이의 기저귀를 갈고, 푸짐하게 싸 놓은 응가를 치우면 당연히 물로 씻겨 주어야 했다. 이유식을 먹일 때면 난리도 이런 난리가 없었다. 분유와 이유식을 같이 먹일 때라 하루 몇 끼의 식사를 대령해야 했는지. 지친 나는 알아듣지도 못하는 아이들을 향해 소리 지르기 시작했다. 두 아이를 데리고 혼자 밖에 나가는 것은 애당초 포기했다.

나는 휴식이 필요했다. 두 녀석이 동시에 낮잠을 자는 날은 내가 조금이라도 쉴 수 있는 시간이 주어졌다. 하지만 낮잠 시간이 달라진 날은 종일 뜬눈으로 쌍둥이를 봐야 하는 고된 하루가 되었다.

엉덩이를 바닥에 붙여볼 틈도 없이 하루하루가 지나갔다. 독박 육아는 몸도 마음도 피폐해져서, 그렇게 사랑스럽던 아이들이 밉고 싫은 존재가 되었다. 전화하면 바로 달려와 나를 도와줄 가족은 없었다. 미국에서의 육아는 철저히 나 혼자였다.

지칠 대로 지친 나는 남편에게 울며 전화를 했다. 그동안 애써 외면했던 내 감정들이 폭발한 것이다. 산후 우울증이 있었는데도 불구하고 나는 그걸 계속 무시하고 있었다. 인터넷 전화로 한국에 있는 가족들에게 전화하면, 지금은 힘들지만 나중엔 괜찮을 거라는 말만 듣고 끊었다. 그건 나에게 위로나 어떠한 힘도 되지 않았다. 나만 참으면 된다 생각하며 내 감정을 꾹꾹 짓누르고 있었다.

전화를 받은 남편은 이상한 느낌을 감지하고, 회사에서 일하다 말고 집으로 왔다. 울고 있던 나는 집에 돌아온 남편을 보자마자 감정을 자제하지 못하고 사정없이 머리를 벽에 박아댔다. 그 순간 해서는 안 될 생각을 나는 하고 있었다. 제정신이 아닌 나를 남편은 꽉 잡아 안았고 그 소리에 놀랐는지 아이들은 울고 있었다. 이날 내 생에 처음 자존감이 바닥을 치는 경험을 했다.

일어나 보니 침대다. 이렇게 오랫동안 낮잠을 자본적은 처음이었다. 머리가 깨질 것처럼 아팠다. 나도 모르게 손이 머리로 갔다.

'아까 벽에 박아 생긴 혹이구나.'

아기 침대를 보니 아이들이 없다. 거실에도 다른 방에도 남편과 아이들이 없다. 다시 침대에 앉아 생각했다.

'힘들게 임신해서 낳은 아가들인데 왜 이렇게 사니? 그동안 잘 살아온 네 인생 이렇게 거지같이 살래?'

내 볼에 눈물이 핑그르르 떨어졌다.

남편은 제정신이 아닌 나를 침대에 눕혀 잠깐 쉬라고 진정시키고, 아이들을 데리고 거실로 나갔다고 한다. 하지만 남편은 회사에 다시 돌아가야 했고 이런 나에게 아이들이 함께 있으면 안 될 것 같아 쌍둥이를 회사에 데리고 간 것이다. 아이들은 카시트에서 낮잠을 자고, 남편은 회사 주차장에 도착해 차에서 일하면서 잠에서 깬 쌍둥이에게 우유를 먹이고 울면 운전석 뒤 의자에서 기저귀를 갈았다고 한다. 회사에는 한국인 직원뿐만 아니라 다른 직원들도 많았으니 사무실로는 들어갈 수 없었다. 독박육아와 산후 우울증, 그동안 쌓인 스트레스는 아이를 키우는 엄마에게 가장 무서운 존재였다.

그 일이 있고 나서 남편은 나에게 조심스레 이야기를 꺼냈다. 신경정신과에 가서 상담을 해보는 건 어떻겠냐 하면서 말이다. 한국인 의사를 찾아 남편이 예약했다. 외국에서 신경정신과를 찾게 될 줄이야. 씁쓸한 마음과 함께 그곳에 가면 이런 내가 좋아질까 의구심이 생겼다.

첫 상담을 마치며 의사가 이야기한다. 약을 먹어보는 게 어떻겠냐고. 약은 환자의 선택에 따라 처방하기 때문에 나는 생각해 보고 다시 얘기하겠다고 말했다.

의사는 약을 권했지만 사실 약은 먹기 싫었다. 먹는다고 낫는 것도 아니니 굳이 먹을 필요가 있을까 싶었다. 다음 상담을 예약하고 가라 했지만, 그냥 나와 버렸다. 상담을 끝내고 생각했다. 본질적인 원인과 해결 방안이 대해서.

병원에 다녀오니 약간의 효과는 있었다. 나를 돌아보게 되는 기회를 얻게 된 것이다. 오로지 육아만 하고 아이만 보던 나는, 남편이 퇴근하면 바로 차 열쇠를 받아 들고 밖으로 나갔다. 쇼핑몰에 가서 사지도 않을 물건을 구경하고 늦은 저녁 디카페인 커피를 시켜 마셨다. 집으로 돌아오면 다시 제자리였지만 잠시라도 이렇게 바람을 쐬고 혼자만의 시간을 가지니 막혔던 숨구멍은 조금씩 뚫리는 듯했다.

한국에 돌아와 시부모님과 함께 소고깃집에 간 적이 있다. 이제 돌이 지난 쌍둥이를 돌보며 주변 환경에 조심하고 있을 시기였다. 식사를 마친 우리는 테라스에 나가 아이들이 아장아장 걷는 걸 보는데 근처 테이블에 고만고만한 아이 셋이 어린이 의자에 앉아 있는 게 아닌가.

한눈에 세쌍둥이라는 것을 알았다. 딸 두 명에 아들 하나인 이 집도 부모님을 모시고 온 모양이다.

그 집 엄마와 내 눈이 마주쳤다. 그 엄마도 쌍둥이 아이들을 보고 금세 눈치챘는지 반가워한다. 서로 얼마나 힘드냐고 물었지만, 나는 그 엄마가 훨씬 더 힘들 거라는 걸 알고 있었다. 세쌍둥이의 육아는 그 엄마만이 알고 있을 것이다. 나도 그 힘듦을 감히 말하지 못하겠다.

이 세상에는 극한의 직업들이 참 많다. 위험하고 목숨이 왔다 갔다 하는 그런 직업들 말이다.

육아는 내 목숨이 위태롭거나 생사를 가르는 일은 아니다. 하지만 한 생명이 건강하게 잘 자랄 수 있도록 옆에서 끊임없이 돌봐야 하는 일이다. 앞서 얘기한 나 없이는 안 돌아가는 이 세상을 전적으로 책임져야 한다는 것이다. 엄마의 사랑만큼 아이들은 자란다. 그 사랑을 전하기 위해 엄마는 아무리 퍼줘도 고갈되지 않는 마음속 풍족한 사랑을 담고 있어야 한다.

풍족한 사랑은 아이들을 향한 마음뿐만 아니라 나를 사랑하는 마음도 포함된 것이다.

혹시 극한 직업 독박육아에 시달려 힘들어하고 있다면 그 힘든 마음을 꼭꼭 숨기지 말고 표출하길 바란다. 육아에 시달려 내 인생이 다 끝났다고 생각하는 순간 마지막 남은 자존심마저 달아나 버릴지도 모르니 말이다. 이 세상 엄마들에게 외치고 싶다.

철저하리만큼 나부터 사랑하자!

글쓰기 Tip

나를 아껴주는 글을 써보면 어떨까?
나의 장점과 남들이 해주는 칭찬도 좋다.
그리고 남들에게 없는 나만의 특별함을 적어 보는 것도 좋겠다.
나만큼 나를 잘 아는 사람도 없는데 우린 너무 자신에게 소홀하다.
오늘만큼은 나를 사랑하는 날로 충만한 하루가 되길 바라본다.

부탁하면 누가 죽이기라도 해?

태어난 지 두 달은 되었을까? 어린 아기는 숨이 넘어갈 듯 울어대고 있었다. 6살쯤 되어 보이는 여자아이는 불안한 표정을 지으며 서 있다. 그 옆에 앉아있는 아이 엄마의 얼굴을 보니 표정 없이 허공만 바라보고 있다.

'아! 이 엄마 산후 우울증을 겪고 있구나!'

한 눈에 그녀의 상황이 눈에 들어왔다. 울어대는 어린 아기의 목소리는 분명 엄마를 찾고 있었다. 보아하니 배가 고픈 것 같은데 엄마는 신경 쓰지 않았다. 그 상황에 옆에 있는 딸은 엄마의 눈치를 보고 있었다.

나는 4살 된 쌍둥이를 하원 시키러 어린이집에 가는 중이었다. 아파트 단지 내에 있어서 다니기도 좋고 어린이집 앞은 넓은 공원처럼 잘 조성되어 있어 주민들이 나와 휴식을 취하기도 한다.

그 벤치에 그녀가 앉아 있었다. 서둘러 쌍둥이를 하원 시키고 돌아오는 길 아직도 그 어린 아기가 울고 있었다. 하람이 물결이에게 잠시 광장에서 놀자고 얘기를 하고 조심스럽게 그녀에게 다가갔다.

나 또한 우울증을 겪었을 때 상당히 예민했던 터라 어떻게 해야 할까 고민했다. 우는 아기를 보니 어서 우유를 먹이고 기저귀를 갈아줘야 할 것 같은데, 그녀는 그것조차 하지 않으려 했으니 오히려 내 마음이 불안했다. 조금 있으면 저녁 먹일 시간인데 눈치를 보고 있는 그녀의 딸을 보자니 걱정스러운 마음은 점점 커졌다.

나는 그녀 곁을 서성이다 조심스럽게 다가갔다.

"안녕하세요."

먼저 인사를 건네는데 그녀가 나를 표독스럽게 쳐다보며 말한다.

"됐거든요! 저리 가세요!"

"아이가 우는데……."

말이 끝나기 무섭게 다시 그녀가 얘기한다.

"됐으니까 갈 길 가시라고요!"

나는 제대로 말 한번 걸어보지 못하고 아이들이 노는 곳으로 갔다. 내 마음은 그녀를 도와주지 못해 무거웠다. 그녀는 모든 사람을 밀어내는 듯했다.

나는 삼 남매 중 막내지만 바쁜 부모님 탓에 스스로 해야 하는 일이 많았다. 그러다 보니 누군가에게 부탁하는 일이 참 낯설고 어렵게 느껴졌다. 한번은 날카로운 뭔가에 손이 베어 피가 꽤 나왔는데 어린 나는 누구에게 말할 생각을 안 하고 수돗물로 나오는 피를 닦아냈다. 그러면 피가 멈출 줄 알았는데 세숫대야에 빨간 핏물이 번져서야 소리 내어 울었다. 그 이후엔 어떻게 되었는지 기억이 가물가물 하지만 그 순간 무서웠던 기억은 아직도 생생하다.

다친 손조차 도와 달란 이야기 하지 못했던 나는, 성인이 되어서도 누군가에게 나를 좀 도와줬으면 좋겠다는 얘기를 잘하지 못하는 사람이 되었다.

누군가에게 손을 내미는 것은 남을 귀찮게 한다고 생각했던 모양이다. 나름 상대방을 배려하는 거로 생각했지만 세상을 살다 보면 혼자만 잘해서는 살아갈 수 없다. 결혼 후 힘들어도 힘들다는 내색을 남편 이외의 사람에게 잘 하지 않았다. 사실 지금 생각해보면 결혼 초기엔 남편에게도 모든 걸 터놓지 못했다. 신혼 초 남편은 나에게 노래방에서 변진섭의 숙녀에게를 불러줬다.

"그대의 맑은 미소는 내 맘에 꼭 들지만 가끔씩 보이는 우울한 눈빛이 마음에 걸려요.

나 그대 아주 작은 일까지 알고 싶지만 어쩐지 그댄 내게 말을 안 해요.

허면 그대 잠든 밤 꿈속으로 찾아가 살며시 얘기 듣고 올래요."

달콤한 노래를 불러주는데 나는 울고 말았다. 남편은 당황해 하며 왜 그러냐 말했지만 나는 그냥 좋아서라는 말로 대신했다.

출산하기 전까지 나는 내 생각을 남들에게 잘 얘기하지 않았다. 아니 못했다가 정확한 것 같다. 시댁에서 먹고 싶은 음식이 있어도 가족들이 먹고 싶은 음식과 다르면 내 것은 버리고 가족들 의견을 따랐다. 남을 배려하는 나는 있었지만 나를 위한 나는 없었다. 지금 생각해보면 그게 남을 위한 배려였을까 하는 생각이 든다.

미국에서 출산 후 모든 게 힘들었다. 남들은 어떻게 사는지 모르니 내가 힘든 게 얼마만큼의 강도인지, 혹시 남들은 잘사는데 나만 이런 건지 알 수 없었다. 위로한다고 말해주는 말들이 귀에 들어오지 않았다. 나는 혼자 하는 육아가 너무 힘들었고 그 누구도 나를 알아주지 않는다 생각했으니 말이다.

아이들을 돌보며 정신적 육체적으로 힘드니 몸에 신호가 왔다. 손목과 허리에 무리가 온 것이다.

급한 대로 편의점에서 파는 약을 사서 먹었다. 몸살이나 근육통에 먹는 약과 파스를 몸에 달고 살았다. 손목보호대는 이미 내 몸에 붙어있는 신체와도 같았다. 이게 없으면 내 손목은 힘을 쓸 수 없었다.

견디다 못해 남편이 알아본 한국인이 운영하는 통증의학과에 갔다. 침을 병행한 마사지를 해주는 곳이었는데 다행히 보험이 되어서 이곳에 다닐 수 있게 되었다. 물론 횟수가 정해져 있긴 해도 나에게는 사막에서 만난 오아시스보다 더 반가울 수 없었다.

원장님께 침을 맞으며 나의 고됨을 얘기하니 혀를 내두른다. 쌍둥이 키우는 게 힘들다고는 하는데 엄마 몸이 이 정도일 줄을 몰랐다며 말이다. 침을 다 맞고 나서 허리의 통증으로 마사지를 받는데 다시 원장님이 놀란다.

"허리가 이 정도인데 생활이 돼요?"

생활이 안 되도 어쩌랴. 쌍둥이는 키워야 하고 나는 하루하루를 버텨야 하는데…….

독박육아의 시작은 오히려 나를 더 움츠리게 했다. 그나마 알고 지낸 사람들에게 연락하자니 왠지 미안했다. 일본인 친구 미와에게 전화가 와서 우리 집에 와주겠다 하면 너무 고마웠다. 하지만 그녀도 나름의 스케줄이 있으니 매일 우리 집에 방문하기는 어려웠다. 쌍둥이를 데리고 혼자 밖으로 나가는 것은 더욱 상상할 수 없는 일이었다.

사실 나는 부탁을 잘하는 사람들을 보면 참 부러웠다. 어렵지 않게 말을 꺼내고 자기 사정을 봐 달라 얘기하는 것이. 한국으로 돌아오고 나서도 나는 양가 부모님께 전화해 도와 달라고 부탁하지 않았다. 내가 힘들면 부모님도 힘들

거로 생각했다. 나이 들어 손주 돌보다 골병 났다는 얘기를 주변에서 많이 들어왔다. 나만 힘들면 되지 굳이 부모님들까지 힘들게 할 필요가 있나 싶은 생각을 한 것이다. 우리를 키우느라 고생하셨는데 노년에 다시 손주로 인해 힘들어지실까 걱정한 것이다.

사실 아이가 한 명이었다면 육체적으로 조금은 덜 힘들었을 테고 부모님께 맞기기도 수월했을지 모른다. 두 명을 동시에 맡기는 게 쉬운 일은 아니었기에 나의 부탁이 더욱 어려웠던 게 아닐까. 가뜩이나 부탁하는 걸 힘들어하는 내가 말이다. 5살인 쌍둥이는 예전보다 수월해졌지만, 아직도 손이 많이 간다. 혼자 보기엔 아직도 버거울 때가 있으니 말이다. 하루는 나의 약속으로 시어머니께 쌍둥이를 맡긴 적이 있었다. 어머니는 아이들이 잘 노니 걱정하지 말라고 말씀하셨고, 오전에 나간 나는 저녁때가 돼서야 돌아왔다. 어머니의 얼굴에 지친 기색이 역력하다. 이렇게 종일 맡긴 적은 없었는데 어쩔 수 없이 부탁드린 날이었다. 어려운 부탁이었지만 하루 동안 나는 중요한 일도 할 수 있었고, 아이들 없이 밖에서 혼자만의 시간을 보낼 수 있었다.

내가 우울증을 더 심하게 앓았던 이유도, 힘들게 육아한 이유도 다른 사람에게 도움을 구하지 않은 탓이 컸다. 부탁하면 누가 죽이기라도 하는 것도 아닌데 난 왜 그렇게 도움의 손길을 뻗지 않았을까.

다른 사람의 시선은 중요한 게 아니다. 육아할 때는 오로지 내 입장을 살피는 게 가장 중요하다. 나는 그렇지 못했기에 더욱 힘든 시간을 보냈다. 어떤 사람들은 이야기할 것이다. 나는 도와줄 친정 식구도 시댁 식구도 없다고. 거기다 아이를 봐줄 아줌마를 쓰기에도 벅찬 살림이라고. 하지만 나는 이야기 하고 싶다. 불가능하고 안 된다는 생각은 그만하고, 자기 상황에 가장 적용할 수 있는 걸 찾으라고.

내가 가장 추천하는 방법은 그나마 만만한 남편이다. 나는 조금이라도 나의 시간을 보내기 위해 남편 찬스를 썼다. 남편이 잠시 아이를 돌봐주겠다 하면 뒤도 돌아보지 않고 집을 나왔다. 집을 나서는 날 붙잡을까 봐. 남편에겐 미안하지만 한 끼 정도 잘 못 먹었다고 아이나 남편이 어떻게 되진 않는다.

오늘부터는 나를 위한 독한 엄마가 돼 보자.

말이 독한 엄마지 가족을 위해 재충전 하는 시간일 뿐이다. 나도 살고 가족도 살아야 하지 않을까?

글쓰기 Tip

지금 내가 가장 힘든 일을 글로 적어보자.
왜 힘이 드는지, 내가 왜 괴로워하는지 말이다.
글을 쓰다 보면 생각하게 되고 그 실마리를 얻을 때가 있다.
거의 모든 문제는 나로부터 시작된다.
괴로워하는 그 감정을 적다 보면 어느새 집중하게 되고 평정심을 찾게 될 것이다.
저자 또한 힘들었던 순간을 적으니 속이 후련한 적이 한 두 번이 아니었다.
돈이 들어가는 일도 아니니 한번 시도해 보길 바란다.

세상에 완벽한 엄마는 없어

1분 차이로 먼저 태어나 오빠가 된 하람이는 어렸을 때부터 고개를 한쪽으로 돌려 잤다. 두 아이를 돌보느라 신경 쓰지 않았는데 나중에 알고 보니 자주 고개를 돌려주지 않으면 한쪽 머리가 납작하게 되어 두상이 예쁘지 않다는 걸 알게 되었다. 딸 물결이는 이리저리 고개를 돌려가며 잘 잤던 탓에 두상이 동그랗고 예쁘게 자리 잡혔다. 반대로 하람이의 머리 모양은 심하게 비대칭으로 되었다. 6개월이 되어서야 안 되겠다 싶어 반대 방향으로 고개를 돌려 재워도 습관이 된 하람이는 다시 납작한 머리 쪽으로 돌려 잠을 잤다. 슬슬 걱정되었다. 성인이 되어서도 머리 모양이 이렇다면 이건 조금은 심각하게 받아들여야 하는 문제였다. 쌍둥이 육아로 신경 쓰지 못했던 내가 부족하게 느껴졌다.

내가 미국에서 알게 된 미라 언니는 나와 같은 쌍둥이 남매를 두고 있는 언니였다. 나보다 한 달 늦게 출산을 했지만, 이것도 34주째 되는 조기 출산이었기에 언니의 쌍둥이 남매는 인큐베이터에서 일주일이 넘게 있어야 했다. 보험이 되었지만, 인큐베이터로 인해 만 오천불 넘게 병원비로 지급해야 했다. 한국 돈으로 1,600만 원이 넘는 돈이다. 이 금액도 깎은 거라니 한숨부터 나왔다. 나는 먼저 출산을 했던 터라 언니에게 연락해서 얘기했다.

"언니 병원에 있을 때가 가장 좋았던 시절이야. 아가들 인큐베이터에 있어도 건강하게 잘 지내다 나올 거니까 너무 무리하지 마. 쉴 수 있을 때 쉬어야 나중에 고생 안 해."

당연히 나의 조언을 들을 언니가 아니었다. 아니 나였어도 그랬을 것이다. 아침부터 밤늦은 시간까지 매번 모유를 짜서 병원에 갖다 주고 작게 태어난 아가들을 보며 눈물 흘리는 날이 매일이였다. 그렇게 일주일 넘게 다니니 아가들의 건강은 좋아졌고 퇴원하라는 의사의 말에 드디어 쌍둥이를 집에 데리고 올 수 있었다.

그날부터 미라 언니는 나와 마찬가지로 고된 육아가 시작되었다. 쌍둥이 육아가 이렇게 힘든 거라는 걸 언니도 그때 깨달았다. 하기야 나도 출산 후 병원에 있을 땐 쌍둥이 육아가 얼마나 힘든지 전혀 알 수 없었다. 우리는 서로 모르는 것을 물어보고 알려줬다. 그래 봤자 둘 다 초보였지만 각자의 경험을 듣는 것은 우리에게 최고의 정보였다.

어느 날 언니와 카톡을 하다가 하람이의 두상이 너무 비대칭이라서 고민이라고 얘기했다. 그런데 미라 언니가 얘기한다.

"우리 아들도 너무 비대칭이라 헬멧 씌우고 있어."

뭐라고? 헬멧? 사진을 찍어 보내라고 했더니 정말 하얀색 헬멧처럼 생긴 걸

머리에 쓰고 있다. 나는 언니에게 어디서 했으며 보험 관련 사항과 아이가 괜찮아하냐고 물었다.

우선 우리의 보험이 가능한지 문의를 해야 했고, 병원에 가서 두상을 찍어 헬멧을 써야 하는 여부도 알아야 했다. 하지만 가장 걱정되는 부분이 있었는데 그것은 그 답답한 헬멧을 목욕하는 1시간을 제외하고 23시간 동안 씌워야 한다는 것이다. 그게 마음이 걸려 언니의 이야기를 듣고 나서 일주일을 고민했다. 늦어도 6개월부터 씌워야 하는데 하람이는 8개월 때쯤부터 써야 했다. 사실 써야 하는 시기도 놓친 셈이다. 고민 끝에 남편과 함께 센터에 방문했다. 서류를 작성하고 설명을 듣고 나서 다음 예약을 하고 나왔다.

주말은 문을 열지 않아서 앞으로 내가 하람이를 데리고 평일에 방문을 해야 했다. 가뜩이나 영어 실력도 부족한데 다시 영어와 씨름을 해야 하니 이것도 걱정이 되었다. 방문할 때마다 검사를 하고, 의사라고 표현하기 어렵지만, 담당자를 만나 하람이의 상태를 설명 들었다. 물론 나는 통역을 부탁했고, 전화로 스피커폰을 틀어 우린 셋이 대화했다. 가끔 속 터지는 통역관을 만날 때면 나도, 그 담당자도 같은 표정을 짓고 있었다. 알아듣겠는데 말이 안 나오니 어쩌랴. 속이 터져도 통역을 부탁할 수밖에. 결국 하람이는 헬멧을 쓰게 되었고 그때부터 우리의 고생은 시작되었다.

그 당시 한국의 뉴스를 보니 강남의 엄마들이 너나 할 것 없이 아기 두상을 위해 헬멧을 씌운다는 기사를 접했다. 굳이 씌우지 않아도 될 것을 씌워서 아이를 고생시킨다고. 나는 또 다시 갈등하게 된다. 분명 머리 모양은 심하게 비대칭인데 이걸 씌우는 게 맞는 건지 혼란스러웠다. 나도 생각 없는 엄마가 된 건 아닌가 싶어 우울해졌다. 게다가 겨울이었는데도 불구하고 헬멧을 벗기면 하람이의 머리가 축축하게 젖어있었다. 하루 한 번 목욕 할 때 헬멧을 벗은 하람이가 편안해 하는 표정을 보니 너무 미안해졌다.

효과를 보려면 3개월 이상은 씌워야 하는데 나는 안 되겠다 싶어 석 달이 안 됐을 때 담당자를 찾아가 얘기했다. 아들 제이크가 너무 힘들어하니 그만 씌우고 싶다고. 그녀가 묻는다.

"헬멧을 그만 씌우면 네가 행복하겠니?"

사실 조금은 당황스러운 질문이지만 나는 바로 예스했다.

그녀는 웃으며 헬멧은 그만 씌워도 된다고 얘기 했고, 나는 그녀와 제이크가 함께 찍은 사진을 기념으로 남겼다. 사실 하람이가 힘들다기보다는 내 마음이 편치 않았다. 헬멧을 벗기고 나니 불편했던 내 마음이 조금은 가셨다.

미국이라는 곳은 지극히 개인주의 사회다. 장단점이 있지만, 개인 스스로 나의 행복을 중요시하는 것은 한국과는 다르게 참 좋은 부분인 듯싶다. 때론 공동체가 주는 장점도 있지만 다수를 위해 내가 희생되는 부분도 없지 않다. 미국에 있는 동안 가장 좋았던 부분은 엄마로서 내가 남을 신경 쓰지 않아도 된다는 점이었다. 한국에 있었다면 헬멧을 씌우는 나를 바라보며 무슨 말이든 들어야 했을 테니 말이다. 지금도 집에 보관되어 있는 헬멧과 하람이의 두상 모형을 보면 헬멧은 어쩔 수 없는 선택이었다.

하람이는 어릴 때 피부도 좋지 않았다. 얼굴에 자꾸 발진이 생기고 두드러기가 올라왔다. 침을 흘리니 그 상태는 더욱 좋지 못했다. 거기에 헬멧까지 쓰고 있으니 얼굴의 상태는 더더욱 심해지기 시작했다. 소아과에 다니며 진료를 받아도 나아지질 않았다. 처음엔 아토피인 줄 알고 긴장했는데 진료를 받으니 다행히 아토피 사촌 정도로 보면 된다 했다. 하지만 흘리는 침과 손으로 만진 얼굴의 상처는 더욱 심해져 스테로이드 연고를 처방받아 발라주게 된다. 연고를 바르면 나아지다가도 끊으면 다시 발진이 올라왔다. 하람이를 바라보고 있으면 나 자신 스스로 너무 힘들었다. 헬멧을 쓰고 고생하는데, 얼굴이 빨갛게 올라 심해지더니 거북이 등껍질처럼 되어가고 있었다. 얼굴이 건조하지 않도록 공을 들이고 신경 썼지만 결국 소아과에서 알려준 알레르기 검사 센터를 찾아가게 된다. 모든 병원이 예약 시스템이니 당장 가고 싶어도 날짜가 되어야 갈 수 있었다. 한국의 병원이 그리웠다. 아프면 지정병원만 갈 수 있는 게 아닌 바로바로 어느 병원이든 갈 수 있는 시스템은 우리나라만의 의료 서비스인 듯싶다.

병원에 가서 의사와 상담을 하고 검사를 시작했다. 네모난 모양의 틀에 9개의 바늘이 꽂혀 있는 것을 등에 꽂아야 해서 아기가 크게 울 거라 의사가 얘기한다. 나는 하람이를 보느라 아무 말도 귀에 들어오지도 않는다. 순간 날카로운 바늘이 꽂히고 재빨리 뺐다. 하람이가 울지 않는다. 의사는 이런 아기는 처음이라며 당황하고 놀란다. 며칠 뒤 나온 검사 결과는 다행히 알레르기 반응이 없다는 것이었다. 소아과 의사는 얼굴이 나으려면 시간이 약이라는 말을 했고 나도 조금은 마음을 놓을 수 있었다.

첫 아이인 쌍둥이를 키우며 나는 내 육아 방식이 맞는지조차 구분하기 힘들었다. 뭘 먹이는 게 좋은지 어떻게 키워야 하는지, 완벽한 엄마가 되고 싶은데 그렇지 못하니 항상 그 틈을 메우기 위해 발버둥 쳤다.

결혼하고 살아가면서 부족한 살림에 대해선 부끄럽거나 창피하지 않았다. 하지만 아이를 낳고 엄마가 되고 보니, 이 세상에서 요구하는 틀 이상을 갖추지 못한 엄마들은 인정받지 못하는 것에 대해 나는 신경 쓰고 있었다. 완벽한 엄마를 꿈꾸는 건 아이를 위한 게 아닌 타인으로부터 인정받고 싶은 감정이 큰 게 아닌가 싶다. 누구의 말에도 흔들림 없이 아이를 키우는 엄마가 몇이나 될까.

이 세상에 완벽한 엄마는 없다. 다만 완벽한 엄마를 꿈꾸는 엄마들만 있을 뿐이다.

아이들이 큰 병치레 없이 잘 자라 주는 것만으로도 행복감을 느껴야 한다. 우린 슈퍼우먼이 아니다. 때론 아이에게 화를 내며 마음에도 없는 말을 내뱉지만, 사실 그런 냉랭한 몇 마디 보다 나의 사랑이 더 크다는 사실을 알지 않는가?

완벽함은 아름다울 수 있을지 모르나 정감은 없다. 나는 완벽함을 버리기로 했다.

글쓰기 Tip

본인이 생각하는 완벽함은 무엇인가?
오늘은 완벽함이라는 주제를 놓고 적어보자.
그게 무엇이 되었든 적다 보면 나의 과거부터 혹은 내가 생각하는 주변 인물들에 대한 이야기까지 무궁무진하게 나올지도 모르겠다.
한 가지 쉽게 쓰는 방법을 알려 주자면 글쓰기에는 절대 완벽함이 없으니 두서없이 적어보길 바란다.

상처는 나만 받는 게 아니야

나와 남편은 미국에 나가면 적어도 3년이라는 시간은 지내고 오게 될 줄 알았다. 하지만 인생은 한 치 앞도 모르는 것. 미국에 온 지 18개월 만에 우리는 한국으로 돌아가야 했다. 아쉬운 마음이 더 컸다. 어차피 고생하는 거 쌍둥이가 조금 더 클 때까지 미국에서 지내고 싶은 마음이었다. 이제 여행도 다니고 적응하나 싶었는데 다시 한국으로 돌아간다니 섭섭하기도 하고, 한편으론 육아의 힘듦이 조금은 줄어들겠구나 하는 반가운 마음 반반이었다.

한국에 돌아오니 우리는 집이 없었다. 이삿짐을 배로 보낸 우리는, 짐을 받기 전 두 달 동안 시댁에서 지내야만 했다. 한국에 오면 힘듦이 끝날 줄 알았는데 쌍둥이 육아는 엄마인 내 몫이었다. 게다가 돌이 지난 아이들은 바닥에서 잠들지 못해 쌍둥이 유모차를 방에 갖다 놓고 낮잠을 재울 때마다 유모차 앞에

서서 앞뒤로 밀어대야 했다. 잠이 들면 밀던 유모차를 살짝 놓고 나도 누웠다. 그러다 한 녀석이 깰라치면 재빨리 일어나 다시 앞뒤로 흔들며 밀어야 했다. 고문도 이런 고문이 없었다.

그나마 어머니께서 끼니마다 맛있는 밥을 해주셨으니 그거라도 먹을 수 있어 다행이었다.

아이들이 이제 걸음마에 재미를 붙여 이리저리 걷다 뛰기를 반복하니 아래층에서 연락이 왔다. 오죽하면 나와 남편은 아이들에게 까치발을 보여주며 이렇게 걸어 보라 알려줬으니 지금 생각하면 한숨이 난다. 아래층 사람들은 7살 정도 돼 보이는 여자 아이와 아기가 있었다. 두 달 동안 지내며 시어머니가 선물도 갖다 주고 잘 얘기했는데도 불구하고 아래층 사람들은 경비실 직원을 시켜서 혹은 아래층 남편이 올라와 계속 항의했다. 우린 밤 8시 30분이면 아이들을 모두 재워서 밤에는 조용했다. 하지만 그 덕에 일찍 깨는 쌍둥이의 활동으로 아침부터 소리가 들린다는 아래층 사람들의 항의에 우리를 신경 쓰게 했다. 밤이라면 이해가 되지만 오전 시간까지 툭하면 항의를 하니 결국 우리도 함께 화를 내게 된다.

아이를 키우는 집에서 온종일 조용하게 지낼 수 있는 집이 얼마나 있을까? 그 다음부터 조금 잠잠해졌지만, 아이를 갖은 부모라 해서 모두 배려하는 마음이 있는 것은 아니라는 걸 알았다.

아이들을 키우니 집을 따로 구하는 게 맞다 생각했다. 미국에서 지내며 육아용품도 늘었고 합가해서 살기엔 역부족이었다. 처음엔 시부모님도 함께 살 생각이셨던 것 같지만 쌍둥이와 생활하니 갈수록 아니라는 생각을 하신 듯하다. 집을 구해야 했던 우리는 미국에서 번 돈을 여행비로 썼고, 남은 돈도 다른 부부들에 비해 상당히 적었다.

컨테이너에 이삿짐을 실은 배가 한국에 도착할 기간이 짧아질수록 마음이 조급해졌다. 집을 구해야 하는데 대출을 받아도 과연 적당한 집을 구할 수 있을지 걱정되었다. 나는 매일같이 남편을 닦달하기 시작했다. 잔소리라고는 해본 적 없던 내가 애를 낳고 보니 싫은 소리도 하게 된 것이다. 역시 여자는 아이를 낳아야 진정한 아줌마가 되나 보다. 이런 내가 남편도 부담스러웠는지 열심히 집을 알아봤다.

수소문 끝에 미분양 된 아파트를 알게 되었고 급히 쌍둥이를 데리고 그곳에 갔다. 하지만 물량이 이제 다 끝나가서 없다는 말만 듣고 허탈해하며 돌아왔다. 이제 어떻게 해야 하나 막막하게 하루하루를 보내는데 분양 사무실에서 연락이 왔다. 기적처럼 2층에 하나 남은 저렴한 전세가 있다 해서 앞뒤 안 가리고 계약을 했다. 새 아파트에 필로티가 있는 2층이라 층간 소음에도 신경 쓰지 않아도 되는 집이었다. 천운이라는 표현이 맞을 것 같다. 그 흔한 슈퍼 하나 없는, 아침이면 뻐꾸기가 울고 동네에 경운기가 다니는 이 집이 나는 좋았다.

이사를 오고 모든 것이 낯선 동네에서 쌍둥이를 아침부터 저녁까지 혼자 보게 되었다. 배달음식도 시켜 먹을 수 있었고 엄마와 통화도 자주 할 수 있었다.

하지만 그것도 잠시, 한국에 오면 많은 사람이 도와줄 거로 생각했지만 양가 부모님은 생각만큼 많이 도와주지 못하셨다.

미국에서는 한국이 아닌 타국이라 생각해서 인지 그나마 참으며 견뎌보려 했지만, 한국에 와서도 비슷한 상황이니 내 마음은 다시 감정의 기복이 심해지기 시작했다.

다시 우울증이 찾아왔다. 남편도 한국으로 돌아와 회사 일에 적응하고 신경 쓰느라 예민한 상태였다. 갑자기 미국에서 돌아오니 남편의 자리가 애매하게 된 것이다. 그 당시 남편의 힘듦을 알아줄 여유가 나에겐 없었다. 출산 전에는 남편과 큰 싸움 없이 알콩달콩 잘 지내왔다. 하지만 이 시절 우린 서로 너무 예민했고 힘들었다. 나는 매일 같이 힘들다고 한탄하며 내 감정만 쏟아내기 바빴다. 온종일 아이만 보고 밥 먹이고 재우며 2번의 낮잠도 시간 간격이 안 맞으면 쉬지도 못하고 나머지 한 아이와 시간을 보내야 했다. 내 인생에 나는 없고, 오로지 애만 키우는 나만 존재했다.

매일같이 반복되는 나의 짜증을 이해하고 받아주다 남편도 폭발하게 된다. 처음으로 남편과 싸우게 된 것이다.

"나라고 편하게 회사 생활 하는 줄 알아? 육아 신경 안 쓰고 사는 거 아니야. 가끔은 머리가 돌아버릴 것 같아! 퇴근하고 집에 가기 싫어서 차라리 정신병원에 들어가고 싶을 때가 한두 번이 아녔어!"

순간 정적이 흘렀다. 나는 하염없이 눈물이 났다. 남편이 이런 생각을 했을 줄이야. 내가 남편을 구석까지 내몬 것 같아 정말 미안했다. 육아하면서 우리의 부부관계가 심각할 정도로 안 좋았던 순간이다.

남편은 화를 내고 나서 곧바로 정말 미안하다며 말실수라고 사과했다. 나는 남편에게 이런 말을 처음 들었고 남편 또한 이렇게 화를 낸 게 처음이었다. 이 일이 있고 나서 나도 남편도 살아야겠다는 생각을 했다. 단 한 번의 흔들림도 없었던 남편을 내가 이렇게 만든 것 같았다. 쌍둥이 육아는 우리 둘 모두를 이렇게 힘들게 했다.

쌍둥이가 20개월이 안 되었을 때 어린이집을 알아보고 보내기 시작했다. 처음엔 2시간, 3시간, 4시간 점점 시간을 늘려 적응시켰다. 잠시나마 쉴 수 있는 시간이 생기기 시작했고, 나도 조금씩 사람의 형상으로 되돌아오기 시작했다.

남편과의 사이도 조금씩 나아지고 있었다.

나는 올해 8살 된 조카가 있다. 나의 친언니는 조카를 혼자 키우다시피 했다. 조카가 어렸을 때 틈틈이 차를 끌고 서울로 가서 언니를 만나고 오곤 했지만 사실 언니가 얼마큼 힘든지는 알지 못했다. 육아에 대해 경험도 없었고, 계속되는 시험관 실패로 우울해 있었기 때문이다. 언니는 나에게 얘기했다. 자기가 아팠을 때 누군가 와서 도와줬으면 좋겠는데 아무도 안 도와주니 너무 화가 나고 미웠다고.

특히 가게 일로 지방에서 자주 와주지 못한 엄마에 대해, 언니는 상당히 상처받고 있었다. 그깟 가게 일이 뭐라고 딸이 아파 죽겠는데 한 번쯤 와주면 안 됐었냐며 나에게 한탄 아닌 한탄을 했었다.

물론 엄마에게도 언니는 섭섭하다고 얘기했었다. 지금은 조카가 8살이나 됐고 많이 컸기에 그 이야기는 더 나오지 않는다. 언니도 이제는 살만하고 손이 많이 가는 육아가 어느 정도는 해결됐기 때문이다.

엄마는 나에게 얘기한다. 언니를 많이 못 도와줘서 미안했다고. 먹고 사는 게 남들처럼 풍족하고 걱정 없다면야 상관없지만, 자식들에게 손 벌리지 않으려면 가게 일을 열심히 할 수밖에 없었다고 말이다.

그때 언니가 아파서 못 가본 게 마음에 걸린다고 말씀하신다. 일을 젖혀 두고 갔어야 했다고 말씀하시며 눈시울을 적시셨다.

상처는 나만 받는 게 아니다. 단지 상대방이 나를 배려하는 마음에 상처 주지 않으려 노력하는 것이다. 내가 힘들다고 곁에 있는 사람까지 힘들게 하지 말자. 나는 쌍둥이 육아를 하면서 그동안 남편에게 참 많이 기댔고 그만큼 그를 힘들게 했다. 사람마다 느끼는 차이는 다 다르겠지만, 나는 감정적으로 힘들면 그 깊이가 다른 사람들보다 더 깊고 컸다. 흔히 사람들은 자기의 힘듦을 얘기하는 것에는 익숙하지만, 상대방이 어떤 감정일 거라는 것은 잘 알지 못한다. 내가 힘들 땐 남을 생각할 여력이 없으니 더욱 그러할 것이다.

특히 육아를 하는 엄마들에게 조언해 주고 싶다. 남편을 벼랑 끝까지 내몰지 말라고. 나에게 힘든 육아는 남편도 힘들다는 사실을 알아주길 바란다. 나의 힘듦은 고스란히 남편에게 전해진다. 내가 말하지 않아도 그들은 안다. 나의 말투와 표정만 봐도 얼마나 힘들고 지쳤는지 아무리 둔한 남편들도 그쯤은 안다. 반대로 남편이 회사 일이 끝나고 집에 와, 나에게 온갖 짜증과 한탄을 매일 같이 되풀이한다면 정말 같이 살고 싶지 않을 것 같다. 남편은 육아라는 한 배를 탄 동지이자 친구다. 화목한 가정과 행복한 나의 인생을 위해 역지사지의 마음으로 살아보자. 육아는 언젠간 내 손에서 떠나게 된다. 지금은 손이 많이 가는 시기지만 언젠간 이것조차 그리울 때가 있지 않을까?

글쓰기 Tip

가장 가까운 사람에게 고맙다는 편지나 쪽지를 건네 보는 건 어떨까?
나의 힘듦이나 짜증을 받아준 사람에게 말이다.
그 두 사람을 꼽으라면 나는 남편과 친정엄마다.
남편에겐 자주 편지를 써서 어색하지 않지만, 엄마에게 쓰는 편지는 왠지 쑥스럽다.
오늘은 용기 내어 내 마음을 전해보는 건 어떨까?

제발 누가 더 힘들다고 비교하지 말자

온종일 아이와 씨름하며 있다. 하나는 거저 키우겠다는 사람들의 말이 야속하게 느껴진다. 아이가 하나인 엄마는 힘들다는 얘기도 못 하는 건가 싶다. 엄마와는 한시라도 떨어져 있지 않으려는 아이와 매번 놀아줘야 하는 상황에 짜증만 늘어간다. 내가 아파 누군가 도움이 필요해도 아이 잘 때 잠깐 자면 되지 않겠냐는 말은 나를 더 상처받게 한다. 아이가 둘인 집이 부러워진다. 적어도 같이 놀고 지낼 테니 말이다.

첫아이를 낳은 지 얼마 되지 않아 둘째가 태어났다. 몸을 추스르기도 전에 출산이니 내 몸에 성한 곳이 없다. 첫째도 어린데 둘째를 보느라 신경 쓰지 못한다. 집은 난장판이고 엄마의 사랑을 갈구하는 두 아이 덕에 내 체력이 바닥나는 듯하다. 키울 때 같이 크면 되겠네! 라며 생각 없이 말하는 사람들은 연년생 육아라는 게 어떤 건지 알고 하는 얘기인가 싶다. 말귀도 못 알아듣는 큰애를 잡은 날이 하루 이틀이 아니다. 언제쯤 편해질 날이 올까.

출산하고 나면 좀 나을까 싶었다. 임신 때도 출산 후에도 힘든 몸은 별반 나아진 게 없다. 쌍둥이 육아는 처음이니 동시에 빽빽 울어대는 아가들을 보면 속이 탄다. 서둘러 우유를 타고 한 명씩 안아 바운서에 앉힌다. 동시에 분유 병을 입에 꽂는다. 화장실에 가면 5분이라도 앉아 잠시 눈이라도 붙이고 싶지만, 여유 있게 화장실 갈 시간도 없다. 남들은 한방에 둘을 가졌으니 얼마나 좋겠냐며 본인들도 쌍둥이가 갖고 싶단다. 도대체 임신 기간 내 몸 상태와 출산 후 나의 하루가 어떤지는 알고 하는 소리인가 싶다.

단태아 엄마의 하루, 연년생 엄마의 하루, 쌍둥이 엄마의 하루 중 누가 가장 힘들까? 정답은 내가 가장 힘들다. 다른 사람들이 힘든 건 사실 중요하지 않다. 내가 힘든 게 가장 힘든 거다. 하지만 엄마들이 착각하는 부분이 있다. 나만 힘들지 남들은 이 정도는 아닐 거라는 착각. 엄마들을 만나며 자주 듣는 레퍼토리가 있다. 쌍둥이 엄마라는 얘기를 듣고 나면, 내가 뭐라 얘기하지 않았음에도 그들이 먼저 말한다.

"힘들겠네. 그래도 연년생보다는 낫잖아."

아이가 한 명인 엄마들을 만날 때면 이렇게 얘기한다.

"아이가 혼자 있으면 맨날 놀아달라고 해서 힘든데, 둘이 같이 노니 좀 수월하겠어요." 워낙 이런 이야기를 많이 들어 이제는 그러려니 한다.

"아이가 하나라서 진짜 편하겠어요."

"연년생이면 한방에 낳는 것보다 나누어 낳으니 그래도 낫지 않겠어요?"

나는 이런 얘기를 남들에게 하지 않는다. 그냥 육아하는 엄마들은 모두 힘든 건데 왜 그걸 정확한 선으로 그어 '나는 이렇게 힘든데 넌 그래도 나은 거다'라는 말을 하려는지 이해가 되지 않는다.

장점이 있으면 단점도 있는 법이다. 아이가 하나면 충분한 사랑을 받을 수 있고 엄마가 좀 더 신경 쓸 수 있다. 종일 엄마한테만 놀아 달라 하는 건 아이가 혼자이니, 집에 있는 친구는 엄마밖에 없는데 어쩌랴. 종종 밖에 나가 보면 아이 하나를 가운데 두고 엄마 아빠가 양손을 잡고 하늘 높이 올려주며 즐겁게 걸어가는 가족들을 만난다. 부모의 시선이 오로지 아이에게 가니 그 충만한 사랑이 느껴지기도 한다.

쌍둥이 엄마는 육체적으로 너무 힘들다. 혼자 두 아이를 오로지 기른다는 것은 기초생활만 유지한다는 표현이 적당할 것이다. 적어도 만 3세는 지나야 수월해지기 시작하지만, 이것도 아직은 아니다. 틈틈이 둘이 노는 것은 정말 좋다. 하지만 아이가 어릴수록 이 시간은 상당히 짧다. 아직 어려 싸울 일이 잦고 엄마도 같이 화를 내야 하는 상황이 생긴다. 게다가 사줘야 할 것은 똑같이 사야 하므로 절약하기도 힘들다. 남들 하나 낳을 때 두 명을 품고 낳은 몸은 정상이 아니다. 왜 신께서 아이를 한 명씩 잉태하게 했는지 쌍둥이나 세쌍둥이를 낳아본 엄마라면 이해할 것이다.

그렇다고 터울을 갖고 낳은 엄마의 육아가 편할까? 그것도 아니다. 이제 조금 수월해졌는데 육아를 다시 시작해야 한다. 처음부터 육아를 시작하는 엄마의 마음은, 내 인생을 다시 제로로 놓은 것과 다름없다. 둘째가 크는 동안 첫째만큼 키우기 위해 고군분투해야 한다. 하지만 첫째를 키워본 노하우로 둘째는 첫째만큼 힘들지 않게 키울 수 있는 장점은 있다.

이렇게 힘든 육아를 하며 우리는 한 가지 사실을 알아야 한다. 아이가 하나든 둘이든 일정 시간이 지나면 육아의 힘듦은 서서히 줄어든다는 것이다.

3살이 되기 전까지 쌍둥이는 병원을 달고 살았다. 겨울은 내가 가장 싫어하는 계절이다. 일주일에 두 번은 출석체크 하듯 소아과를 갔다. 아이들이 어린데 나 혼자 병원에 데리고 가는 일은 보통 일이 아니었다. 하지만 36개월이 지나니 점차 병원 가는 일이 줄어들었다.

올해 5살이 된 아이들은 내가 설거지할 때 알아서 논다. 물론 싸우는 시간이 반 이상지만, 어찌 되었건 식사를 준비하거나 빨래를 걷을 시간은 주니 살만하다. 예전 육체적 정신적으로 힘들었던 나의 육아가 조금씩 수월해지고 있다는 증거이기도 하다.

조카는 올해 8살이다. 나의 친언니는 요즘 살만하다고 한다. 물론 육체적으로 힘든 육아 대신 정신적으로 힘든 육아로 대체되긴 했지만, 예전보다 낫다고 한다. 언니의 얼굴에 한결 여유가 묻어난다.

대학 시절 과에서 봉사활동을 나간 적이 있었다. 나와 남학생은 한 가정을 방문해 집 안 청소와 그 집 아이의 공부를 알려주고 오는 것이었다. 초인종을 누르고 기다리는데 초등학교 저학년으로 보이는 여자아이가 문을 열어준다. 집 안으로 들어가니 아주 좁은 주방 겸 거실이 나오고 옆에 작은 방 하나가 있다. 거실에 계신 아주머니가 인사를 건네신다. 그분은 지체 장애로 하반신을 전혀 사용하지 못해 바닥을 팔로 잡아끌며 몸을 움직이셨다. 몸이 불편했던 그분은 집안 살림을 하실 수 없으니 본인의 키 높이에 맞춰 싱크대와 모든 선반이 낮게 배치되어 있었다.

먼저 설거지와 바닥을 청소했다. 나는 무릎을 꿇고 어정쩡한 자세로 집 안을 청소하기 시작했다. 세탁기는 높으니 발판을 갖다 놓고 사용하고 계셨는데 알고 보니 빨래를 넣고 다된 빨래를 꺼내는 일은 딸아이가 하는 듯했다.

그분은 일상생활조차 힘드신 분이었다. 게다가 딸아이는 또래보다 늦은 발달로 공부를 알려주는 일도 쉬운 게 아니었다. 공부하기 보다는 집에 언니 오빠가 놀러 왔으니 놀고 싶은 마음뿐이었나 보다. 그 아주머니 또한 남편 없이 아이와 둘이 사는 적적한 집안 공기에 어린 남녀 학생이 왔으니 그냥 반가운 마음이었으리라. 그날 나는 몸이 부서져라 열심히 집안일을 하고 왔다. 대신 아이와 편하게 놀아주는 담당은 남학생이었다. 아주머니와 아이가 어찌나 남학생을 좋아하던지 집안일을 하나도 안 시켰던 탓에 나만 진정한 봉사활동을 하고 왔다. 물론 봉사활동이 끝나고 남학생을 향해 레이저 눈빛을 쏘아붙였고, 그 따가운 눈빛에 남학생도 미안해했다.

세상에는 다양한 상황에 처해있는 엄마들이 많다. 나도 쌍둥이를 키우며 힘들다는 말을 많이 했지만, 나보다 더한 상황에 처해있는 엄마들을 볼 때면 반성하게 된다.

제발 누가 더 힘들다고 비교하지 말자. 내가 처해있는 상황이 가장 힘든 건 사실이지만, 그렇게 비교한다고 해서 내 힘듦이 줄어드는 것은 아니지 않은가. 비교하는 말은 상대방에 대한 예의도 아닐뿐더러 본인이 힘들다는 사실을 위로받기 위한 대화도 아니다. 서로 도움이 될 수 없는 대화를 굳이 해야 할까? 차라리 엄마라는 타이틀을 가진 사람으로서 힘내보자 이렇게 이야기하는 건 어떨까?

대한민국의 엄마들이여! 영혼까지 끌어 모아 힘내보자! 지금 힘들다고 나의 미래까지 구질구질할 거라는 생각은 접자! 우린 소중한 아이를 출산한 강한 엄마니까!

글쓰기 Tip

같은 상황에 처해 있는데도 불구하고 공감과 소통이 부족할 때가 참 많다.
하루하루 별다르지 않은 나의 일상을 돌아보고 내가 겪었던 공감과 소통 그리고 반대의 상황을 글로 적어보자.
글감은 아주 작은 것에서부터 시작된다.
사소했던 일에 대해 내 생각과 느낌을 적어봄으로써 글쓰기를 자연스럽게 유지할 수 있다.

남편과 아이 둘 중 고르라고 하면?

어머니와 아내가 물에 빠져 허우적대고 있다. 둘 다 수영을 못하니 어서 빨리 구해야 한다. 누구를 먼저 구해야 할까?

첫 번째 가까이 있는 사람부터 구한다. 두 번째 이런 사고를 당하면 당연히 아무 생각도 안 날 텐데 정확한 판단은 어렵다. 세 번째 이 세상 모든 여성이 남자의 고민을 덜어주기 위해 수영을 배운다. 다양한 생각으로 이 질문에 답할 수 있을 것 같다.

하지만 똑같은 상황에 남편과 아이가 물에 빠져 허우적대고 있다고 가정해 보자. 아내들은 누구를 먼저 구하겠는가? 다른 대답 따위는 필요 없을 듯싶다. 아마도 내 아이를 먼저 구하겠다는 것에 반 이상이 대답할 테니. 사실 나는 수영을 못한다. 물에 빠진 그 둘을 구하러 들어갔다가 셋 다 물에 빠지는 꼴이 되지 않을까. 나는 남편과 아이 둘 중 누구를 구할 거냐 묻는다면 선뜻 대답할 수 없다. 아이들도 소중하지만 내 남편도 소중하기 때문에.

아이를 낳기 전 우리는 깨가 쏟아지는 부부였다. 친척들은 깨소금 빻는 냄새가 아직도 솔솔 난다며 우스갯소리를 하기도 했다. 결혼을 하고 3년 동안은 신혼생활이었고, 그 이후도 알콩달콩 예쁘게 살았다. 크게 싸울 일도 없었고 마음도 잘 맞는 부부였다.

임신하고 나서까지는 괜찮았다. 어렵게 가진 아가들 앞에서 우리는 무조건 감사한 마음을 가졌고, 힘든 상황이나 내 몸이 어떻게 되든 참을 수 있었다. 남편도 그 상황이 힘들다고만 생각하지 않고 함께 헤쳐 나가자며 꿋꿋하게 지냈다.

역시나 아이를 낳으니 서로에게 신경 쓸 틈이 없었다. 첫아이의 경험 없이 한방에 두 아이의 부모가 되면서, 우리는 서툰 정도가 아니라 하루하루 다시 리셋 되는 경험을 했다. 아이들이 분유와 이유식은 잘 먹었는지 대소변은 잘 봤는지가 우리 대화의 시작이자 끝이었다. 오늘도 안 아프고 잘 지나갔으니 그 날의 하루도 잘 지나간 것이나 마찬가지라 생각하고 하루를 보냈다.

아이를 낳기 전 나와 남편은 서로에게 언제나 지지해주는 조력자 역할을 했다. 하고 싶은 게 있으면 경제적으로 무리하지 않는 선에서 할 수 있는 모든 것을 했다.

신혼 초 남편의 회사에서 운영하는 동호회 모임을 여러 개 했었는데 그중 스쿠버 다이빙은 자격증까지 취득했다. 지금도 다이빙을 할 때 입었던 전용 슈트가 검은색 큰 가방 안에 있다.

강원도 양양. 회사 사람들과 아내들은 한데 모여 동해로 갔다. 바닷속에 들어가니만큼 안전이 제일 중요하니 돼지 머리와 간단한 음식을 차려 놓고 고사를 지냈다. 전용 슈트 입는 방법과 스쿠버 다이빙의 기초적인 부분부터 배우기 시작했다. 물론 나는 수영도 못할뿐더러 허리 이상 오는 물속엔 들어가지 않기에 남편의 수업을 눈으로만 보며 사진을 찍어 줬다.

그해 여름 주말마다 바다에 나가 수업을 듣고 바닷속에 들어가더니 남편도 자신감이 붙었나 보다. 원래 운동도 좋아했지만 스쿠버 다이빙은 일부러 찾지 않으면 배우기도 힘든 수상 레포츠였기에 남편은 더욱 좋아했다. 수업을 듣는 남편만 바라보려니 조금씩 지루한 감이 없지 않았다.

다음엔 따라나서지 말까? 하는 생각을 하던 찰라. 이번엔 직접 물고기를 잡고 해삼을 따러 나간다는 얘기에 다시 바다로 함께 향했다. 도착한 바닷가에서 사람들은 슈트를 갈아입고 무거운 공기통과 장비를 메고 물속으로 풍덩 들어갔다.

남편의 회사 동료 중 유독 스쿠버 다이빙에 감각 있던 분이 창살로 물고기를 잡아 나왔고 몇몇 사람은 멍게를 따서 갖다 놓았다. 요즘 방영하는 정글의 법칙도 아니고 이게 진짜 저분들이 잡아 온 건지 신기할 따름이었다. 싱싱할 때 먹어야 한다며 그 자리에서 쓱쓱 썰어 멍게와 회를 내었다. 시원한 소주가 옆에 있는데 이걸 먹어도 되나 주춤하는 사이 다들 나에게 먹어보라 권한다.

나는 멍게를 한 번도 먹어보지 않았던 터라 이상하면 꿀꺽 삼키고 소주를 마시자는 생각에 한입 입에 넣었는데…….

세상에! 소주 한 병을 혼자 해치울 수 있을 정도로 그 맛은 기가 막혔다. 정신을 못 차리고 먹어대니 이제 다른 멍게는 입에도 안 대개 생겼다며 다들 웃으신다. 남편의 취미 생활로 나의 입맛까지 끌어올려 준 날이었다.

남편의 이직으로 서울로 올라와서는 야구 동호회에 들어갔다. 보통 남자들이 야구를 좋아하니 그러려니 했는데 동호회까지 나간다니 나도 조금씩 관심이 생겼다. 내 남자가 좋아하는 스포츠인데 조금은 알아야 하지 않을까 싶어

'야구 아는 여자'라는 책을 사서 읽어보기도 했다. 그런데 웬걸 이론으로 배우려니 도통 무슨 말인지 이해되지 않았다. 몇 장 넘겨 보다 책을 덮었다. 차라리 야구장에 가서 직접 봐야겠다는 생각을 했다. 한동안 남편은 야구에 더 푹 빠져 주말에 경기에도 나가고 대학가 근처를 지날 때 야구 방망이 소리만 들려도 귀를 쫑긋했다. 아이를 낳으면 야구는 꼭 시킨다며 호언장담을 했는데 지금도 같은 생각일지 궁금하다. 남편의 야구에 대한 열정이 최고치에 달했던 적이 있었는데, 그것은 남해로 1박 2일 전지훈련을 간 것이다. 물론 나는 툴툴대면서 얼마나 야구를 잘하려고 그러느냐 빈정댔지만 사실 그런 열정이 있는 남편의 모습이 멋지기도 했다. 방구석에 틀어박혀 TV만 보는 남자들도 많은데 이 사람은 그렇지 않았으니 말이다. 내가 너무 쿨하게 보내주면 나중에 당연하게 생각할까 봐 약간의 연기를 덧붙였음을 고백한다.

주말이 되면 남편은 야구 글러브를 2개 챙겨 나와 캐치볼을 하자고 했는데, 난 그 공이 너무 무서워 간신히 받다 결국 팔아 맞아 멍이 들었다. 훗날 아들이 생기면 꼭 둘이 하라는 말을 남기고 그 이후 야구 글러브를 끼지 않았다. 아들 하람이가 커서 야구를 좋아해야 하는데 은근 걱정이다.

남편은 사계절에 맞는 모든 운동을 기본적으로 할 줄 알아야 한다고 생각한다. 특히나 아이들은 어릴 때부터 운동을 꼭 시킨다며 나에게 누누이 얘기한다. 남편은 어느 정도 아이들이 체력이 되면 지리산 종주를 떠난다고 얘기하는데 미리 당부했다. 나는 빼달라고. 아빠와의 소중한 추억을 꼭 쌓을 수 있을 거라 얘기하며 살짝 발을 뺐다. 지리산 종주라니! 설악산도 케이블카를 타고 올라가는 나에게 말이다.

나는 둘 중 고르라는 선택권을 주면 판단이 빠른 편이다. 큰 고민 없이 선택할 수 있는데 남편은 그렇지 못하다. 아마도 어머니랑 내가 물에 빠지면 누구를 먼저 구할 거야?라고 물었을 때 남편은 대답하지 못할 것이다. 스쿠버 다이빙이 좋아? 야구가 좋아? 하고 물어도 두 스포츠는 종류가 다르기 때문에 어떤 게 더 좋다고 판단 할 수 없다는 대답을 할 테니 말이다.

요즘 쌍둥이가 많이 커서 서로 대화하는데 막힘이 없다. 예전 쌍둥이가 어릴 때 엄마가 좋아? 아빠가 좋아? 하고 물으면 엄마 바라기 딸 물결이는 엄마! 아빠 바라기 아들 하람이는 아빠! 하고 거침없이 대답했다. 하지만 요즘 내가 다시 물어보면 아이들은 한번 뜸을 들이더니 말한다.

"아빠 엄마가 좋아요."

영특한 녀석들. 이젠 엄마 마음을 읽은 듯하다. 그런데 반대로 아이들이 나에게 이렇게 물을까 봐 조금 걱정된다.

"엄마는 아빠가 좋아? 내가 좋아?"

앞서 물속에 빠졌을 때 남편과 아이 둘 중 누구를 구할 거냐는 질문엔 선뜻 대답할 수 없지만, 이 질문은 얘기가 달라진다. 아이들에게 미안하지만, 엄마인 나의 대답은 이렇다.

"하람이, 물결이, 아빠 다 좋지만, 굳이 고르라 한다면 아빠가 조금 더 좋아."

훗날 아이들이 커서 성인이 되어 제 짝을 찾은 후 이 글을 읽게 되면 무슨 뜻인지 알게 되지 않을까. 반대로 이 글을 읽는 남편에게는 평생 나에게 잘하라는 메시지를 강력하게 남기고 싶다.

글쓰기 Tip

살면서 우리는 언제나 선택의 순간이 있다.
짜장면이냐 짬뽕이냐를 시작으로 무수히 많은 선택의 갈림길 속에 우리는 갈등하기도 혹은 후회하기도 한다. 지금 내가 고민하는 것들을 적어보자.
적다 보면 내 마음속 해답을 글 속에서 찾을 수 있다. 남들에게 물어보는 것은 한계가 있다. 이것은 이미 내 마음속에 어느 정도 선택을 한 상태에서 검열받기 위한 하나의 장치일 뿐이니 말이다.
가장 정확한 내 마음을 글로 적어보는 것은 어떨까?

제6장
나를 찾아가는 여행

잘하는 것?
좋아하는 것?
둘 다!

어린 시절 남들은 어땠을지 모르지만 나는 나만의 세계가 있었다. 언니의 미미인형을 몰래 빼서 한구석에 집을 만들고 혼자만의 인형 놀이는 시작되었다. 갖고 있는 인형 옷이 몇 벌 되지 않아 상황에 맞게 옷을 갈아입히며 노는 데는 한계가 있었다. 어린 나는 못 입는 옷과 엄마가 버리는 스타킹을 가위로 잘라 바늘에 실을 꿰어 인형 옷을 만들어 줬다.

물론 바느질도 삐뚤빼뚤하고 볼품없었지만 스타킹의 특성상 늘어나는 재질이었던 터라 아주 매력적인 롱 드레스가 만들어지기도 했다. 그렇게 만들려는 생각은 없었지만, 여러 번 하다 보면 생각지도 못한 새로운 작품이 나오듯 가끔 멋진 옷들이 만들어지기도 했다. 물론 순전히 내 입장에서는.

학교에 다니며 주변의 친구들이 가장 부러웠던 점이 있었는데, 그것은 바로 자기가 좋아서 뭔가를 하는 친구들이었다. 바이올린을 어릴 때부터 시작해서 나름 상도 받고 열심히 연습하는 친구부터, 그림에 소질이 있어 예술고를 목표로 두고 있는 친구들이 너무나 부러웠다. 나는 무엇을 잘하는지 어떤 걸 좋아하는지 모르는 평범한 소녀였다. 그 당시 멘토가 있어 누군가 나에게 조언의 한마디만 해주었더라면 나의 작은 생각들이 좀 더 멀리 내다볼 수 있는 눈을 갖게 되었을 텐데 아쉬움이 남는다.

성인이 되어서도 내가 뭘 좋아하고 잘하는지 묻지 않은 체 그렇게 살아갔다.

결혼을 하고 나서야 내가 원하는 것들에 대해 고민하게 됐다. 집에서 먼 거리에 있던 문화센터에 무엇을 좋아하는지도 모르고 무턱대고 아이 옷 만들기를 배우러 다니게 된다. 어릴 때부터 손으로 뭔가를 만드는 것에 감각이 있었던 나는, 첫날부터 어렵지 않게 여자아이 3단 캉캉치마를 뚝딱 만들어 왔다. 공업용 재봉틀로 처음 만들어 봤는데도 불구하고 나는 그 수업이 그렇게 재미있고 시간 가는 줄 몰랐다. 모든 커리큘럼을 마치니 성인 옷을 만들어 보는 게 어떻겠냐는 선생님의 말씀에 성인 양재를 시작하게 되었다. 패턴을 만드는 것부터 어렵게 느껴졌지만, 한번 시작하면 묵묵하게 해나가는 성격도 한몫했던 터라 하나하나 옷을 완성해 나갔다.

고급반으로 가면서 양재수업에 지루함을 느껴 계속해야 하나 싶은 생각이 들 무렵, 옆에 수강생이 아기자기한 원단으로 손바느질에 열중해 있는 게 보였다. 퀼트라는 과목이었는데 소품과 가방 등 다양한 것들을 손바느질로 만들 수 있는 수업이었다.

세상에! 이런 수업이 있었다니! 나는 그날부터 바느질과 사랑에 빠졌다. 틈틈이 문화센터에서 만들고 쉬는 날엔 남편과 직접 동대문까지 가서 원단과 재료를 사러 갔다. 그 당시 나는 청주에 살고 있었는데도 말이다. 자격증까지 취득하게 된 나는 선생님의 소개로 문화센터에서 강사 생활을 시작하게 되었다. 퀼트도 열심히 배웠고, 사람들을 좋아했던 내가 하기에 딱 맞는 일이었다.

강사 생활은 나쁘지 않았다. 사람들과 수다 떨 듯 재미있게 이야기 나누며 내가 짠 커리큘럼에 맞게 수업을 진행했다. 큰돈을 벌진 않았지만 직접 뭔가를 주도적으로 이끌어 나간다는 것에도 재미를 느끼고 있었다.

그러던 중 남편의 이직으로 우린 경기도로 이사를 가게 된다.

그곳에서 내가 가진 퀼트 강사 자격증으로 다시 수업하려 했지만 낯선 환경과 지방에서의 문화센터와는 다른 분위기를 갖고 있었기에 나는 내 손바느질 실력을 묵히게 된다.

친언니는 결혼 후 지금까지 계속 서울에 살고 있다. 언니는 나에게 전화해서는 컴퓨터 관련 직업전문학교에 들어가 수업을 듣고 취업을 해보는 건 어떻겠냐고 했다. 언니는 이미 국비 지원으로 공부를 하던 중이었다. 알아보니 우리 집 맞은편 건물에 웹디자인을 국비 지원으로 알려주는 컴퓨터 학원이 있었다. 다행히 신입생을 모집 중이던 터라 나는 바로 신청을 할 수 있었다. 뭔가를 시작할 땐 역시 실행력이 중요한 것 같다. 장장 6개월 동안 오전 9시부터 오후 5시까지 매일 학교에 다니듯 학원에 다녔다. 무료로 시행되는 교육은 국비 지원이었기에 지각, 조퇴, 결석은 페널티가 부가되어 출석은 칼같이 지켰다.

이곳에서 2개의 컴퓨터 자격증을 취득하고 포토샵과 일러스트 그리고 간단한 홈페이지 제작 관련 스킬을 익혔다. 수업이 끝나갈 무렵 포트폴리오를 만들고 취업을 위한 준비를 시작했다. 학원에서는 결과물이 학생들의 취업이나 창업이었던 터라 상당히 애를 쓰고 있었다.

나는 개인적으로 취업 관련 사이트에 들어가 서류를 넣고 연락이 오면 면접을 봤는데 거의 매일 같이 면접을 보러 다녔다. 사실 면접 보는 게 너무 즐겁기도 하고 모르는 동네를 가보는 것도 재미있었다.

구두 쇼핑몰을 운영하는 업체에 가봤을 때는 내가 멋지다고 들락날락했던 사이트가 서울의 주택 지하 작은 공간에서 밝은 조명 하나만으로 찍어 올린 사진이라는 것을 처음 알았다. 의류 사이트에서는 웹디자이너를 뽑고 있었지만, 청소부터 잡일 그리고 차를 이용해 옷을 다른 업체로 배달하고 갖고 와야 하는 업무까지 해야 한다는 것도 알게 되었다. 세상에 쉬운 일은 없었다.

그러던 중 강남역 근처 작은 벤처 회사에서 연락이 왔다. 면접을 보고 남편을 만나고 가면 되겠다 싶어 면접 장소에 갔는데 바로 출근하라는 답을 듣게 된다. 위치도 좋았고 남편과 같이 퇴근도 할 수 있을 것 같아 나는 바로 출근하겠다고 대답한다. 출퇴근은 너무 신나고 좋았다. 퇴근 후 강남대로를 걷고 있노라면 마치 내가 뉴요커가 된 듯한 기분마저 들었다. 복잡한 교통과 많은 사람마저 나는 좋았다.

하지만 회사 사정이 좋지 않아 3개월 만에 퇴사하게 된다. 일을 그만두게 되어 너무 아쉬웠지만, 그 3개월 동안 많은 경험을 했으니 그걸로 됐다 생각하며 다시 무직으로 돌아왔다.

일을 그만두고 한동안 쉬던 중 내가 살고 있던 오피스텔 1층 상가에서 예쁜 공방을 만나게 된다. 그곳에 가니 예전 내가 했던 퀼트와 인형 만들기, 그리고 톨 페인팅이라 해서 나무에 그림을 예쁘게 그리는 수업을 하고 있었다. 저녁 퇴근한 남편에게 그 공방을 보여주고 나도 배우고 싶다 해서 다시 공예를 시작하게 된다. 바느질은 자신 있었다. 손이 빠르니 금세 만들고 그곳에서 3개의 자격증도 취득하게 됐다. 바느질과 톨 페인팅을 배우며 나는 다시 열정을 불태우게 된다. 밤마다 1층으로 내려와 불 꺼진 공방을 보면서 이 공방이 내 것이 되었으면 참 좋겠다 매일매일 기도했다. 종교가 없었음에도. 늦은 저녁 남편도 데리고 와 나도 이런 공방을 운영하고 싶다 얘기하며 꿈을 키웠다. 사실 실현 가능성 제로였는데도 말이다. 나는 공방과 집이 아주 가까웠던 관계로 그곳 원장님과 상당히 친하게 지내게 된다. 그분 마인드는 공감하기 힘들 정도로 항상 감사하며 사셨는데, 지금 생각해 보면 그분이야말로 감사하며 살아가기의 원조가 아닐까 싶다.

마음이 간절히 원하면 이루어지는 게 맞나 보다. 원장님은 뉴질랜드에 이민을 가게 되어 나에게 공방을 넘기고 싶어 하셨다. 나는 마다할 이유가 없었다.

29살 나에게 첫 창업이자 가게를 오픈하게 된 것이다. 인테리어는 비용 문제로 바꿀 수 없었지만 커튼도 직접 만들어 달고 더 깨끗하게 정리하면서 분위기를 싹 바꿨다.

예전 웹디자인을 배웠던 터라 사진 편집이 가능해 블로그도 시작했다. 물론 가게를 접고 다시 블로그를 시작할 때 모두 갈아엎어 그 기록들이 모두 사라졌지만 말이다.

사람들에게 당신은 무엇을 잘합니까? 무엇을 좋아합니까? 라고 물으면 제대로 대답하는 사람이 드물다. 하물며 좋아하는 가수가 누구냐고 했을 때 바로 대답하는 사람이 몇이나 될까?

어린 시절 인형 옷을 만들었던 나는, 단순히 좋아서 그것들을 만들었다. 성인이 되어 바느질을 하니 사람들을 가르칠 수 있을 만큼의 실력이 되었다. 웹디자인을 배울 때도 전혀 상관없는 일을 왜 하냐며 주변 사람들이 의아해했지만 결국 블로그를 운영할 때 요긴하게 쓰고 지금도 가끔 일러스트 프로그램을 이용해 간단한 포스터를 제작하기도 한다. 내가 좋아하면 잘하게 된다. 좋아하고 잘하니 꾸준하게 하게 된다. 나도 모르게 내 실력이 늘어난다.

단시간에 얻어지는 것은 이 세상에 단 한 개도 없다. 본인이 좋아하고 잘할 수 있는 일이라면 의심하지 말고 실행해 보자. 결국, 그것들로 인해 나에게 기회가 주어지고 생각지도 못한 삶을 살아가게 될지도 모르니 말이다. 앞서 글에 쓴 내용은 간단하지만 나는 적어도 6개월에서 1년 반이 넘는 시간을 투자해 이루어 낸 것들이다. 사실 이것도 빨리 이루어낸 결과물이라 생각된다.

좋아하는 것? 잘하는 것? 이 두 마리 토끼를 잡기 위해 오늘 당장 내가 원하는 것을 찾아 실행해 보자.

글쓰기 Tip

평범한 사람들에게 자신의 재능이 뭔지 묻는다면 쉽게 대답할 수 없을 것이다.
한사람이 평생을 살 수 있는 시간을 100세라고 가정했을 때 본인이 남은 시간은 얼마나 되는가? 아마 반백 년 이상은 남아 있지 않을까 싶다. 이 많은 시간을 그냥 살아가기엔 너무 아깝지 않을까?
나에게 특별한 재능을 찾기 힘들다면 오늘부터 조금씩 글을 써보자.
꾸준함 앞에 이길 수 있는 것은 없다.
적어도 1년만 글쓰기에 투자해보자. 처음부터 무엇을 써야 할지 모른다면 블로그를 개설해 보자.
영화를 보고 난 후 느낌이나 책을 읽고 나서 내 생각들, 오늘 있었던 나의 일상을 일기로 써보는 것도 좋다. 뭔가를 시작해야 결과물도 얻을 수 있다.
평범했던 쌍둥이 엄마이자 전업주부가 책을 쓸 수 있었던 이유가 뭘까?
여러분도 지금 당장 시작할 수 있다.

직장맘도 전업맘도 아닌
나는 공주

나에겐 그동안 남들에게 말하지 못했던 극심한 열등감이 있었다. 남편에게 솔직하게 얘기했을 때도 내 마음은 그리 편하지 않았다. 남들을 속인 건 아니지만 결코 내 열등감에 대해 단 한 번도 이야기하지 않았으니 왠지 숨기며 살아가고 있다는 느낌 때문이었을까.

중학교에 다니며 가장 즐거웠던 때를 꼽으라 하면 2학년 때 이성규 선생님을 만났을 때가 아니었나 싶다. 젊은 나이에 첫 부임이셨고 아이들을 동등하고 똑같이 대해주신 지금껏 만나보지 못했던 선생님이었다. 그동안 담임으로 계셨던 선생님들은 공부 잘하는 친구들, 부모님이 자주 학교에 오는 친구들, 그리고 문제아들만 관심을 가질 뿐 중간에 속한 학생들은 투명인간에 불과했다.

그런데 이성규 선생님만큼은 파격 그 자체였다. 규정사항은 없었지만, 암암리 5등 안에 드는 학생만 반장을 할 수 있었던 타 학급과는 다르게 중상위권의 학생이 반장을 할 수 있게 선택권을 주셨다. 이곳에서 만큼은 내가 동등하게 공부하는 기분으로 즐거운 학창생활을 보낼 수 있었다.

즐겁고 평온한 학교생활을 꾸준히 하고 싶었지만, 그간의 집안 사정과 환경으로 중3이 되었을 때 인문계가 아닌 실업계를 선택하게 된다. 그런데 이 선택이 내가 살면서 그렇게 학력 학벌에 연연해하며 힘들어하게 될 줄은 꿈에도 몰랐다.

나의 친언니는 공부를 잘해서 당연히 인문계를 가도 상위 클래스 성적을 내고도 남을 모범생이었지만, 자의 반 타의반 실업계를 선택해서 공부하게 된다. 둘째지만 맏딸인 언니는 힘든 가정경제에 보탬이 되고자 실업계를 진학한 것이다. 그런 언니가 실업계를 갔으니 나 또한 같은 선택을 하게 된다.

중학교 2학년 때 담임선생님이셨던 이성규 선생님이 나를 두 번이나 교무실로 불러 말씀하셨다.

"민정아! 인문계를 가라. 실업계 가지 말고. 네가 하고 싶은 대로 선택해."

나를 설득하며 말씀하셨지만 나는 단호하게 선생님께 말씀드렸다.

"실업계에 가서 빨리 취업해 돈 벌어야 해요 선생님……. "

그렇게 교무실을 나오는데 내 눈에 흐르는 눈물을 주체할 수 없었다. 고작 16살이었던 내가 이런 말을 하고 나올 줄이야. 나 또한 실업계에 가고 싶다는 생각은 조금도 없었다. 나보다 공부 못하는 친구들도 인문계를 갔고, 커트라인에 걸쳐 외고에 들어갔을 때 내 마음은 더욱 무너지는 기분이 들었다.

나의 소식을 다른 친구를 통해 들으시고, 두 번이나 불러 설득해 주신 이성규 선생님께는 지금도 감사한 마음이 든다. 중 3 담임선생님도 아니었는데 아겨주셨던 그 마음이 지금도 생생하다.

고등학교에 진학하면 모든 게 끝날 줄 알았지만 현실은 그렇지 못했다. 실업계 학생은 딱 세 부류로 나뉘었는데 공부하는 학생, 공부에 관심 없는 학생, 날라리였다. 책을 읽는 학생은 한 반에 몇 안 되는 드문 케이스였다. 고등학교 1학년 초 내가 너무 힘들어하니 고3인 언니는 나에게 얘기했다.

"조금만 견디면 너도 적응하게 될 거야."

그때 알았다. 고등학교 1학년 때 언니가 집에만 오면 왜 그렇게 힘들어했는지, 학교생활이 조금도 즐겁지 않다고 얘기했는지 말이다. 3년 동안 반장과 학생회 소속으로 있으며 선생님들께 과분할 정도로 사랑받았지만, 내면의 나는 겉돌았다. 이곳에서 1등을 해도 인문계를 가면 중상위권밖에 되지 않을뿐더러 친구들의 수준도 다르다는 편견을 갖고 있었다.

책을 쓰기 전까지만 해도 고등학교를 생각하면 내 인생에서 훅 파내어 그 존재 자체를 없애고 싶은 마음뿐이었다. 물론 그때 만난 몇 안 되는 좋은 친구들은 지금도 내 곁에 남아있다. 그 친구들을 보면 잘 자라서 좋은 남편과 행복하게 잘살고 있다. 특히 경화라는 친구는 제일 친한 친구는 아니었음에도 연락하며 잘 지내고 있는 친구 중 하나다. 경화는 생각이 깊고, 내가 많은 것을 배우게 되는 그런 친구다.

언니의 취업으로 우리 집은 조금씩 여유가 생기게 된다. 얼굴도 예쁘고 공부도 잘했던 언니가 대기업에 입사하게 된 것이다. 그 영향으로 나는 고등학교 졸업 후 전문대학에 입학하게 된다. 사실 등록금을 대준 언니의 역할이 컸다. 언니는 너라도 대학 생활을 해봐야 하지 않겠냐며 전문대를 입학할 기회를 준 것이다. 그때 언니의 깊은 생각과 배려로 나는 대학이 어떤 곳인지 들어갈 수 있게 되었다.

그런데 실업계부터 꼬인 나의 학벌에 대한 생각은 전문대를 가서도 같은 생각을 하게 된다. 같이 전문대를 들어온 고등학교 동창들이 편입해서 혹은 재수를 해서 다시 대학교에 들어갔고 인문계를 갔던 친구들도 부족한 성적으로 지방의 4년제를 들어갔다. 나는 생각했다. 진짜 말도 안 되는 아무도 모르는 이름의 대학이라도 4년제에 가봤으면 하는 생각을.

1학년을 마치고 2학년 2학기가 되니 취업 원서를 내고 취업을 해야 하는 상황이 되었다. 고작 1년 반만이 대학 생활이었다. 이 곳 저 곳 원서도 내고 면접도 봤지만 계속 낙방하게 된다. 졸업하기 전에 취업을 해야 하는데 발등에 불이 떨어진 것이다.

'내가 눈이 너무 높은 건가? 전문대 나와서 낼 만한 곳은 다 내봤는데 왜 자꾸 떨어지지?'

4년제 이상의 학력을 요구하는 회사에 원서조차 못 내본 나는 부정적인 생각만 가득 찼다. 화가 나고 세상이 싫었다. 열심히 사는데 왜 나만 이런 건가 하는 자존감도 자존심도 없는 껍데기만 남은 기분이었다.

졸업을 앞두고 마지막으로 넣은 서류에 합격해 면접을 보러 가게 된다. 여직원을 2명만 뽑는 자리인데 우리 과 여학생과 다른 학교 여학생들까지 우글우글했다. 단체 면접으로 5명씩 면접관 앞에 면접을 보는데 이미 내 마음은 포기였다. 얼굴과 키에서도 밀리는 게 뻔히 보였고 나에게는 몇 개의 질문도 하지 않았다. 그러다 보니 가끔 나에게 돌아오는 질문에 하고 싶은 말을 마구 쏟아내며 면접관들을 웃기고 나온 이상한 날이었다. 당연히 합격은 물 건너간 것으로 생각했다. 집에 오자마자 라면을 끓여 먹으며 벼룩시장과 생활전단지를 넘기며 다음번 원서를 낼 회사를 찾고 있었다. 다음날 오후 합격했다는 전화를 받았을 때 '이게 무슨 소리지?' 하는 의아함이 내 머릿속을 스쳤다. 아마도 편안하게 면접을 본 내 모습에서 후한 점수를 준 게 아닐까 싶었다.

22살에 직장생활을 시작한 나는 24살 11월 결혼 전까지 약 3년간 회사생활을 했다. 결혼 후 직장을 그만두게 되었고 그때부터 내가 하고 싶었던 일을 찾아 시작하게 된 것이다. 하지만 고등학교 때부터 갖고 있던 학벌에 대한 열등감은 나이가 들어도 없어지지 않았다. 학벌에 대해 남들을 속인 적은 단 한 번도 없었지만, 그렇다고 내 학창시절에 대한 이야기를 그 누구에게도 한 적은 없었으니 말이다.

남편만이 내 속앓이를 알고 있었다. 남편은 나의 열등감을 없애 주기 위해 그동안 피나게 노력한 듯싶다. 내가 하고 싶어서 하는 일은 무조건 밀어줬고 지지해 주었다. 쌍둥이가 3살 되던 해 그토록 하고 싶었던 패션 디자인 공부를 시작할 수 있게 도움을 준 것도 남편의 역할이 컸다. 올해 3년째 공부하고 있는 대학 생활은 나에게 생기와 활력소를 준다.

나는 아이를 키우는 전업주부다. 일하지 않기에 등록금은 오로지 남편의 월급에서 떼어 내야 한다. 장학금도 받았지만 사실 금액이 많지 않아 양가 부모님께 용돈으로 드리고 나니 남은 돈은 얼마 되지 않았다. 아마 남들은 이렇게 생각할 것이다. 남편이 돈을 잘 버니 하고 싶은 거 다 하고 사는 거 아니냐며. 답을 먼저 하자면 그렇지 않다. 쌍둥이를 키우며 나가는 돈도 많고 남편이 어마어마한 돈을 벌어다 주지도 않는다. 오히려 허리띠를 졸라매야 하는 대한민국 평범한 직장인이다.

처음엔 나의 열등감을 없애기 위해 다시 공부를 시작했다. 그러다 보니 자신감이 붙었고 결국 글쓰기를 통해 나의 내면 속에 잠재되어 있던, 꼭꼭 숨어 있는 진짜 열등감을 찾아내 진정한 나를 발견하게 되었다. 나만의 인생을 살고 싶다면 내가 주도하는 인생을 살아야 한다. 그러기 위해선 지금의 나를 있는 그대로 받아들여야 한다. 한동안 나는 그렇지 못한 삶을 살아왔다. 자신 없는 내 모습을 애써 외면하며 남들이 나를 어떻게 생각할까 조바심 내며 살아온 것이다.

이 열등감으로부터 탈출한 나는 이제 무서울 게 없는 무서운 여자가 되었다. 물론 무서운 여자는 우스갯소리지만 말이다. 전업주부로서 집에서 글을 쓰고 공부하는 나는, 평생 공부하는 주부, 공주가 되고 싶다.

나를 성장시키며 하루를 보내는 이 세상 모든 엄마가, 모두가 꿈꾸는 진정한 공주가 아닐까.

글쓰기 Tip

열등감은 사실 마주하고 싶지 않은 단어다.
지금껏 내가 갖고 있던 열등감이 있다면 한 자 한 자 적어나가 보자.
처음엔 나도 글로 표현할 때 소용돌이치는 감정을 억제할 수 없었다.
하지만 다 쓰고 나니 제3자의 입장이 되어, 내가 크게 느꼈던 열등감이 사실은 별것 아녔구나 하는 마음으로 변하게 되었다.
나를 발전시키고 성장시키고 싶은가?
그렇다면 있는 그대로의 나를 인정하는 것부터가 그 시작이다.

잃어버린 게 아닌
잊고 있었던 것들

남들이 내 이야기를 들으면 본인의 인생과 너무 다르게 살아왔으니, 책을 낸 게 아닐까 하고 생각할지 모르겠다. 책을 쓰려면 일단 전문 지식이 있는 사람이던가, 글감이 많고 인생의 풍파를 겪었던 사람만이 쓸 수 있다는 편견도 한몫할 것이다. 하지만 한 명 한 명 붙잡고 그 사람의 이야기를 듣다 보면 하나같이 스토리가 담겨 있으며 나름의 멋진 인생을 살아오고 있다. 본인은 왜 그걸 모를까.

이야기하는 상대는 인생이 밋밋하다 하지만, 듣는 나로서는 신선하고 새롭게 느껴지기도 한다. 아마도 자기의 인생을 바라보는 관점에서 차이가 나는 게 아닐까 싶다.

어린 시절 나는 학원에 다니지 못했다. 피아노 학원에 다니는 친구가 부러워 따라갔다가 그곳 선생님의 눈치를 한 몸에 받고 도중에 나왔던 기억도 있다.

초등학교 시절 나는 사교육에 목말라 있던 아이였다. 배우고 싶은 게 너무 많았고 하고 싶은 것도 참 많았다. 내 욕구만큼 배울 수 없었으니 그 어린 나이에 나는 실망감과 상실감이 꽤 컸다. 중학교에 올라가니 집 앞에 피아노 학원이 생겼다. 가정집에 피아노 3대를 놓고 가르쳐 줬는데, 그간 미안해했던 부모님이 학원을 보내주게 되신 거다.

그날부터 나는 매일 하루 4시간씩 피아노를 치고 왔다. 너무 즐겁고 재밌어서 시간 가는 줄 모르고 피아노 건반을 눌러댄 것이다. 선생님께서는 뭐 이런 학생이 다 있나 질릴 법도 했을 텐데 다행히 나를 이해해 주시고 4시간 동안 피아노 앞에 앉게 해주셨다. 사실 집에 오면 피아노가 없었기에 학원에서 열심히 연습하는 방법밖에 없었다. 그림으로 인쇄된 피아노 건반을 방바닥에 놓고 연습하자니 영 별로였다. 피아노를 배우니 간단한 음악 이론에 대해서도 공부하게 되고 중학교 음악 시간에도 어렵지 않게 수업을 들을 수 있었다. 열심히 배우다 보니 체르니 30번 책을 받게 되었다.

'와! 나도 체르니 30번을 치게 되다니!' 하지만 들뜬 마음은 그리 오래가지 못했다.

피아노 학원 선생님은 초등학교 저학년 아들과 살고 있었는데, 가끔 집에 오는 남편의 주정과 폭행으로 가끔은 얼굴에 멍이 든 채 수업을 진행하실 때도 있었다. 아저씨가 오는 날은 나의 레슨도 길게 할 수 없는 날이었다. 참 예쁘고 마음씨도 고왔던 선생님이셨는데 결국 학원을 접고 이사를 하게 된 것이다. 그렇게 나의 피아노 레슨도 동시에 끝이 났다.

지금 집에는 도련님이 쌍둥이에게 준 디지털 피아노가 있다. 가끔 아이들과 간단한 동요 정도는 치며 노는데 조금만 음표가 많아도 못 치는 애매한 수준으로 나의 피아노 실력은 멈추었다. 하지만 그 당시 나의 피아노에 대한 사랑은 웬만한 피아니스트 못지않은 열정을 갖고 있었다.

고등학교 입학 후 나는 어디에도 정착하지 못한 떠돌이처럼 지냈다. 학교 특별활동이라도 해볼까 하는 마음에 방송반에 들어갈지 관악부에 들어갈지 고민을 했다. 어차피 학원은 못 다니니 그걸 대체해서 배울 수 있는 뭐라도 해보면 어떨까 하는 생각이었다. 그때 친언니가 서예를 배워 보는 게 어떻겠냐는 조언을 해주었다. 3년 동안 틈틈이 배우면 꽤 수준도 올릴 수 있을 거라는 말에 나도 흔쾌히 서예부에 들어갔다.

사교성이나 선배 언니들과 지내는 일은 수월할 거라 생각했지만, 서예부는 내 생각과는 전혀 다른 분위기였다. 무슨 군대도 아니고 인사는 90도에 서예실에서는 선배에게 먼저 말도 꺼내지 못했다. 학교 내에서도 선배를 보면 선생님께 보다도 깍듯하게 인사해야 했다. 재미있는 사실은 서예부는 애교였고 타 특별활동을 담당하는 다른 동아리의 선배들은 교관 저리 가라 할 정도로 무서웠다는 사실이다.

그렇게 위축된 분위기에서 각자가 원하는 글씨체를 고르게 되었다. 나는 글씨를 예쁘게 쓰지 못해 차라리 한문을 쓰는 게 낫다 생각했고 그렇게 고른 것이 구양순체라는 글씨체였다. 줄임 말로 구체라고 부르기도 했는데 이 글씨체는 중국 당나라 초의 서예가 구양순의 서체라고 한다. 남성적이면서도 강렬한 듯한 느낌의 글씨체가 마음에 들었다. 먹을 갈고 붓에 먹물을 묻혀 한 자 한 자 배우기 시작했다. 서예를 배워본 사람은 알겠지만 일단 연습을 위해서는 엉덩이가 무거워야 하며, 끊임없이 노력해야 결과물이 나오는 게 서예다. 오랜 시간 연습과 노력을 기울이지 않으면 제대로 된 글씨를 쓸 수 없다. 학교 수업이 끝나면 곧장 가서 글씨를 배우고 연습하며 다시 열정을 불태웠다.

고 1 뜨거웠던 여름. 대전대학교에서 열리는 전국학생 서예 실기 대회에서 입선하는 감격을 맛봤다. 사실 대회에 참가하는 것만으로도 값진 경험이라 생각했는데 상까지 받게 되다니. 노력의 결실치고는 상당히 큰 결과물이었다. 한동안 서예 학과를 목표로 글씨 연습을 해야 하나 고민했지만, 평생 할 수 있는 일은 아니라 생각하고 그 마음을 접었던 기억이 난다. 지금도 친정집에는 학교 축제 때 전시했던 큼지막이 표구해 놓은 액자가 걸려 있다.

나에게는 부모님께서 물려주신 인내심과 열정이 있다. 지금 생각해보면 삶을 살아가는데 이게 큰 자산이 될 줄은 몰랐다. 특히나 친정엄마의 긍정적이고 언젠가는 꼭 노력한 만큼 그 대가가 돌아온다는 마인드가 큰 역할을 한 듯싶다. 예전 공방을 오픈했을 때 축하한다는 의미로 엄마가 써주신 작은 쪽지 글이 있다.

축 개업

우리 귀염둥이 막내딸 샵 개업 진심으로 축하한다.
열심히 걷다 보면 넓은 고속도로가 눈앞에 보인다.
열심히 해. 조금 힘들어도 그 나름대로 재미도 있단다.
김 서방도 항상 고맙다. 사랑해. 파이팅.

엄마.

나는 이 편지를 받고 나서 항상 지갑에 부적처럼 갖고 다녔다. 힘들 때마다

이 글을 보면 왠지 힘이 나고 엄마의 사랑이 느껴지는 것 같아 참 좋았다.

엄마는 아마 기억도 못 하실 거다. 본인이 이런 쪽지를 주셨는지 말이다. 그 당시 29살 어리다고 생각한 막내딸이 공방도 오픈하고 운영한다니 정말 좋아하셨던 모습이 생각난다. 지갑에서 꺼내 보기를 반복하다 보니 종이가 헤지고 자꾸 닳았다. 나에게는 소중한 추억이 깃든 편지인데 안 되겠다 싶어 종이에 맞는 액자를 구해 가지런히 펴서 끼워놓았다. 그러고 나서 나의 작업실 겸 방에 있는 작업 테이블 위에 편지가 끼워진 액자가 잘 보이게 놓았다.

언제 보아도 내 마음이 충만해지는 기분이 든다. 이 액자는 남들이 생각하는 것 이상 나에게 큰 의미가 있는, 효력 100%의 부적이나 마찬가지다. 힘들 때마다 한 번씩 봐주면 다시 기운 나게 만드는 열정을 끌어 올려주는 나만의 비타민제 같은 그런 존재다.

어린 시절의 나는 언제나 넉넉하지 못하고 늘 부족했다. 하지만 이런 부족함 속에서 느꼈던 결핍이 오히려 나를 성장시켜 주는 촉진제 역할을 했다. 열정, 인내심, 노력을 통해 내가 생각한 것 이상의 성과물을 내기도 했다.

언제나 좋은 일만 있던 것은 아니지만 실패를 통해 다시 한 번 성장했던 나는 그 당시엔 몰랐지만, 성인이 된 지금 생각해 보면 그것마저 인생의 값진 선물이 아닐까 싶다.

이 세상 모든 엄마는 아이를 키우며 열정을 잃어버린 게 아니다. 잠시 잊고 있었던 것뿐이다. 그걸 누가 끄집어내 이야기해 주지 않으니 당연히 잊고 살 수밖에 없지 않겠는가.

어렸을 때의 나는 단념이 빨랐다. 그렇기 때문에 안 되는 것에 목메지 않았다. 안되면 할 수 있는 게 무엇인지, 가능한 게 어떤 건지 찾았다. 학원을 못가니 학교 특별활동을 열심히 할 수밖에 없었고, 열심히 하다 보니 값진 결과도 얻을 수 있었다. 오히려 지금 내가 가진 결핍을 통해 하나하나 해나간 것이다.

아이를 키우며 전업주부로서 아무것도 못 하는 본인의 삶을 탓하지 말자. 지금 내가 할 수 있는 것에 초점을 맞춰보자. 남들과 비교하지 말고 오로지 나만을 생각하며 최소한이라도 할 수 있는 그 무언가를 찾아보는 건 어떨까? 우리의 인생은 그 누구와도 같지 않다. 나만의 열정을 찾아 그것을 하다 보면 그 끝은 우리가 알 수 없는 신세계가 나올지 아무도 모를 일이다.

글쓰기 Tip

길을 걷다 보면 끝이 저만치 보이는 긴 계단을 만나곤 한다.
일단 고개를 들어 확인하는 순간 언제 올라가나 한숨을 쉬고 한 계단씩 올라간다.
내 눈앞에 걸어 올라가는 계단 하나하나를 보며 생각에 잠기다 보면 어느새 긴 계단의 끝에 서 있다.
흰 백지를 보면 어떻게 써야 할까 막막하다.
일단 쓰기 시작하면 어느새 한 꼭지가 완성되어 있다.
하나의 계단을 보며 올라가듯 한 문장씩 쓰다 보면 완성된 글을 만날 수 있다.
오늘 그 계단의 첫 칸을 올라가 보는 건 어떨까?

인생을 바꾼 비밀노트에 숨겨진 진짜 비밀

결혼 전 직장을 다닐 당시 출근을 하면 내가 가장 먼저 하는 일은 그날 해야 할 일들을 다이어리에 쭉 적어놓는 것이다. 이렇게 메모하지 않으면 그날 내가 어떤 일을 처리해야 하는지 정리되지 않았다. 점검할 사항과 업체에 전화해 확인할 일들까지 꼼꼼하게 챙겨놓는다. 발주도 해야 하니 재고파악은 필수다. 부장님과 직원들이 모두 회의 중이다. 나는 부장님이 말씀하시는 내용 중 내가 해야 할 일과 다른 직원들의 전달사항을 간단히 메모했다. 일을 처리하다 보면 내 일 뿐만 아니라 다른 직원들의 상황까지도 대략 파악하고 있어야 일하는데 좀 더 수월하다.

이날은 직원의 실수로 일 처리가 누락되어 회의 분위기가 그다지 좋지 못한 날이었다. 화를 잘 내지 않는 부장님께서 한마디 하셨다.

"도대체 이런 간단한 일을 누락시키면 어떻게 하자는 거야? 이런 건 내가 얘기 안 해도 알아서들 좀 잘 하자고! 민정 씨 봐! 메모하는 거 안 보여?"

갑자기 직원들이 모두 나를 바라본다. 모든 사람의 시선에 얼굴이 화끈 달아오른다.

어렸을 때 나는 메모라는 걸 전혀 모르고 살았다. 숙제가 있으면 열심히 했지만, 가끔 까먹고 갈 때도 있었고 준비물을 못 챙겨 가면 친구들에게 빌리거나 언니에게 달려갔다. 하지만 이런 일이 반복 되니 수첩에 뭔가를 적지 않으면 안 되는 것을 알게 되었다. 그때부터 하나하나 적다 보니 성인이 되어서도, 결혼하고 나서도, 그리고 지금까지도 나는 자기 전에 혹은 아침에 일어나면 해야 할 일들을 적어 놨다. 틈틈이 생각나면 나의 다이어리에 빼곡히 적어 놓은 것이다. 정말 하찮은 작은 일들까지도 메모해놓고 하나하나 해가며 지워나가니 처리한 일들이 별것 아녔는데도 불구하고 그날 하루가 뿌듯했다.

예전 나의 다이어리는 가방에 쏙 들어갈 정도로 아담한 손바닥만 한 치수였다. 들고 다니기 무거우니 가볍고 적당한 사이즈를 고른 것이다.

그러다 점점 메모의 양이 많아지니 다이어리 사이즈를 키우게 된다. 중요한 일정에 대해서는 미리 표시해 색깔 펜으로 적어 놓았고, 당일 해야 할 일들은 뒤쪽 공간에 날짜별로 적어놓기 시작했다. 그날 내가 무슨 일을 했는지 간단한 메모를 해 놓으니 다시 기억하기에도 좋았다.

아이를 낳기 전엔 남편이 무섭다 할 정도로 기억력 하나는 끝내줬는데 쌍둥이를 낳고 나니 영 시원치 않다. 아마도 모든 엄마가 다 그렇지 않을까 싶다. 나의 다이어리 사이즈가 커진 것은 필연이었나 보다. 메모하지 않으면 어제 무슨 일을 했는지 어떤 식당에 갔는지 곰곰이 생각해 봐야 한다.

내 상태가 심각한 걸까? 나는 아니라고 생각한다. 기억해야 할 것들이 많고 해야 할 일들이 많으니, 우리 머릿속이 항상 과부하 되어 있어 다음날이면 재가동을 위해 초기화 되는 것으로 생각하고 싶다.

사실 우리 엄마들 삶은 하루하루가 얼마나 치열한가. 가족을 챙기고 아이들을 돌보며 오만가지를 생각하는 우리 엄마들이 말이다.

나는 지금 패션디자인 공부를 하는 중이다. 작년에 들었던 패션상품기획이라는 과목은 얻은 것이 정말 많은 수업 중 하나다. 이 수업은 기존 시장에 있는 의류 브랜드를 하나 지목해 분석하고, 그 브랜드에서 다시 새로운 브랜드를 출시하는 수업이었다.

나는 여성 중저가 브랜드를 지목해 분석하고, 그 브랜드에서 추구하는 콘셉트를 갖고 남성복으로 새로운 브랜드를 만드는 과제를 실행했다. 수업을 들으면서 교수님께 이것저것 묻고 수업 도중 내가 생각하는 남성복에 대해 열심히 메모했다. 브랜드를 만들기 위해서는 그 브랜드의 콘셉트를 잘 파악해야 한다.

수업에서 원하는 전문적인 분석법을 통해 PPT를 만들고 나의 새로운 남성복 브랜드는 그 모습을 갖춰갔다. 브랜드 이름을 짓기 위해 서점에 가서 각국의 단어 뜻을 찾고 메모해나갔다.

나의 남성복 브랜드는 클렙타(CLEPTA, 라틴어로 "도둑"이라는 의미)는 20~30대 캐주얼 의류로 합리적인 가격과 고급스럽고 절제된 감각을 갖춘 스타일의 콘셉트로 만들었다. 라틴어로 도둑이라는 의미의 클렙타는 상대방의 마음을 훔칠 정도로 댄디한 모습을 갖게 되는 젊은 남성의 패션을 표현했는데, 로고 또한 내가 직접 제작해서 더욱 애착이 갔다.

보통 학과 수업은 수업으로 끝이 나는 경우가 많다. 하지만 나는 그동안 메모한 것들을 토대로 진짜 내 브랜드를 만들고 싶었다. 패션디자인을 배우며 핸드메이드 쥬얼리를 제작, 판매 하고 싶었던 나는 브랜드 네임과 로고 그리고 콘셉트를 잡아 내가 추구하는 타겟층과 주 소비자에 대해 분석하고 그것에 맞게 쥬얼리를 제작하기로 한다.

과제가 아닌 진짜 내 브랜드를 위해 PPT를 작성해서 하나하나 채워나간 결과, 나만의 브랜드 코미엔소가 태어난 것이다.

코미엔소는 스페인어로 시작, 개시, 시초, 처음이라는 의미가 있다. 처음 브랜드를 만들었을 당시엔 이 시대 패션 트렌드를 함께 시작하자는 의미로 만들었다. 하지만 직접 쥬얼리를 만들고 실제 판매를 하면서 조금씩 생각이 바뀌었다. 설레는 시작처럼 언제나 가슴 떨리는 삶을 살고 싶은 코미엔소로.

수업을 들으면서 내 브랜드를 만들고 싶다는 생각을 했고 그 생각을 메모하기 시작했다. 처음 브랜드를 만들었을 땐 너무 어색하고 설익어서 무슨 맛인지조차 모를 정도였는데, 조금씩 그 이름이 익숙해지고 제품이 팔리면서 내 브랜드에 힘이 실렸다. 이건 여담이지만 수업을 듣는 내내 나는 항상 맨 앞자리에 앉았고, 수업시간도 항상 30분 전에 도착하는 학생이었다. 수업 내내 너무 진지한 표정과 질문을 쏟아내는 나를 보며 교수님은 말씀하셨다.

"과제에 이렇게 열정적인 학생은 처음 봤네."

내 열정은 단순히 과제 작성이 아니라 내 브랜드를 런칭하기 위한 방법을 배우기 위해서였다는 점은 말씀드리지 않았다. 하지만 열정만큼 좋은 점수도 받았기에 나는 일거양득의 효과를 얻은 셈이다.

지금 내가 운영하는 블로그 이름도 같은 이름을 사용 중이다. 그 공간에는 내 생각들 나의 일상이 기록되고, 여러 사람과 소통하고 있는 소중한 공간이기도 하다.

글을 쓰는 도구이기도 하며 때로는 나의 한탄을 늘어놓는 노트이기도 하다. 누가 읽어주면 정말 고맙지만 그렇지 않다 하더라도 나는 꾸준히 내 이야기를 써나갈 예정이다. 때로는 그것들이 기록 되어 훗날 나의 두 번째 책을 쓰는 데 도움이 되는 자료가 될 수도 있을 테니 말이다.

글을 쓰면 내가 추구하는 인생이 쓰는 대로 진행된다. 나도 모르게 내가 추구하는 방향으로 나아가고 내가 원하는 일과 연관된 사람들을 만나 소통하게 된다. 나도 누구나 한 번쯤은 해본 마인드맵을 작성해 내 인생의 목표에 대해 그려본 적이 있다. 읽다 보면 말도 안 되는 목표도 있지만 어떤 것들은 그 목표가 이루어지고 있는 나를 발견하기도 한다.

글이라는 것은 그런 존재다. 내 눈에 보이지 않는 신을 믿듯이, 당장 이루지 않은 나의 꿈과 목표를 글을 쓰면서 이루어 가고 믿어가는 과정이다.

쓰지 않는다고 꿈을 이룰 수 없는 것은 아니다. 하지만 글을 쓰면 그 꿈은 더 빨리 실현되는 힘을 갖고 있다. 해보지 않은 사람들은 그것을 모르니 실행하지 않는 것이다.

자! 이쯤에서 쌍둥이 엄마인 내가 인생을 바꾼 비밀 노트에 숨겨진 진짜 비밀을 알려주겠다.

정답은 메모다. 메모는 간단하지만 내 꿈과 목표도 쓸 수 있을 뿐만 아니라 그것을 기록으로 남겨준다. 다시 그 메모를 보고 되새겨 힘을 낼 수도 있으며 또 다른 목표를 수정해 작성할 수도 있다. 작은 것을 무시하지 말기 바란다. 큰 것 한방보다 작은 것을 노리다 보면 오히려 반전은 나에게 더 빨리 돌아오게 될 것이니 말이다. 오늘도 나는 다이어리에 오늘 해야 할 일과 하고 싶은 일들을 적어본다.

1년 후 오늘 내가 얼마만큼 성장해 있을지 그리고 어떻게 변해 있을지 드라마 결말보다도 궁금하다.

글쓰기 Tip

메모는 글쓰기의 가장 친한 친구다.
메모를 통해 글감을 생각할 수도 있고 기억을 더듬을 수도 있다.
한마디로 기록을 통해 글을 더욱 매끄하게 쓸 수 있는 밑천이라는 이야기다.
매일 쓸 거리가 없다고 생각하지 말고 작은 것부터 메모하는 습관을 들여 보자.
그러다 보면 메모를 통해 그때의 생각났던 감정이나 느낌을 다시 글로 표현할 수 있게 될 것이다.

주부가 변하면 세상이 바뀐다

어린 시절 나는 선생님께서 내 이름을 부르기만 해도 얼굴이 빨개지는 수줍음 많은 아이였다. 초등학교 2학년이 되니 수업시간에 발표를 안 한 학생들은 수업 후 남아서 교실 청소를 하고 가야 했다. 나는 매번 청소해야 했고, 발표한 친구들이 많은 날은 적은 인원으로 청소를 해야 했기에 더욱 힘들었다. 물론 남아서 청소하는 것도 참 창피했다. 늘 남아있는 아이들만 청소하는 불합리한 규칙에 우린 아무 소리도 못 하고 남을 수밖에 없었다.

하루는 안 되겠다 싶어 용기를 내서 손을 들고 발표를 했다. 지긋지긋한 청소와 일찍 집에 가고 싶은 마음에 손을 든 것이다. 물론 기어들어 가는 목소리로 발표를 했지만 어찌 되었건 청소를 하지 않아도 되는 날이었다. 그날을 시작으로 나도 발표라는 것을 하게 되었다.

내성적이었던 성격이 조금씩 변하기 시작했다. 그렇지만 아주 활발한 성격은 못됐다. 중학교에 올라가면서 나는 내 성격을 바꿔야겠다는 계획을 했다. 중학교에 올라가면 내가 어떤 아이였는지 어떤 성격의 소유자인지 나를 모르는 친구들이 더욱 많을 테니 변화를 시도하게 된다.

그 첫 번째가 오락부장이 되는 것이었다. 나를 어필하기 위해 참 무던히도 애썼다. 다행히 그 타이틀은 나에게 왔고 중학교 1학년 시절 야영을 갈 때 반의 장기자랑을 내가 준비할 수 있었다. 친구들을 모아놓고 김건모의 잘못된 만남으로 춤을 연습하기 시작했다. 야영을 가기 한 달 전부터 수업이 끝나면 음악을 틀어놓고 연습에 연습을 매진했다. 그 당시 잘못된 만남이라는 노래는 최고 절정의 인기곡이었다. 물론 장기 자랑 시간에 상은 받지 못했지만, 그 이후 학생들에게 팬레터 형식의 편지를 받게 되었다. 내가 다닌 중학교는 여중이었는데도 불구하고 말이다. 무엇보다 장기자랑을 준비한 나와 친구들이 즐거웠으니 나는 그걸로 충분했다.

한번은 국어 시간에 토론을 하게 되었는데 그 주제가 교복 착용의 찬반에 대한 내용이었다. 아직도 그 내용이 생생한 이유는 학급의 50명 중 교복 착용의 찬성이 49명이었고 1명이 반대였기 때문이다.

그 한 명이 나였다. 대표자 한 명씩 서서 찬반의 이유를 설명하는데, 사실 찬성하는 이유는 무수히도 많았다. 반대의 의견을 낼 땐 나름 그 이유를 생각하며 조곤조곤 대답했다. 찬성의 대표자가 이야기하면 그에 반대되는 의견을 내고 주거니 받거니 하며 선생님과 학급 친구들이 보는 앞에서 열띤 토론을 벌였다. 그 당시 국어 선생님은 나를 눈여겨 봐주신 듯싶었다. 하지만 정작 나는 모두 찬성하면 재미없으니 반대가 있어 줘야 할 것 같아 손을 든 것뿐인데, 그 수많은 학생 중 반대가 딱 한 명밖에 없을 줄이야!

모두가 "네"할 때 "아니요"라고 말할 수 있는 사람이 내가 될 줄은 몰랐다. 하지만 다수의 의견 속에 나 혼자 외롭게 주장을 펴는 것은 쉬운 일이 아니었다. 다수가 찬성하는 의견은, 옳고 그름을 떠나 심리적으로 따라 가줘야 하는 무언의 압력과도 같았다. 그걸 거스르고 반대 의견을 냈을 때 친구들의 표정은 하나같이 '재 뭐야?' 라는 얼굴로 시종일관 나를 쳐다봤다. 그땐 무슨 자신감이었는지 꿋꿋하게 수업시간의 반을 토론으로 이끌어 갔고, 결국 서로 지지 않는 발표로 선생님께서 마무리 지어주셨던 기억이 난다. 서로의 생각이 다름을 인정할 수 없었던 시절, 그때의 그 짜릿함은 지금도 잊을 수 없다.

요즘 나는 글쓰기에 한창 재미를 붙이고 있다. 사실 대학공부도 하고 두 아이를 키우는 전업주부이기도 한 내가, 살림과 육아, 공부, 글쓰기를 한다는 것은 쉬운 일이 아니다. 작년엔 플리마켓을 통해 핸드메이드 쥬얼리를 제작해서 판매까지 했으니 체력적으로 정말 힘든 한해이기도 했다.

그 당시 주말에도 학교 수업이 있었는데 수업이 끝나면 곧장 집으로 가서 매대와 제품을 케리어에 끌고 나가 판매했다. 물론 주말엔 남편이 아이들은 봐줄 수 있었기에 가능했지만, 서울로 수업을 듣기 위해 집에서 아침 6시 30분에 나가 3시까지 수업을 듣고, 다시 집으로 돌아와 저녁에 있을 마켓에 나갈 준비를 한다는 것은 웬만한 체력으로는 버티기 힘들었다.

코피 한번 쏟을 만했는데 내 코가 건강한 건지 혈관이 튼튼한 건지 그 흔한 코피 한번을 흘려주지 않아 섭섭할 정도였다. 그 사이 학교 공부와 모든 학생이 버거워할 분량의 과제를 해나가며 지냈다. 쌍둥이는 내가 학교에서 늦게 끝나는 평일 이틀, 하원을 위해 시어머니께 부탁한 것 외엔 내가 오로지 육아를 담당해서 키웠다.

이런 나를 보고 남들은 항상 얘기했다.

"어떻게 쌍둥이 키우면서 공부도 하고 쥬얼리도 만들어 팔고 그래요?"

내 대답은 한결같다.

"진짜 힘든데 마음만 먹으면 다 하더라고요. 안 해서 그렇지."

물론 하루하루를 정말 열심히 살아야 하고, 청소나 집안일 같은 시간 잡아먹는 일들은 분 단위로 설정해 빨리빨리 해치워버려야 한다는 점은 꼭 알아야 할 부분이다.

때론 집이 더러워도 못 본 척 지나갈 수 있는 여유도 있어야 한다. 시부모님이 오셔서 지저분한 집을 보고 치우며 살라고 무언의 압력이 들어와도, 나는 이렇게 밖에 살 수 없으니 이해해 달라고 웃으며 이야기 할 수 있는 위트도 필요하다.

미국에서 살다가 한국으로 이사를 온 후 집 비밀번호를 시부모님께 알려드렸다. 아무 때나 오실 수 있게 해드리기 위해서기도 했고, 나는 나의 생활에 아무 거리낌이 없었기에 편하게 알려드렸다.

한번은 내가 집에 들어오기도 전에 시부모님이 오신 적이 있었다. 나는 하는 일이 많고 쌍둥이를 키우는 사람이기에 집이 윤이 나도록 깨끗하게 치우고 다니지 못한다. 적당한 선에서 모든 일을 마무리하기 때문이다.

현관 비밀번호를 누르고 집으로 들어가니 어머니께서 거실 바닥을 쓸고 계셨다. 빗자루에 딸린 먼지를 보니 뱃속으로 나를 낳으신 친정엄마가 보셨어도 소리 지를 게 뻔했다. 제발 바닥 청소 좀 하라고!

그런데 나는 그 상황에서 웃으며 어머니께 이야기했다.

"어머니 청소해주셔서 감사해요. 바닥 청소도 해주시고요. 하하하.

아마 저희 친정엄마가 여기 있는 먼지를 보셨으면 소리부터 지르셨을 텐데 말이에요."

호탕하게 웃으며 어머니께 말씀드리니 덩달아 함께 웃으신다. 아마도 어이없음과 동시에 이런 며느리의 모습이 귀여워서 그런 게 아닐 듯싶다. 이미 시아버지께서는 이런 나를 잘 아셔서인지 별말씀 안 하신다. 두 분 모두 각자의 생활 방식이나 패턴에 대해 이해해주셨기 때문에 나 또한 이럴 수 있는 게 아닐까 싶다. 나 역시 시부모님의 생활방식이나 생각들을 이해하고 존중하고 있다.

내가 이런 얘기를 했다고 해서 우리 집이 쓰레기장이라 생각하면 큰 오해다. 정리는 적당히 잘하고 살고 있다. 단지 바닥을 안 쓸어서 그렇지. 우리 집은 그리 크지도 작지도 않은 평수인데 청소만 시작하려 하면 갑자기 100평짜리 펜트하우스로 변신을 한다.

해도 해도 끝이 없어서 항상 제대로 된 바닥청소는 못 한다. 어차피 쌍둥이가 휘몰아친 거실 바닥은 이미 내가 구할 수 없는 지경까지 가니 그때마다 거실을 살리겠다며 발버둥 쳐봤자 나만 힘들 게 뻔했다. 뭐 진짜 100평짜리 펜트하우스에 살면 또 어찌 변할지는 모르겠지만 말이다.

인생을 살아가며 스스로 변하지 않으면, 절대로 누군가 변화시켜주지 않는다. 나를 변화시키기 위해서는 내가 가진 마음속 장벽을 무너트려야 한다.

'내가 할 수 있을까?, 애 키우며 하기에 힘들지 않을까?'

해보지도 않은 일들을 어떻게 결론 지울 수 있겠는가. 당연히 애 키우며 하기에 힘들 수 있고 안 해본 일이라면 더더욱 버거울 수 있다. 그렇다고 고인 물 마냥 가만히 내 인생을 지켜만 볼 것인가?

앞서 이야기한 것들을 읽으며 독자들은 이렇게 생각할지도 모르겠다.

'와 대단하다. 학창시절부터 보통여자가 아닌 것 같아. 시어머니한테 이렇게 얘기했다고?'

나도 보통여자다. 너무 흔해서 눈에도 띄지 않는 이 세상 보통 아줌마.

내가 이렇게 행동하고 말할 수 있었던 이유는 나를 변화시키고자 하는 내 마음이 누구보다 컸기 때문이다. 남들이 생각하는 나의 시선 따위는 중요하지 않다. 물론 세상의 이치에 맞지 않게 살라는 말은 결코 아니다. 적어도 내 인생의 주인은 내가 되어야 하지 않을까 하는 이야기를 해주고 싶다.

주부가 변해야 세상이 바뀐다. 그 말인즉 내가 변하면 나의 작은 세상에 존재하는 아이들과 남편도 변하게 된다는 것이다. 내가 변화하며 만끽한 새로운 세상을 여러분들에게도 알려주고 싶다.

오늘도 나를 변화시키기 위해 고군분투하는 이 세상 엄마들에게 우주의 기운을 담아 격려해주고 싶다.

글쓰기 Tip

그동안 하지 않았던 일을 시작하겠다고 사람들에게 말하면, 백이면 백 하지 말라고 한다. 도시락 싸 들고 말리겠다는 사람도 있다. 정작 말리는 본인들은 경험이 없는데도 말이다.
내가 책을 내겠다고 글을 쓰는 동안, 내 주변의 글 쓰는 사람들은 단 한 명도 나를 말리지 않았다. 오히려 독려하고 칭찬했다. 꼭 책을 낼 거라고 확신에 찬 말들을 건냈다. 이게 경험자와 무경험자의 차이다.
여러분은 누구의 말을 듣겠는가? 경험자? 무경험자? 나는 경험자로서 여러분에게 얘기하고 싶다. 지금 오늘부터 글쓰기를 해보자고. 주제가 생각나지 않는다는 말은 더는 듣지 않겠다. 앞서 나열한 글쓰기 Tip만 읽어도 주제는 이미 나와 있으니 말이다.

흘러 가는대로 가 보자

전업주부로 살아가다 보면 누구나 드는 감정이 있다.

혼자만 도태되는 것 같은 기분. 남들은 잘만 사는데 왜 나만 이럴까 하는 생각 말이다. 할 수 있는 게 아무것도 없는 내가 무능하게 느껴질 때도 있다. 이 세상에서 가장 소중한 아이를 키우는 전업주부지만, 발전하는 남들을 보며 그대로인 나로 인해 우울한 감정이 들기도 한다.

돈을 버는 것도 아니고, 그렇다고 아이를 제대로 키우는 것 같지도 않다. 도대체 나는 누구며, 누구를 위해 존재하는 것인가를 고민하게 된다.

나는 사람들을 참 좋아한다. 그렇다고 동네 엄마들과 친한 것은 아니다. 의미 없는 수다에 시간을 보내는 것을 그리 좋아하지 않는다. 사실 모든 엄마가 그런 것은 아니지만, 만나는 횟수가 잦아질수록 이야깃거리의 질은 떨어지고 본질과 벗어난 이야기가 난무해지니 그것이 두려워서이기도 하다.

나는 글을 쓰면서 다양한 사람들과 만날 수 있었다. 그 사람들의 이야기를 듣고 나를 바라보며 성장의 봉우리를 톡 건드려줄 때 그 희열감은 이루 말할 수 없다. 게다가 글쓰기라는 공통점을 갖고 만나서인지 하나같이 열정적이고 각자의 생각에 공감하고 이해해주는 사람들이 대부분이었다.

나이를 떠나 누구나 나에게는 인생의 선배이기도 조언자이기도 했다.

그간 내 글을 읽은 독자들은 쌍둥이 엄마인 내가 어떻게 글쓰기까지 하게 되었는지 궁금할 것이다. 그 비하인드 스토리를 한번 꺼내보고자 한다.

2017년 올해 초.

여느 날과 다르지 않게 저녁을 준비하고 아이들과 놀아주며 시간을 보냈다. 퇴근한 남편은 나에게 책 한 권을 건넨다. 점심시간마다 식사 후 산책 겸 근처에 있는 서점을 매일같이 다니는 게 남편의 취미이자 습관이다. 한 달 사는 책의 양도 꽤 되어 이미 내 손을 벗어 난 지 오래다. 술 담배를 안 하니 이런 취미라도 있는 게 어디냐며 차라리 아이들을 위해서라도 책 읽는 아빠의 이미지는 꽤 괜찮은 콘셉트였다. 남편은 그날도 신간 코너에 어떤 책이 나왔는지 돌아보던 중 한 권의 책을 만나게 된 것이다.

딸 아이 하나 키우기도 벅찬 체력 약한 전업주부가 쓴 책이라며 대단한 뭔가를 갖고 온 것 마냥 나에게 내밀었다.

"이거 한 번 읽어봐. 민정이 너의 인생에 변화가 있을지도 몰라!"

나름 내가 읽고 있던 장르의 책이 있던 터라 웬만해서는 먼저 책을 권하지 않는 남편이 신기하기도 해서 받아봤다. 아줌마라고 하기엔 너무 예쁜 여자가 웃는 모습이 겉표지를 장식하고 있었다.

'인생을 바꾸는 아주 작은 습관'이라는 제목의 책이었다. 일단 받아든 나는 남편에게 얘기했다.

"뭔가 있겠지. 아무나 책 쓰고 그러나?"

하지만 남편은 질세라 나에게 얘기한다.

"프롤로그 봐봐! 진짜 대한민국 평범한 주부라니까! 무엇보다 저질 체력은 정말 너랑 닮았어."

저질 체력? 그 단어 하나에 이미 나는 책장을 넘기고 있었다. 쌍둥이 아이를 키우며 정말 힘들었고 '나보다 더 저질 체력이 진짜 존재한단 말인가?' 하는 궁금증에 한 장 한 장 책장을 넘겼다.

인생을 바꾸는 아주 작은 습관의 지수경 저자는, 약한 체력의 가녀린 평범한 주부였다. 엄마의 나약한 모습을 그대로 보며 따라 하는 딸아이의 성장 과정을 지켜보며 변화의 필요성을 느끼게 되었고, 최소습관이라는 행동 전략으로 삶이 통째로 바뀐 진짜 주부였다.

내용은 간단하다. 거창한 목표가 아닌 오늘 내가 할 수 있는 최소한의 목표를 통해 매일 작은 도전을 성공시킨다는 것이다. 예를 들어 하루 물 2잔 마시기. 그동안 2리터씩 마시겠다는 목표는 이루어지지 못했지만, 하루 2잔은 아침에 일어나자마자 마시고 나머지는 아무 때고 마시면 될 일이니 어렵지 않게 목표를 성공시킬 수 있다. 그러다 보면 마시는 양이 늘어 날 테고 낙숫물이 바위를 뚫는 것처럼 아무리 작고 보잘 것 없어 보이는 행동도 꾸준히 습관이 되면 그 결과는 엄청나다는 저자의 말이 내 마음을 흔들어 놓았다.

며칠 후 남편이 얘기한다. 저자 강연회가 있으니 가보는 게 어떻겠냐고. 자기가 모든 예약은 해놓을 테니 쌍둥이 걱정은 하지 말고 다녀오란다. 강연이 토요일이었기에 무리 없이 다녀올 수 있겠다 싶어 남편에게 가겠다는 말을 하고 책 한 권을 뚝딱 읽었다.

강연회에 도착해 예약한 닉네임을 말하니 나를 반갑게 맞이해 준다. 지수경 작가였다. 어떻게 아시냐고 물으니 남편분이 쌍둥이 엄마를 위해 예약한 분이 딱 한 분 있어서 기억한단다. 그리고 좋은 남편을 뒀다면서 칭찬해 주신다. 소탈하고 성격 좋은 동네 언니처럼 나를 친근하게 대해주는 작가님이 참 반가웠다. 자리에 앉고 보니 지인들이 꽤 참석한 강연인 듯싶다. 나는 낯선 공간에 가면 내 주변에 있는 사람들과 인사를 나누며 어색함을 없애곤 했는데, 내 앞에도 뒤에도 다들 글을 쓰고 있는 사람들이었다. 어떤 사람들은 이미 책을 낸 작가이기도 했다. 나는 혼란스러웠다. '원래 작가를 만나는 게 이렇게 쉬운 건가?'

강연이 끝나고 지수경 작가님의 블로그에 들어가 이웃을 맺었다. 이웃을 맺고 보니 다른 작가님들이 눈에 띄어 다시 이웃을 신청하고 매일 올라오는 글을 보며 나도 댓글을 달기 시작했다.

이런 모습을 보면 남편이 얘기한다.

"책을 한번 내보는 건 어때? 다들 평범한 사람들이 책 낸 걸 너도 확인했잖아."

남편은 계획적이었다. 바로 시키면 분명 안 할 거라는 걸 알고 자연스럽게 스며들게 한 것이다. 남편의 책장에는 나.오.작 이라고 하는 "나이 오십에 작가가 되기로 했다"라는 책이 꽂혀 있다.

남편은 이전부터 나에게 나이 오십에는 본인도 꼭 책을 낼 거라고 이야기하곤 했다. 물론 남편 앞에서는 할 수 있다 얘기했지만 내 본심은 달랐다.

'어떻게 책을 낼 수 있겠어. 우리 같은 평범한 사람들이……'

평범해도 지극히 평범한 우리는 책을 낼 수 없다고 생각했다. 하지만 지수경 작가와 남편을 통해 알게 된 글쓰기 수업을 듣고 나서 내 생각은 달라졌다. 3주 동안 딱 3번의 수업이었지만 그동안 내 생각이 얼마나 작고 한정되어 있었는지 알게 되었다. 내 성장의 봉우리를 제대로 건드려 준 것이다.

물론 책을 쓰는 것은 쉬운 일이 아니다. 쉽지 않기에 도전하지 않는다. 하지만 글을 쓸 수 있는 사람이라면 누구나 할 수 있는 것이 글쓰기다.

이 세상 엄마들은 그냥 집에서 가만히 있는 게 아니다. 아이들의 작은 세상인 엄마라는 존재가 한 가정을 이끌어 가고 있다. 결코, 한자리에 머물며 변하지 않는, 발전 없는 사람이 아니라는 말이다. 아이를 통해 분명 성장해 가고 있지만, 본인만 모르고 살고 있을 뿐이다. 스스로 느끼는 도태된 기분은 나와 남을 비교함으로써 생기는 간극을 메우지 못했기 때문이다.

나를 강하게 만들고 싶다면 나를 먼저 알아야 한다. 내면의 나의 목소리에 귀 기울여야 한다. 아이를 키우며 나는 수도 없이 나에게 물었다.

'나는 누구인가? 대체 누구를 위해 존재하는가?'

글쓰기를 시작하니 이 해답은 이미 자신에게 있다는 걸 알았다. 그 누구도 정답을 이야기할 수 없다. 오로지 자신만이 정답을 찾아낼 수 있다.

모든 사람에게는 때가 있다. 아직 그 때를 잡지 못한 사람도 있을 테고, 이미 그것을 알고 낚아채서 스스로 만끽하고 있는 사람들도 있을 것이다. 아직 때를 잡지 못한 수많은 사람에게도 분명 찾아온다. 그것이 보석인지 그냥 지나가는 일상인지를 잘 구분할 수 있는 안목을 키워야 한다.

글을 쓰면 생각하게 된다. 생각하면 글이 쓰고 싶고 경험하면 그 효과는 배가 된다. 경험이 많을수록 삶에 더욱 유연해진다. 많은 경험을 통해 실패를 거

듭했다 해서 우리는 패잔병이 아니다. 오히려 좋은 글감이 되어 나의 글 속에 묻어나게 된다. 어렵고 멋있는 단어를 나열한 글이 결코 좋은 글은 아니다. 나 같은 대한민국 쌍둥이 엄마가 쓴 글은 일상적이지만 누구나 공감할 수 있고, 더 나아가 누군가에게 도움이 될 만한 글이었다면 바랄 게 없다.

이 시대 키워드인 공감과 소통처럼, 자신이 쓰는 글 또한 누군가 공감할 수 있다면 소통할 수 있다는 증거다. 내 일상에 대해 나에 대해 글을 써보자. 누구보다 잘 쓸 자신이 있을 것이다.

글쓰기 Tip

처음 글을 쓸 땐 멋있는 말과 단어로 시작해야 한다는 압박이 있다.
보기 좋은 음식이 맛도 좋을 수 있겠지만 엄마가 끓여주시는 된장찌개는 볼품은 없어도 그 맛은 끝내준다.
글을 쓸 때도 그렇다. 너무 멋있게만 쓰려 하지 말고 솔직한 내 이야기를 써 내려 가면 그 맛은 깊고 풍부해질 것이다. 멋을 빼고 맛을 넣어보자!

마치는 글

자의 반 타의 반 전업주부로 살아가며 참 많은 감정이 올라오곤 했다.

가장 먼저 드는 생각은 무능한 나였다. 직장을 다니지 않으니 남편이 받아오는 월급이 전부였고, 쌍둥이를 키우는 것도 남들보다 부족한 엄마인 것 같다는 생각에 이것도 저것도 아닌 애매한 내가 되어가는 듯했다.

열심히 자기계발서도 읽고, 학교도 다니며 틈틈이 나를 위한 시간을 마련하며 부족한 나를 채워 나갔다. 하지만 뭔가 허전하고 공허한 마음은 어디서든 채울 수 없었다.

그러던 중 글쓰기라는 것을 만나게 된 것이다. 읽고 쓸 줄 알면 누구나 글을 쓸 수 있다. 하지만 웬만해서는 글을 쓰지 않았다. 특히나 내 생각을 글로 표현한다는 것 자체가 어색한 일이 되어버리기도 했다.

처음 글을 쓸 때 무엇을 써야 할지 막막했고 많은 고민이 있었다. 아마도 이 책을 다 읽은 몇몇 독자들도 무엇부터 어떻게 해야 할지 모르거나, 다 읽고 나서도 '그래도 이 아줌마 뭔가 있을 거야'라는 생각을 버리지 못한 사람들도 있을 것이다.

다시 한 번 말하지만 나는 뭔가 있는 사람도 아닌 대한민국 평범한 아줌마다. 그것도 아이가 둘인 쌍둥이 엄마다.

나는 이 책에 나의 성장기와 그동안 살면서 있었던 일들을 가감 없이 써 내려갔다. 내 이야기에 공감하고 때로는 함께 웃어주길 바라는 마음과 이런 평범한 이야기도 책으로 쓸 수 있구나 하는 메시지를 전해주고 싶었다. 나의 인생은 그 누구와도 같지 않다. 그렇기 때문에 글로 쓰는 순간 새로운 옷을 갈아입은 주인공이 되는 것이다.

글을 쓰며 나에게 가장 도움이 되었던 부분은 그동안 알지 못했던 나를 알게 되었다는 사실이다. 살면서 나는 누구인가? 누구를 위해 존재하는가에 대한 고민을 안 해본 사람은 없을 것이다.

아이를 키우며 내 맘대로 되지 않을 때 남편과 아이를 뒤치다꺼리하다 하루가 끝나는 매일 같은 일상 속에서 나는 생각했다.

'내가 진짜 누구를 위해 존재하는 걸까? 내 인생은 뭐지?'

어린 시절의 나를 생각하며, 내가 원하는 게 무엇인지 나는 어떤 사람인지를 한 줄 한 줄 써 내려 갔다. 그 글들 속에서 어린 나를 만났고, 열등감에 쌓여있던 나를 발견했다. 제 3자가 되어 나의 글을 읽어 내려가니 그것들은 사실 중요한 게 아니었다는 걸 깨닫는 순간을 맛보게 되었다. 남들은 아무도 신경 쓰지 않는 사실에 대해 나는 그것들을 꽁꽁 싸매 상처라는 이름으로 안고 살았다.

그것들을 글로 하나하나 풀어가니 진짜 내가 누구인지 알게 되고 족쇄에 갇힌 나를 스스로 꺼내줄 수 있는 용기도 생겼다.

글쓰기는 내 인생의 전환점이다. 이 기점을 시작으로 나는 진짜 내 인생을 살 수 있게 되었다.

여러분도 이것 한 가지만 알아주길 바란다. 진짜 뭔가 있을 것 같은 대단한 것 이면엔 사실 별것 없다는 것을 말이다. 글쓰기도 마찬가지다. 오히려 우리 같은 평범한 사람들이 진짜 글을 쓸 수 있다는 사실을 말이다.

나에게 안부를 묻다

초판 1쇄 발행 | 2017년 11월 10일

지은이 | 김민정
펴낸이 | 공상숙
펴낸곳 | 마음세상

주 소 | 경기도 파주시 한빛로 70 507-204

신고번호 | 제406-2011-000024호
신고일자 | 2011년 3월 7일

ISBN | 979-11-5636-164-0 (03810)

원고 투고 | maumsesang@nate.com

* 값 13,000원

* 마음세상은 삶의 감동을 이끌어내는 진솔한 책을 발간하고 있습니다. 참신한 원고가 준비되셨다면 망설이지 마시고 연락주세요.

국립중앙도서관 출판예정도서목록(CIP)

나에게 안부를 묻다 : 글쓰기와 함께 나를 찾아가는 여행 /
지은이: 김민정. -- 파주 : 마음세상, 2017
p. ; cm

ISBN 979-11-5636-164-0 03810 : ₩13000

수기(글)[手記]

818-KDC6
895.785-DDC23 CIP2017026186